じゃき jaki
Illust. fame
2
最凶の支援職【話術士】である俺は世界最強クランを従える
The most notorious "TALKER", run the world's greatest clan.

CONTENTS

KEYWORD

職能《ジョブ》

鑑定士に鑑定してもらうことで発現する個人の潜在能力。身体能力の限界値と使えるスキルを決定する。CからAまでランクがある。また、極稀にEXランクに至る者が現れる。

悪魔《ビースト》

裏世界である魔界《ヴォイド》から現界する人類の敵。悪魔《ビースト》を中心に深淵《アビス》という空間が周囲を浸食し始めるため、核となる悪魔《ビースト》を早急に討伐する必要がある。悪魔《ビースト》の強さは深度によって表され、深度 12 以上は魔王《ロード》と呼ばれる。更に魔王《ロード》の中でも深度 13 に属する悪魔《ビースト》を『冥獄十王《ヴァリアント》』と呼ぶ。

七星《レガリア》

クランの中でも、他の追随を許さない多大な功績を挙げ、皇帝に認められた七つの組織。序列は同格ではなく、三等星が四つ、二等星が二つ、一等星が一つと定められている。

THE MOST NOTORIOUS "TALKER"
RUNS THE WORLD'S GREATEST CLAN

「絶対に、俺は最強の探索者《シーカー》になる……。何を犠牲にしてでも……」

焦土と化した街で繰り返す誓いの言葉。俺の腕に抱かれている祖父《じい》ちゃんは既に事切れており、もはや笑うことも言葉を発することもない。祖父ちゃんとの思い出が洪水のように溢《あふ》れ出しては泡となって消えていく。

どれぐらいの時間が経《た》っただろうか。天高く昇った陽《ひ》の光が目に染みる。強い風が灰と砂塵《さじん》を巻き上げ、俺の頬を叩《たた》いていた。俺は祖父ちゃんをそっと横たえ、立ち上がる。

「全部、無くなっちゃったな……」

唯一の肉親だった祖父ちゃんは死に、住んでいた街の全てが灰燼《かいじん》に帰した。だが、周囲を見回していると、あれだけ辛《つら》く悲しかったのに、不思議と心が凪《な》いでいることに気が付いた。頭が冷静に働いていることが自分でもわかる。

「【話術士】の職能《ジョブ》特性か……」

職能《ジョブ》は超常の力――スキルを使えるようになるだけでなく、身体補正と固有の特性、また耐性も与えてくれる。【話術士】の耐性は精神異常《デバフ》だ。敵からの精神攻撃に抵抗力を有し、更に心の平静を保ちやすい。

「まさか、この職能《ジョブ》に感謝する日がくるなんてな」

自嘲せずにはいられなかった。俺に発現した職能《ジョブ》——【話術士】は支援職《バッファー》だ。強力な支援能力を持つ代わりに、他の戦闘職と比べて圧倒的に自衛手段が少ない。それ故に戦場で命を落としやすく、探索者《シーカー》業界では最弱の職能《ジョブ》だと評価されている。祖父ちゃんのような探索者《シーカー》になることを夢見てきた俺は、この職能《ジョブ》のせいで、どれほどの劣等感に苛《さいな》まれてきたかわからない。

だが、決して諦めず、英雄だった祖父ちゃんに師事することで、【話術士】でも戦える力を手にすることができた。格闘術、兵法、そして探索者《シーカー》の永遠の敵であり、また獲物でもある、魔界《ヴォイド》からの侵略者——悪魔《ビースト》の知識。今の俺の実力は、中堅探索者《シーカー》に匹敵する。

「それでも……」

それでも、俺は祖父ちゃんにとって戦力外だった。足手まといだった。だから、祖父ちゃんはたった独りで戦いを挑んだ。この街を悪魔《ビースト》が活動できる空間——深淵《アビス》へと変貌させた、魔王《ロード》と呼ばれる悪魔《ビースト》に。

もし、俺が【話術士】ではなく他の戦闘職だったのなら、祖父ちゃんの助けになることができただろうか?……いや、やはり無理だっただろう。俺の職能《ジョブ》ランクはC。EXランクだった祖父ちゃんが相討ちになった魔王《ロード》にとっては虫けらも同然だ。

「遠いな……」

最強になると誓った言葉に嘘《うそ》はない。だが、あまりにも遠く困難な道のりだ。ましてや、俺の職能《ジョブ》は【話術士】。一体どうすれば、【話術士】が最強の探索者《シーカー》になれるというのだろうか……。取り留めも無く思考を働かせていた時、あることに気が付いた。

「……無い？」

あるべきものが無い。無くなっている。一つは祖父ちゃんが愛用していた戦斧《せんぷ》。そして、もう一つは——魔王《ロード》の死体。

「馬鹿な！　どこに消えたっていうんだ⁉」

慌てて周囲を駆け回る。だが、戦斧は見つからず、また他の悪魔《ビースト》の死体はいくつも転がっているというのに、魔王《ロード》と思《おぼ》しき死体だけは、どこを探しても見当たらなかった。

「そんな……」

俺は呆然《ぼうぜん》と立ち竦《すく》む。本来、深淵《アビス》を浄化するためには、核となる悪魔《ビースト》を討伐しなければいけない。街は助からなかったが、深淵《アビス》は浄化されている。つまり、魔王《ロード》は祖父ちゃんに討伐されたはずなのだ。

「まさか、打ち損じたのか？」

嫌な考えが脳裏をよぎり、背筋が冷たくなる。だが、それしか考えられなかった。おそらく、魔王《ロード》は祖父ちゃんとの戦いで重傷を負ったが、命を落とす前に魔界《ヴォイド》へと逃げ帰ったのだろう。

「最悪だ……」

人が戦いを経て強くなるように、悪魔《ビースト》もまた戦いの経験を積むほど強くなる。祖父ちゃん——不滅の悪鬼《オーバーデス》と呼ばれた大英雄との戦いを経験した魔王《ロード》が、これから先、どれほどの存在に進化するのか、想像するだけで気が遠くなりそうだった……。

　あの惨劇から一ヶ月が経った。俺は共に生き残った使用人たちを集め、他の街で暮らしている。そして、祖父ちゃんの遺産で大きな屋敷を借り、会社を経営することにした。最強の探索者《シーカー》になるという夢を忘れたわけじゃない。事業が軌道に乗れば、後のことは使用人たちに託し、この国――ウェルナント帝国の帝都、エトライに旅立つ予定でいる。どのみち、探索者《シーカー》になれるのは成人してからだ。今の俺の年齢は十四歳。まだ一年近くも時間がある。だから、探索者《シーカー》になるための訓練を続ける傍ら、使用人たちのために事業を興そうと考えたのだった。

　元々、俺の家は名の知れたワイナリーを経営していた。だが、醸造場と畑を失った今、ワイナリーを再建するには時間が掛かる。そこでまずは、ワインコンサルタント事業を開くことにした。ワイン造りや経営のノウハウそのものを販売している。

　俺の営業努力の甲斐《かい》もあり、事業は順調に進んでいる。また、並行してワイナリーの再建、そして新商品の開発も行っている。俺が旅立つ頃には、使用人たちだけでもやっていける会社に成長しているだろう。知識はあったものの、会社経営の初心者だった俺が、我ながら上手《うま》くやれたものだ。どうやら、人を動かし、事業を運営する才能があったらしい。

　そのことに気が付いた時、答えを得た気がした。

　帝都の探索者協会《シーカーギルド》から監察官がやってきたのは、そんなある日のことだ。

「お初に御目《おめ》に掛かります。私、探索者協会《シーカーギルド》の参号監察官、ハロルド・ジェンキンスと申します。以後、お見知りおきを」

黒い燕尾服《えんびふく》を着た老人は、屋敷の玄関で身分を明らかにした。探索者協会《シーカーギルド》の監察官とは、探索者《シーカー》の正規組織――クランを管理指導する者たちのことだ。

ハロルドと名乗った老人の年齢は七十ほど。目元や口髭《くちひげ》を生やした口元は柔らかく、好々爺《こうこうや》の趣さえある。だが、身長が高く、爺《じい》さんのくせに胸板が厚い。燕尾服越しにも、尋常ではないほど鍛えられていることがわかった。また、二丁の拳銃を携帯している。

探索者《シーカー》は人々にとって憧れの的《アイドル》ではあるが、同時に暴力を生業《なりわい》とする荒くれ者でもある。その相手をする監察官にも、相応の腕力が求められるのは必定だ。

祖父ちゃんの話によると、監察官は最低でもAランクでないと務まらないそうだ。ルールを破ったクランの鎮圧や抹殺も監察官の仕事だからである。目の前にいるハロルドもまた、そんな猛者の一人であることは確実だった。

俺はハロルドと付き人らしき男を応接間に通した。

「それで、協会の監察官が、今更何の用なんだ？」

惨劇を生き残った代表として、帝都の憲兵団に話せることは全て話した。ソファに座りながら首を傾《かし》げると、ハロルドは一枚の写真をテーブルに置く。そこには、人型の悪魔《ビースト》が写っていた。白い甲冑《かっちゅう》状の甲殻に覆われており、額からは二本の角が生えている。そして、見知った巨大な戦斧を持っていた。初めて見た悪魔《ビースト》だが、その正体は一瞬にしてわ

かった。

「最新の投影機によって撮影された魔王《ロード》です。所持している戦斧から判断して、まず間違いなく、あなたの住んでいた街を滅ぼした魔王《ロード》と同一個体でしょう」

「……これは、いつ撮影したんだ？」

「つい先日。協会の調査員が撮影に成功しました。大手クランの夜の熱狂《ナイトレイジ》が討伐に赴きましたが、結果は惨敗です。誰一人、生きて帰ることはできませんでした」

「へえ、あの夜の熱狂《ナイトレイジ》が……」

夜の熱狂《ナイトレイジ》は帝都でも指折りの大手クランで、その実力は、皇帝から様々な特権を認められた七つのクラン——七星《レガリア》にも匹敵すると言われている。

「あまり驚かれないんですね？」

「十分に驚いているさ。ただ、聴取でも伝えたように、奴が生きていることは知っていた。驚愕《きょうがく》するほどの話じゃない。それで、この魔王《ロード》は討伐されたのか？」

「いいえ。夜の熱狂《ナイトレイジ》が全滅してすぐ、七星《レガリア》の一等星である覇龍隊が現地に赴きましたが、当該魔王《ロード》は既に魔界《ヴオイド》へと去った後でした」

「また去っただと？」

強力な悪魔《ビースト》が現界するためには、超高濃度の魔素《マナ》が必要となる。現世と魔界《ヴオイド》を何度も行き来することは不可能だ。なのに、あっさりと帰還を選んだ理由がわからなかった。

「悪魔《ビースト》が現世を侵略しようとするのは、抗《あらが》えない本能だと言われています」

ハロルドは神妙な顔をして言った。

「だからこそ、下位の悪魔《ビースト》だけでなく、高位の悪魔《ビースト》も現界する。なのに、この悪魔《ビースト》は本能ではなく、自らの強固な意思によって行動している節がある。そこで、我々が再調査をすることになったのです」

話が見えてきた。要するに、俺が虚偽の申告をしたと思っているのか。

「悪いが、話せることは話した。故意に伝えなかった事実は無い」

「あなたが悪意を以《も》って聴取を受けたとは思っていません。ですが、事態は深刻だ。当該魔王《ロード》は、人との戦闘を二度も経験しました。しかも、相手は不滅の悪鬼《オーバーデス》と夜の熱狂《ナイトレイジ》だ。その経験を糧に、当該魔王《ロード》が深度十三――新たな『冥獄十王《ヴァリアント》』へと至る可能性は高い。あなたも、冥獄十王《ヴァリアント》がいかに恐ろしい存在かは知っているはず。なにしろ、その一柱を討伐したのは、あなたの御祖父が所属していたクラン――血刃連盟なのだから」

冥獄十王《ヴァリアント》とは、深度十三に属する大魔王《ロード》たちのことだ。有史以来、人類側で確認されている数は十体。十なる冥王。その全てが、現世を滅ぼせるほど強大な力を有している。

第一界・骸界《がいかい》のリンボ
第二界・愛蝕《あいしょく》のフランチェスカ
第三界・星喰《ほしくい》のプルートン
第四界・禁呪のステュクス
第五界・黒死のディーテ
第六界・偽神のフォティヌス
第七界・凶飢のフレジェトンタ
第八界・渾沌《こんとん》のマーレボルジェ
第九界・銀鱗《ぎんりん》のコキュートス
第十界・炎獄のプルガトリオ

冥獄十王《ヴァリアント》の力は、まさしく神話の世界の具現である。あまりにも強大過ぎて、通常の魔王《ロード》が現界する数百倍の魔素《マナ》が必要となるが、一度《ひとたび》現界すれば、この世界にありとあらゆる災厄をもたらすことになる。死力を尽くして戦っても、魔界《ヴォイド》に追い返すのがやっとだ。

歴史上、この土地に冥獄十王《ヴァリアント》が最後に現界したのは数十年前。天を覆い尽くすほど巨大な龍――銀鱗のコキュートスは、現界すると瞬く間に三つの国を滅ぼした。

国中の誰もが敗北を予感した。だが、祖父ちゃんの所属する血刃連盟が奇跡を起こした。有史以来初めて、冥獄十王《ヴァリアント》の討伐に成功したのだ。

死神とワルツを踊るような、危うい戦いだったと聞いている。勝てたのはひとえに運が良かっただけだと、祖父《じい》ちゃんは何度も話してくれた。その顔に未《いま》だ忘れられぬ恐怖が貼り付いていたことを鮮明に覚えている。

「どんな情報でも構いません。何か思い出せることはありませんか?」

いいや、と俺は首を振る。

「知っていたら、とっくに話しているさ」

「それが信じられないって言ってんだよ」

ハロルドの隣に座っている男が語気を荒くして口を挟む。

「なにしろ、おまえはあの不滅の悪鬼《オーバーデス》の孫だ。目的のためなら、どんな手段でも使うに決まっている」

「目的だと?」

「復讐《ふくしゅう》だよ」

男は忌々しそうに言った。

「魔王《ロード》の情報を意図的に伏せ、自分が復讐する気なんだろ？　もちろん、最弱の話術士であるおまえに、そんな力は無い。だが、金で優秀な探索者《シーカー》を雇えば済む話でもある。新しく始めた事業、ずいぶんと儲《もう》かっているようだが、その金を何に使うつもりだ？」

厳しい口調で詰問してくる男に、俺は苦笑するしかなかった。

とんだ誤解だ。だが、丸っきり的外れでもないのが困ったものである。俺のモットーは千倍返し。祖父ちゃんの仇《かたき》を取りたいと望んでいるのは本当だ。かといって、虚偽の申告などしていない。したところで、今の俺には手の出しようが無いためだ。

「ふん、浅ましい考えだな。おまえがそうだからって、俺が同類だと思われるのは心外だ。侮辱ですらある。身の程を弁《わきま》えろよ、探索者《シーカー》でもない半端者風情が」

「なんだとッ!!」

激昂《げきこう》して腰を浮かした男を、ハロルドは手で制する。

「落ち着け。私たちはくだらない喧嘩《けんか》をしにきたんじゃない」

「ですが、ハロルドさん！　このガキが隠し事をしていなかったら、夜の熱狂《ナイトレイジ》は全滅せずに済んだかもしれないんですよ!?」

「黙れ。二度目は無いぞ？」

「ぐっ……」

ハロルドに睨《にら》まれた男は、悔しそうに唇を噛《か》み締め押し黙った。

「申し訳ありませんでした。彼は夜の熱狂《ナイトレイジ》の担当者だったので、この件に関しては冷静さを失い易《やす》いのです」

「それはそっちの事情だ。俺には何の関係も無い」

「ははは、仰る《おつしや》通り」

ですが、とハロルドは目を細めた。

「探索者《シーカー》でもない半端者、という言葉は聞き捨てなりませんね。本当に半端者かどうか、あなたが試してくれても構わないんですよ？」

静かな怒気が込められた視線を向けられ、俺は肩を竦《すく》めた。

「悪かったよ。言葉が過ぎた。だが、最初に痛くもない腹を探ってきたのは、あんた達《たち》の方だぜ？　嫌味の一つも言いたくなるさ」

臆する気は無い。祖父ちゃんが口を酸っぱくして言っていたように、人は舐《な》められたら終わりだ。俺が嘲笑交じりに言うと、ハロルドは苦笑めいた笑みを浮かべた。

「そういうところ、御祖父にそっくりですね」

「どういう意味だ？」

「私は御祖父が所属していた血刃連盟の担当者だったんですよ」

「あんたが？」

「ええ。あなたの御祖父とも親しい間柄でした。今はもう存在しませんが、とても素晴らしいクランでしたよ」

ハロルドは昔を懐かしむように呟《つぶや》き、上着の胸ポケットから煙草《たばこ》の箱を取り出した。

「煙草、吸ってもよろしいでしょうか？」

「この家は全室禁煙だ……と言いたいところだが、祖父に免じて許してやるよ」

俺が許可すると、ハロルドは紫煙を燻《くゆ》らす。

「……話を少し戻しましょう。何故《なぜ》、事業を始めたのですか？　あなたはまだ十四だ。成功したから良かったものの、失敗した時の事を考えれば、リスクの大きい選択でした。御祖父の遺産があれば、無理をしなくても遊んで暮らせたはずです」

「俺一人ならな。だが、使用人たちの今後のためには、祖父の遺産に頼るだけでなく、会社を興す必要があった」

「使用人たちのために？……失礼ながら、そういうタイプには見えませんね」

「人格は関係無い。持つ者の義務《ノブレス・オブリージュ》だよ。俺は俺のするべきことをしただけだ」

なるほど、とハロルドは興味深そうに笑った。

「素晴らしい考え方ですが、信じるのは難しい話ですね」

「だろうな。だから、俺は事業から手を引く。そうすれば、あんた達も信じてくれるだろう？　おっかない協会に目を付けられるのは嫌だからな」

業腹ではあるが、協会に要らぬ詮索をされるのは得策ではない。ここは手を引くべきだ。今の段階で使用人たちに託すのは不安ではあるものの、俺がいることで彼らの将来に悪影響を与えては本末転倒である。すぐに俺が消えても、祖父ちゃんの遺産から今後の運営資金を多めに渡せば、なんとかなるはずだ。

「その決断、後悔しませんね？」

ハロルドの試すような眼差《まなざ》しを、俺は鼻で笑った。

「後悔なんてするものか。話はこれで終わりだ。用が済んだのなら、さっさと失《う》せろ」

「わかりました。その言葉を信用するとしましょう」

ハロルドが立ち上がると、連れの男は慌て出した。

「こんなガキの言うことを信じるんですか!?」

「そうだ。帝都に帰るぞ。私に恥をかかせるな」

男はハロルドに意見しようとしたが、それよりも先に鋭い目付きで見据えられ、何も言うことができなくなった。

「それでは、お邪魔しました。ブランドン——御祖父の冥福を心より祈っております」

ハロルドと男は応接間のドアに向かう。その背中に俺は言った。

「あんた達とは、また会うことになるだろう。俺の顔をよく覚えておくといい」

振り返る二人に、俺は断言する。

「この俺こそが、最強の探索者《シーカー》になる男だ」

一章：善悪の彼岸

馬車に揺られる中、俺は微睡《まどろ》んでいた。

探索者《シーカー》になった後の記憶が、夢となって蘇《よみがえ》ってくる。蒼の天外《ブルービヨンド》を結成した事。仲間と共に、大物食いのルーキーと呼ばれるほどの活躍をした事。仲間に裏切られた事。仲間と別れた事。アルマという天才と出会った事。暴力団《ヤクザ》であるガンビーノ組《ファミリー》と争った事。その戦いに勝った事。極東の島国からやってきた、コウガという新たな仲間を得た事――。

ここ最近の出来事を夢として思い返していた俺は、ふと目を開けた。

「チュ～～っ」

「いいっ!?」

目の前に迫る、口を窄《すぼ》めた女の顔。唇と唇が触れ合いそうになった瞬間、俺は思いっ切り頭を振り下ろした。

「ぎゃんっ!?」

鼻っ面に頭突きが直撃した銀髪褐色の女――アルマは、両手で鼻を押さえた。

「なんで頭突きするの!?」

「寝ているところを襲おうとするからだろ！　ぶっ殺すぞ！」

俺が指差しながら怒鳴ると、アルマはやれやれという風に首を振った。

「キスぐらいで動揺するなんて、まだまだノエルもお子ちゃま」

「そうそう、俺は子どもだ。だからセクハラは止《や》めろ。次やったら、問答無用で憲兵に突き出すからな。このチンチクリン痴女め」

「チンチクリン痴女!?」

アルマは心外そうに驚くが、背が低く、露出度の高い服装をしているのは事実である。身長も良識も、二十一歳だとは思えない。立派なのは胸だけだ。

「ぎゃはははは、チンチクリン痴女じゃと!」

隣に座っている臙脂《えんじ》色の具足を纏《まと》った男——コウガは腹を抱えて笑った。

「コウガ、てめえ、何でアルマを止めなかった?」

俺がドスを利かせた声で尋ねると、コウガは顔を青くした。

「と、止めようとしたら、アルマがナイフで脅してきたんじゃ!　ワシは悪くないぞ!」

「なるほど。なら、次からは刺し違えてでも止めろ。それが前衛の仕事だ」

「ええっ!?　い、いや、それは無茶じゃ——」

「何か問題でも?」

「な、ない……です。……はい」

下っ端根性が染みついているコウガは、項垂《うなだ》れるように頷《うなず》いた。

「やーい、怒られてやんの。コウガ、ざまぁ」

「おどれのせいじゃろうがッ!!」

アルマの挑発に、コウガは唾を飛ばして怒る。馬車の乗客は俺たち以外にいないものの、俺は二人の幼稚さに羞恥心を感じざるを得なかった。

「とはいえ、緊張して固まっているよりはましか……」

俺は窓の外に視線を向けながら呟く。のどかな街道の先にある目的地は、悪魔《ビースト》との戦場だ。アルマとコウガも、そのことはよく理解している。

「コウガ、復習《おさらい》だ。これから俺たちが戦う悪魔《ビースト》を説明してみろ」

「えっ？……ええっと、小鬼《ゴブリン》じゃろ？　たしか――」

突然の質問に戸惑いながらも、コウガは小鬼《ゴブリン》について説明を始めた。

十三段階ある危険度の内、最も浅い深度一に属する悪魔《ビースト》、それこそが魔界《ヴォイド》の一般的な住民である小鬼《ゴブリン》。背は低く、肌の色は緑。程度こそ低いが独自の文明を持っており、人に似た戦術や装備を扱えることが特徴だ。

また、小鬼《ゴブリン》の戦闘員には、四つの種類がある。

一番数が多い下級兵、棍棒《こんぼう》や木の盾や弓などで武装した小鬼《ゴブリン》、兵隊小鬼《ゴブリン・ソルジャー》。

火や雷の属性魔法スキルを扱える小鬼《ゴブリン》、魔導小鬼《ゴブリン・メイジ》。

小鬼《ゴブリン》が突然変異し、二メートルを超える屈強な肉体を手に入れた大鬼《ホブゴブリン》。それが重装備をした重装大鬼《ゴブリン・チャンピオン》。

大鬼《ホブゴブリン》の中でも、更に肉体と頭脳が成長した指揮官、将軍大鬼《ゴブリン・ジェネラル》。

これら四種類が、数十から百体余りの軍隊を構成している。

「――で、あっとるかの？」

「ああ、問題無い」

不安そうなコウガに、俺は笑って頷いた。俺たち三人のパーティ――蒼の天外《ブルービヨンド》は、外部クランから小鬼《ゴブリン》討伐の外注依頼を受けている。今になって小鬼《ゴブリン》如《ごと》きの相手をするのは、新しいパーティの練度を確かめることが目的だ。

蒼の天外《ブルービヨンド》の新たな仲間となった、【斥候《スカウト》】のアルマと【刀剣士】のコウガ。二人は非常に優れた戦闘員だ。訓練を重ねる中で、二人の非凡な才は更に洗練されていった。共にCランクではあるものの、既にBランク相当の実力を備えている。だが、問題もあった。それは、悪魔《ビースト》との戦闘経験が無いことだ。

「探索者《シーカー》には、小鬼《ゴブリン》を笑う者は小鬼《ゴブリン》に食われる、という言葉が伝わっている」

俺は背筋を正し、二人に向けて言った。

「たしかに、小鬼《ゴブリン》の戦闘力は、他の悪魔《ビースト》と比べて低い。だが、奴《やつ》らは武装し戦術を使う。甘く見ていたら、狩られるのは探索者《シーカー》の方だ。多少腕が立っても、集団戦の心得が無い者では、手も足も出ず殺される。養成学校を出ていない探索者《シーカー》の死亡率が極めて高いのは、この知識を持っていないためだ」

二人は俺の言葉を聞き、表情を引き締める。戦いに赴く者の顔だ。

「おまえたちの強さは、よく知っている。だが、今はまだ原石。輝く宝石になるか、それとも石クズとなって終わるか……その真価を見極めさせてもらうぞ」

「まかせて」「楽勝じゃ」

闘志を漲《みなぎ》らせる二人に、俺は口元を緩める。馬車が止まった。窓の外には、ドーム状の赤い空間が見える。

魔素《マナ》濃度が一定の数値に達することで発生する、魔界からの浸食空間――深淵《アビス》。深淵《アビス》には核となる悪魔《ビースト》が存在し、核を仕留めない限り、周囲の空間をどこまでも浸食していく。

今回の場合は、将軍大鬼《ゴブリン・ジェネラル》だ。深淵《アビス》が発生した場所は、小高い丘の上の砦《とりで》。ずっと昔に打ち捨てられ、遺跡と化していた砦は、今や深淵《アビス》と化し、現界した小鬼《ゴブリン》の住処《すみか》となっている。

「さあ、戦い《ゲーム》の時間だ」

俺は馬車を降り、後ろの二人に向けて言った。

†

会敵し対峙《たいじ》する小鬼《ゴブリン》の群れは、ざっと二百体ほど。データ上の最大値よりも二倍近く多い軍勢ではあるが、新パーティのデビュー戦としては、ちょうど良い規模だ。

「指示《オーダー》だ！　アルマ、塁壁上の弓兵と魔導小鬼《ゴブリン・メイジ》を殺せ！」

「了解！」

話術スキル《戦術展開《タクティシャン》》が付与された指示に従い、アルマは鉄針を一斉に投擲《とうてき》する。その全てが、斥候《スカウト》スキル《投擲必中《パーフェクトスロー》》の効果によって、物理法則ではありえない軌道を描きながら、塁壁上に陣取っていた弓兵と魔導小鬼《ゴブリン・メイジ》の全てを射殺した。

よし、これで上から狙い撃ちされることはなくなった。

「コウガ、敵陣に突っ込め！　突破口は俺とアルマが開く！」

「応！」

電光石火の速度で駆けるコウガ。立ちはだかるのは、二体の重装大鬼《ゴブリン・チャンピオン》だ。その手に持つ分厚い鉄製の大盾で、コウガの行く手を遮ろうと構える。

「アルマ、《徹甲破弾《アーマーピアシング》》！」

新たに投擲される無数の鉄針。斥候《スカウト》スキル《徹甲破弾《アーマーピアシング》》――対象の防御力の影響を半減する投擲スキルに、俺の支援《バフ》が合わさった鉄針の威力は、分厚い鉄製の大盾をも容易《たやす》く貫通して重装大鬼《ゴブリン・チャンピオン》を仕留めた。

他の重装大鬼《ゴブリン・チャンピオン》が慌てて隊列の穴を塞ごうとするが、それよりも先に俺が吠《ほ》える。

「止まれッ!!」

話術スキル《狼の咆哮《スタンハウル》》。小鬼《ゴブリン》たちが動きを止めると、俺は魔銃《シルバーフレイム》の銃口を向けた。

「コウガ、頭を下げろ！」

疾走しながら姿勢を低くするコウガの頭上を、俺の放った魔弾が通り抜けた。敵陣に着弾した瞬間、轟音《ごうおん》と共に強烈な電撃が迸《ほとばし》る。魔弾――雷撃弾《サンダーバレット》は、付近の小鬼《ゴブリン》たちを黒焦げにして吹き飛ばした。

隊列が完全に開かれる。その先にいるのは、この深淵《アビス》の核である将軍大鬼《ゴブリン・ジェネラル》だ。

「コウガ、将軍《ジェネラル》を仕留めろ！」

「わかった！」

コウガは強く踏み込み、更に速度を上げて将軍大鬼《ゴブリン・ジェネラル》に迫った。三メートル近い巨軀《きょく》を誇る将軍大鬼《ゴブリン・ジェネラル》は、武器である大剣をコウガ目掛けて振り下ろす。

「すっとろいんじゃ！」

軽々と将軍《ジェネラル》の一撃を躱《かわ》したコウガは、神速の抜刀――刀剣スキル《居合一閃《いあいいっせん》》を使って、将軍《ジェネラル》の両腕を切断した。

「もろうたッ！」

返す刀で将軍《ジェネラル》の首を狙うコウガ。その刃が届く瞬間――

いつの間にか飛び出していたアルマのナイフが、先んじて将軍《ジェネラル》の首を落とした。

「お、おどれ、何を勝手なことをしとるんじゃ!?」

「ふふん、コウガがのろまだから手伝っただけ」

「なんじゃとぉッ!?」

あろうことか、崩壊した敵陣で口喧嘩《くちげんか》を始める馬鹿二人。

「なにやってんだ、あいつらは……」

俺が呆《あき》れていると、核を失ったことで深淵《アビス》が浄化されていく。既に全ての小鬼《ゴブリン》たちは活動を停止しているし、硫黄臭がする空気も清浄なものとなっていた。

俺は溜《た》め息《いき》を吐《つ》き、最後の指示を出した。

「戦闘行動、終了……」

「深淵《アビス》ちゅうんも、思ってたほど怖い場所じゃないのう」

戦闘後の休憩を取っていると、コウガが笑いながら言った。

周囲には小鬼《ゴブリン》の死体が転がっていて酷《ひど》い悪臭が漂っている。だが、依頼主であるクランが派遣する、素材回収班の到着を待つ必要があった。契約時の取り決めだと、三十分ほど待っていればやってくるはずだ。討伐に成功していれば、小鬼《ゴブリン》の死体と引き換えに報酬を貰《もら》う手筈《てはず》である。小鬼《ゴブリン》の肝は錬金術によく使われるため需要が大きい。今回だと百万フィルの報酬だ。

「馬鹿？　一番弱い悪魔《ビースト》を倒したぐらいで調子に乗るとか、信じられない」

アルマの辛辣な指摘に、コウガは顔を歪《ゆが》めた。

「そ、そりゃそうじゃが……」

「ボスの首も満足に落とせなかったくせに」

「あれは、おどれが邪魔したからじゃろうが！」

「剣は遅いのに言い訳は速い」

「ノエル、こん女イカれとるぞ！　無茶苦茶しか言わん！」

俺に話を振るなよ、と言いかけ、寸前で呑《の》み込む。リーダーである以上、メンバー間の不和を解消するのも仕事の一つだ。

「つまらない喧嘩はそこまでだ。アルマ、今後は戦闘中の勝手な行動は許さん。コウガ、おまえも調子に乗るのは止めろ。二人とも、わかったな？」

「……はい」「……わかった」

　素直に頷く二人に俺は苦笑した。こういう素直なところは好感が持てる。

　だが、この二人には組織のナンバー2を任せられそうにない。どれだけ腕っ節が強くても、性格にムラがあり過ぎる。なにより、俺の意見を絶対視する点が好ましくない。ナンバー2がイエスマンだと、多様性が失われ、組織は停滞する。トップの意向を尊重しつつも、非常時の代替案を用意できる能力こそが、ナンバー2に求められる才能だ。今後の発展を考えるなら、早急にナンバー2を任せられる人材を探すべきだろう。

「ともあれ、二人とも良い働きだった。デビュー戦としては上出来だ。おまえたちと仲間になれたことを、俺は心から誇りに思っている」

「「へへへ」」

　嬉《うれ》しそうに頭を掻《か》く二人。こいつら、素直というか単純だな。

「今回の戦いで確信を持てた。俺たちはクランを創設するのに相応《ふさわ》しい力を備えている。よって、帝都に帰り次第、俺は国にクランの創設申請を出すつもりだ。以後、俺たちはパーティではなくクランとなる」

「クランちゅうのは、要するに公的な探索者《シーカー》の組織じゃろ？」

　コウガの質問に、俺は頷《うなず》く。

「その通りだ。国から深淵《アビス》の依頼を受けられるのは、正式に認定されたクランだけ。クランに属していない探索者《シーカー》は、外注依頼でしか深淵《アビス》に関わることができない。今回の依頼も、本来は他所《よそ》のクランが国から引き受けていたものだな」

「クランハウスは？　申請を認めてもらうには、拠点が必要なんでしょ？」

手持無沙汰気味のアルマが、ナイフを回しながら首を傾《かし》げた。

「もう買った」

「買ったの!?」「ほんまか!?」

「ああ、つい先日な」

以前から目を付けていた物件で、私有財産のほとんどを頭金に費やし購入した。支払いはまだ残っているが、登記上、土地と建物の所有者は俺だ。権利書も所有している。

「何の相談も無かったんだけど!?」

「俺が金を出すんだから、相談なんて必要無いだろ」

「むぅ〜っ！」

頰を膨らませて、不満そうに腕を組むアルマ。突き放す言い方をしたが、望んで二人を蔑《ないがし》ろにしたわけではない。相談しなかったのは、必ず反対されるとわかっていたからだ。

「どんな家なんじゃ？　帝都に帰ったら見に行きたいのう」

コウガはアルマと違い、不満は無いようだ。むしろ期待で目を輝かせている。

「まだ改装中だ。終わったら案内してやるよ」

「わかった。楽しみに待っとるわ」

　俺は姿勢を正し、二人を順に見た。

「戦力、拠点、強制保険金、クランを創設するための準備は整った。クランになれば、雑魚狩りでちまちま稼ぐ気は無い。狙うのは大物だけだ。おまえたち、次の戦いからは常に死闘になるぞ。しっかり気を引き締めておけよ」

「了解！」「応！」

　二人とも良い返事だ。生粋の武闘派だけあって、俺の言葉に臆するどころか血を熱くしているのが感じられた。実に頼もしい限りである。これで人格面も優れていたら言うことは無いのだが、天は二物を与えず、というやつらしい……。

「ノエル、それはなんじゃ？」

　不意にコウガが、俺の右手を指差す。首を傾げながら右手を確認してみると、その甲には、本の形をした紋様が浮かんでいた。

「これはランクアップができる証《あかし》だな」

　職能《ジョブ》は条件を満たすことで、ランクアップが可能となる。その証が、身体《からだ》のどこかに現れる紋様だ。右手の甲に現れた紋様は、それに間違いない。とはいえ、Bランクにランクアップできるぐらいでは、何の喜びも感じないのが本音だ。

「おお、そいはおめでとうさん！」

「おめでとう、ノエル。ノエルもランクアップできるようになったから、仲間外れはコウガだけ」

アルマの意地の悪い言葉に、コウガは目を丸くする。

「え、アルマもランクアップできるんか？」

「そうだよ。余裕」

「ノエル、ほ、ほんまか？」

焦った様子のコウガに、俺は頷いた。

「そ、そうなんかぁ……」

仲間外れだとわかって落ち込むコウガ。その顔が面白くて、俺は忍び笑いを漏らした。

「情けない顔をするな。おまえもすぐにランクアップできるよ」

「ランクアップって、そがいに簡単なんか？」

「簡単ではないな。だが、Bランクに関しては、条件さえ達成できれば、高い確率でランクアップが可能だと言われている」

俺がランクアップしても無感情でいるのは、それが理由だ。もちろん、確率が高いからといって、絶対にランクアップできるというわけではない。条件を達成してもランクアップできなかった探索者《シーカー》はたくさんいる。だが、コウガの才能なら確実だろう。

「例えば、【話術士】のランクアップ条件は、支援《バフ》を使用した戦闘の経験値を、累計で一万ポイント溜める、だ」

「その一万ポイントって、どうやってわかるんじゃ？」

「統計的に、同格相手との戦闘が、一回につき一ポイントだ。この数値は、敵の強さと数に応じて、指数関数的に上昇していく。つまり、安全な戦闘だけをこなしていたらランクアップするのに膨大な時間が掛かり、逆に危険な戦闘をこなせば時間を短縮できるというわけだ」

「なるほどのう。そいなら、すぐにランクアップできそうじゃ。これからずっと、死と隣り合わせの戦いに挑んでいくんじゃろ？」

「そういうことだ。なにより、コウガには地下闘技場での経験値もあるし、その分を考慮すれば、ランクアップに掛かる時間が長くなるとは思えない」

大物食いのルーキーと呼ばれていた俺が、一年間ほとんど休むことなく戦い続けて、ようやく紋様が現れたことを鑑みると、ランクアップが茨《いばら》の道であることは間違いない。だが、数さえこなせば達成できる条件でもあるため、戦闘を恐れない者なら必ず越えられる壁だ。これがAランクになると、また話が違ってくるのだが……。

やがて、遠くから馬車のやってくる音が聞こえた。

「回収班が来たようだな。この臭い場所ともおさらばだ。アルマ、帝都に帰ったら俺はランクアップするが、おまえはどうする？」

「……ごめん、もう少しだけ待って」

「わかった。心が決まったら教えてくれ」

職能《ジョブ》のランクアップは不可逆だ。一度決めたランクアップ先を、後から変えることはできない。だから、アルマに限らず、迷う探索者《シーカー》は多いし、そのことに対して不満は無かった。どんなランクアップでも、アルマなら必ず使いこなせるだろう。

「コウガの股間を七色に光らせられる職能《ジョブ》が良い」

「なんでじゃッ!?」

問題なのは、人格だけである……。

†

職能《ジョブ》を発現させるのに【鑑定士】が必要なように、職能《ジョブ》をランクアップするのにも【鑑定士】の助けが不可欠だ。

【鑑定士】は全ての職能《ジョブ》の中でもかなり特殊で、その力は鑑定を必要とせず、生まれながらに備わっている。また、ランクアップも無い。【鑑定士】として生まれた者は各自治体から帝都に集められると、鑑定士協会で専門の教育を受けていくことになる。

一人前になった【鑑定士】の主な仕事は、帝都や各自治体で人々の職能《ジョブ》を発現させることだ。その仕事が無い時は、これまでに鑑定してきた職能《ジョブ》の研究をする。各スキルの数値も、【鑑定士】が秘蔵されているデータを基に算出したものである。

【鑑定士】の存在は、人々の営みに欠かすことができない。だが、正直なところ、俺は【鑑定士】が大嫌いだった。

「本日はよくいらっしゃってくれました、ノエル・シュトーレン様」

白亜の荘厳な神殿調の建物――鑑定士協会館に入り、長い待ち時間に耐えた俺は、担当者がいる部屋に通された。部屋にいたのは、ノームの若い女だ。

「ランクアップをご希望だとか。大変素晴らしいです。あなたの新たな門出に立ち会えること、【鑑定士】として心から嬉しく思いますよ」

担当の【鑑定士】は笑顔で話すが、その眼《め》はちっとも笑っていない。

こいつらは幼少期から特殊な教育を受けてきたせいか、人に対する興味が全く無く、その知識欲の全てが職能《ジョブ》の研究にのみ向いている。まるで実験動物を見るような眼を向けてくるのだから、相変わらず好きになれない人種だ。

「それでは、【話術士】であるノエル様がランクアップ可能な職能《ジョブ》をお伝えしますね。まず、【吟遊詩人】。次に【戦術家】。最後が【魔獣使い】になります」

事前に調べた通りの内容だ。【話術士】のランクアップ先は三つ。

歌の力で支援を更に強化することができる職能《ジョブ》、【吟遊詩人】。

集団戦に特化した多彩な支援を使うことができる職能《ジョブ》、【戦術家】。

変異種《モンスター》と意思疎通し従えることができる職能《ジョブ》、【魔獣使い】。

まず、【吟遊詩人】の支援を強化できる特性は魅力的だが、歌いながら司令塔の役割をこなすことは困難だ。よって、【吟遊詩人】は却下。

次に、【魔獣使い】。変異種《モンスター》を使役すれば、支援職《バッファー》の最大の弱点、自衛手段の欠如を払拭できる。これは非常に大きな利点だ。大型の変異種《モンスター》に騎乗しながら戦う姿にもロマンを感じる。だが、変異種《モンスター》を指示通り動かすことは難しい。命令自体は聞いてくれるものの、実行までの時間的なずれ《タイムラグ》が人よりも大きいため、コンマ秒単位の連携が必要な戦いでは、まるっきり役に立たないのだ。それでは弱点を克服できても意味が無い。

となると、司令塔である俺に相応しい職能《ジョブ》は、必然的に一つしかない。

「どの職能《ジョブ》をお選びになりますか？　ちなみに、私のおススメは、魔獣――」

「【戦術家】だ。【戦術家】で頼む」

【鑑定士】が何か言おうとしたが、それを遮って俺は自分の意思を伝えた。

「……【戦術家】、でございますか。なるほど、たしかに探索者《シーカー》の方ならば、より汎用性の高い【戦術家】が好ましいでしょうね。ですが、この魔獣――」

「【戦術家】だ。【戦術家】以外になるつもりはない」

「……ふむ。ですが、やはりなんと言っても、私のおススメは――」

「おまえのおススメなんて知ったことか。いいから【戦術家】にしろ」

俺が苛立《いらだ》ちながら急《せ》かすと、【鑑定士】は悲しそうに眉尻を下げた。

「……どうしても、ですか？」

「どうしても、だ」

「……ちっ」

この糞《くそ》ノーム、舌打ちをしやがった。こうも俺を【魔獣使い】にさせたいのは、単に

【魔獣使い】のデータが少ないからだ。レアな職能《ジョブ》や成り手の少ない職能《ジョブ》は、【鑑定士】にとって格好の研究材料なのである。

「はぁ、わかりました。【戦術家】でよろしいんですね？」

「だから、何度もそう言っているだろ。早くしてくれ。俺は忙しいんだ」

「わかりました。では、ランクアップの説明をします」

【鑑定士】の説明はこうだ。ランクアップすることで身体補正値の上昇、既に覚えているスキルの強化、新しいスキルの習得、といった恩恵が得られる。

だが、職能《ジョブ》が根本から変わるわけではない。俺が【戦術家】になっても、【話術士】であることに変わりはないのだ。水が凍っても水であるように、また沸騰しても水であるように。

「ランクアップしても元の職能《ジョブ》名で呼ばれることが一般的です。新たな力を得たからといって過信は禁物ですよ。この世界に万能の力は存在しません」

「言われるまでもない。自分の限界は嫌というほど知っているさ」

「結構。説明は終わりました。儀式を始めさせて頂きます」

【鑑定士】は両手を広げ、共通言語とは異なる言葉で歌を歌い始めた。専門家ではないので詳しくは知らないが、古代ノーム語の歌らしい。そもそも、【鑑定士】という特殊な職能《ジョブ》は、ノームから発祥したものだ。したがって、全体の八割近くがノームである。他の人種も、先祖を辿《たど》ればノームの血が混じっている者たちばかりだ。

歌の意味は、こうである。

「我、汝《なんじ》の新たな扉を開かん。我、汝の新たな扉を開かん。汝、大いなる力を欲する者よ。その眼を、己《おの》が内なる海に向けよ。暗き水面を照らすは、叡智《えいち》の光なり。光は扉となりて、現世へと至る。我、汝の新たな扉を開かん。我、汝の新たな扉を開かん――」

やがて青い燐光《りんこう》が俺を包み、身体の奥底から不思議な力が湧いてきた――。

†

【話術士】系Bランク職能《ジョブ》、【戦術家】。その特性は、思考速度の超補正だ。

元々、【話術士】の知力補正は、全職能《ジョブ》中でトップクラス。それが新たに得た特性のおかげで更に強化され、今や思考を分割して疑似人格を複数生み出し、その処理速度を保ったまま並列思考することさえ可能となった。この特性を利用すれば、戦況をリアルタイムであらゆる視点から分析できるため、未来予知に近い精度の戦闘予測を導き出せる。予測できる時間こそ極短いが、まさしく【戦術家】に相応《ふさわ》しい特性だ。

もっとも、この特性を戦闘に活《い》かせるかは、俺次第である。未来がわかっていても、一瞬先では対応が難しい。予知した結果を仲間に伝えるまでの時間的なずれ《タイムラグ》も問題だ。つまり、俺の手足となるアルマとコウガとの連携が、これまで以上に重要になってくる。これが誰にでもできるのなら、【話術士】という職能《ジョブ》が最弱の一角に挙げられることなどない。

ランクアップが済んだ俺は、鑑定士協会館を出て、探索者《シーカー》協会に向かっていた。目的はクランを創設する手続きだ。その道中、黄色い歓声が沸く人だかりに出くわした。

「キャーッ！　カッコイイッ！　こっち向いてー！」

「一緒にご飯食べようよ！　私、奢《おご》っちゃう！」

「すいません！　この剣の鞘《さや》にサインを頂けませんか!?」

どうやら、中心にいる人物はかなり女からの人気があるらしい。若い女から年配の女まで、しかも一般人だけでなく、明らかに探索者《シーカー》と思われる者たちもいる。

探索者《シーカー》は人々のアイドルだ。だが、同業者が憧れる者ともなれば、かなり限られてくる。興味が湧いてきた俺は、集団の中心にいる人物を見てやろうと背伸びをした。囲んでいる者たちが女ばかりなので、苦も無く目的の人物を視界に捉えることに成功する。

軽く癖がついた亜麻色の髪の美青年だ。年齢は二十代半ば。俺より頭一つ身長が高い。柔和な顔立ちをしていて、常に目を細めている。羽織っている紺色のコートが髪の色とよく合っていた。そして、腰の剣帯にはロングソードが吊《つ》るされている。

知っている男だった。なるほど、女が群がるのも無理はない。帝都最強クラン、七星《レガリア》の一等星である覇龍隊。そのサブマスターを若くして務める天才【剣士】の名は、帝都に住む者なら誰もが知っている。

「玲瓏たる神剣《イノセント・ブレイド》、ジーク・ファンスタイン」

俺がその名を口にした瞬間、ふとジークの視線がこちらに向けられた。

「あれ？　君ってノエル・シュトーレンだよね？」

　歓声の中でもよく通る声は、たしかに俺の名前を告げた。ジークは女たちを掻《か》き分け、俺へと歩み寄ってくる。

「やっぱり、ノエル君だ。わぁ、奇遇だなぁ」

　穏やかだが白々しさを感じる物言いは、この男が最初から俺目当てだったことを察するのに十分な証拠である。そして、その理由も見当がついていた。

†

「誰よ、あの女？　ジーク様と親しそうじゃない？」

「え、女じゃなくて男の子でしょ？」

「嘘《うそ》!?　あんなに綺麗《きれい》な顔をしているのに!?」

「私、知ってる！　あの子って蒼の天外《ブルービヨンド》のリーダーだ！」

「な、なんだか知らないけど、とっても耽美《たんび》な波動を感じるわ！」

「私もです、お姉さま！　二人の背景に満開の薔薇《ばら》が見えますわ！」

　勝手なことを言って盛り上がる女達《たち》。俺はこめかみが軽く痙攣《けいれん》するのを感じながらも、ジークを真《ま》っ直《す》ぐに見据えて笑みを作る。

「これはこれは、帝都最強クランである覇龍隊のサブマスター、ジーク・ファンスタインさんじゃないですか。お会いできて光栄ですよ。ええ、実にね」

「僕のことを知っているなんて、こちらこそ光栄だよ、ノエル君」

ジークは爽やかな笑顔で応える。厭味《いやみ》な奴《やつ》だ。おまえを知らない探索者《シーカー》がいるものか。

この帝都には、EXランクに至った者が三人いる。

七星《レガリア》の三等星、百鬼夜行のマスター、王喰《キング》い《グスレイヤー》の金獅子こと、リオウ・エディン。

七星《レガリア》の一等星、覇龍隊のマスター、開闢の猛将《ビギニング・ワン》こと、ヴィクトル・クラウザー。

そして、最後の一人が、覇龍隊のサブマスターである、この男だ。

アルマが酔っぱらった時に漏らした情報によると、暗殺者《アサシン》教団の教団長もEXランクらしいが、実際に会ったことはないので真偽は不明だ。

確実であり重要なのは、探索者《シーカー》だと三人しかいないということ。

だが、ヴィクトルは既に還暦間近の年齢であるため、全盛期は過ぎている。EXランクではあるが、実際の戦闘能力はAランクほどしかない。もちろん、長年培った知識や経験や技術を有しているため、総合的には他のAランクを遥《はる》かに超える実力者ではあるが。

今まさに絶頂期にあり、EXランクの能力を最大限に活かせる探索者《シーカー》は、リオウとジークの二人だけだ。つまり、帝都で最強の探索者《シーカー》は、二人のどちらかということになる。

そんな男の謙遜なんて厭味にしかならない。天然ならまだしも、言動の端々から見受けられる強い自信は、自分の立ち位置をしっかり理解している証拠だ。爽やかな風体に反して腹黒いという風評は本当だったらしい。

「それで、毎日二十四時間お忙しいはずのジークさんが、俺のような木っ端探索者《シーカー》に何の用でございましょうか？」

「木っ端なんてとんでもない！　君の噂《うわさ》は僕たちのクランでも持ち切りだよ。伝説の探索者《シーカー》、不滅の悪鬼《オーバーデス》のお孫さんであるだけでなく、あのガンビーノ組《ファミリー》をたった二人で撃退したそうじゃないか」

「不滅の悪鬼《オーバーデス》の孫だってことは公言している事実ですが、ガンビーノ組《ファミリー》については身に覚えがありませんね。人違いでは？」

俺がしらばっくれると、ジークは笑みを深くする。

「人違いじゃないよ。ガンビーノ組《ファミリー》と君の間にトラブルがあったことは、多くの探索者《シーカー》が目撃している。そして、これは表に出ていない情報だが、その一週間後にガンビーノ組《ファミリー》の組長《ボス》が入れ替わっている。たしかに、君自身がアルバートに手を下した場面を見た者はいないが、起こった事を察するには十分な情報じゃないかな？」

「仮にそれが真実だとすると、俺はとんだ危険人物だ。本家であるルキアーノ組《ファミリー》が黙っちゃいない」

「そう！　僕が注目しているのはそこなんだ！」

ジークの細められていた目が、にわかに開かれた。その銀色の瞳には、埋火のような静かで暗い熱を感じる。

「単なる探索者《シーカー》でしかないはずの君が、どんな手品を使って事を成し遂げたのか、まったく興味が尽きないよ」

「おやおや、奇遇だったにしては随分ときな臭くなってきましたね。この話は一体どこに行きつくのかな？　大変気になるところですが、俺も木っ端ながら忙しい身でしてね。よろしければ、ここらへんでお暇《いとま》させて頂きたい」

　俺が踵《きびす》を返すと、その肩にジークの手が置かれた。

「おい、勝手に触ってんじゃねぇぞ」

「悪いね。でも、まだ僕の話が終わっていない」

「それが俺に何の関係があるんだ？　あんた、帝都最強クランのサブマスターだからって、自分が偉いと勘違いしているんじゃないか？」

「なかなか辛辣だね」

　ジークは俺から手を放し、一歩下がった。

「たしかに、君が察している通り、この出会いは偶然じゃない。僕は君に用があったから来たんだ。そのことで君を不快にさせたのなら謝ろう」

「謝罪は不要だ。あんたとは赤の他人だからな」

「まあまあ、待ってくれよ。僕が持ってきた話は、君にとっても悪い内容じゃない。とりあえず、どこかお茶を飲める場所でのんびりと――」

「あんた、俺の話を聞いていたか？　俺は忙しいんだ。あんたに付き合っている暇は無い。今も、これからも、ずっとな」

「頑《かたく》なだねぇ」

「ふん、頑なも何も、あんたが俺に会いに来た理由は最初からわかっている。つまるところ、ヘッドハンティングだろ？」

大手クランが、有望なパーティを取り込もうとすることはよくある話だ。自分たちのクランを強化できるだけでなく、将来的なライバルも減らせるのだから、やらない方が損である。ヘッドハンティングされる側も、好待遇で迎え入れてもらえるのだから、悪い話でないのは事実だ。だが、俺の答えは最初から決まっている。

「鼻につくんだよ、あんた」

「なんだって？」

「その強引な誘い方、あんたやっぱり自分が偉いと勘違いしているだろ？　あんたが相手だったら、誰でも素直に従うと思っていたのか？　勘違いも甚だしい」

ジークからは常に、よろしくしてやろう、って傲慢さが滲《にじ》み出ている。そんな奴の言葉に従うなんて、死んでも御免だ。

「悪気は無かったんだけど、どうやら僕の態度が気に障ったらしいね」

「らしい、じゃない。気に障ったんだよ」

「たしかに、君の言っていることは正しい。僕の目的は、君たち蒼の天外《ブルービヨンド》を覇龍隊に吸収することだ。でも、一つだけ間違っていることがある」

「あん？」

「僕はね、勘違いではなく、本当に偉いんだよ」

瞬間、ジークの闘気が天を衝《つ》くほど増大する。明らかに臨戦状態だ。現役のＥＸランクの殺気が恐ろしくないと言えば嘘になる。だが、だからこそ俺は鼻で笑った。

「説得が無理だとわかったら、今度は力尽くか？　小さい男だな」

「そう、僕は小さい人間なんだ。だからこそ、どんなことにも手を抜きはしないし、欲しいものは、どんな手を使ってでも手に入れるのが信条なのさ」

自分の精神的な弱さは理解している、ってことか。探索者《シーカー》は強い弱い関係無く、見栄《みえ》が先行して自分の弱さを認められない者が多い。だが、ジークは違うようだ。俺のようなルーキーが相手でも、自分の弱さを隠そうとしない。はっきりと自分の弱さを認めている。帝都最強の一角として、自負や矜持《きょうじ》もあるだろうに、信じられないほど柔軟な心だ。

こういう相手を話術でやり込めるのは困難だ。何を話そうと簡単に流されてしまい、最終的に力でねじ伏せられることになる。

「さて、僕も手荒な真似《まね》はしたくない。美味《おい》しいケーキを出してくれる店を知っているから、そこで話そうか？」

ジークは明るい笑顔で、俺の首に鎖をつけようとしている。たしかに、やりづらい相手ではある。だが、どんな強者にも、決して流せない話題というものが存在することを、俺は知っている。

「帝都最強クランのサブマスターに、ここまでご執心してもらえるなんて、探索者《シーカー》冥利に尽きるね。オーケー、あんたの言い分はわかった。だが、俺にも譲れない条件というものがある」

「ふむ、それも当然だね。条件があれば何でも言っていいよ。叶《かな》えることが難しい内容でも、クランに持ち帰って可能な限り検討してみよう」

「いや、クランに持ち帰る必要はない」

「うん？　何が望みなんだい？」

「俺は絶対に誰の下にもつかない。だが、もし仮に誰かの下につくなら、それは俺が認める最強であるべきだ。なあ、ジークさん。あんたとリオウ、どっちが強いんだ？」

　差し出した話題の効果は覿面《てきめん》だ。ジークの余裕に満ちていた顔が、見る見る困惑と嫌悪感を孕《はら》んだ形容し難いものへと変わっていく。

「……つまり、僕がリオウよりも強いと証明するのが、君の望む条件か？」

「その通り。道理には適《かな》っているだろ？　二番目に仕えるなんて、真っ平ごめんだ。あんたのクランはナンバーワンだが、それはマスターであるヴィクトルの功績によるもの。俺を従えたいなら、あんたこそが最強だという証《あかし》を立ててくれ」

　帝都で最強なのは誰か？　それは一般人だけでなく、探索者《シーカー》の間でも頻繁に上る話題だ。過去から現在を含めると、最強の称号に相応《ふさわ》しい者は何人もいる。不滅の悪鬼《オーバーデス》もその一人だ。だが、やはり誰もが一番興味を抱くのは、今世最強の存在。それは外野だけでなく、候補に挙がる本人たちにとってもそうだろう。

ジークは柔軟な心こそ持っているが、プライドは高い。そうでなければ、ここまで俺に拘《こだわ》ることもなかったはずだ。だから、決して簡単に流すことはできない。かといって、簡単にどちらが強いかを証明することも不可能だ。ジークに雌雄を決する気があっても、リオウが乗らなければ無意味である。

なにより、実力が拮抗《きっこう》した者同士が本気で戦えば、必ずどちらかが大怪我《おおけが》を負うか死ぬことになる。ただの探索者《シーカー》ならともかく、仮にも組織の重役である者が、そんな軽率な行動を取れるわけが無かった。

言葉だけで俺こそが最強だと言うこともできるが、そんなものは何の証拠にもならないし、流石《さすが》のジークもそこまで厚顔無恥ではないだろう。つまり、ジークが俺の条件を叶えることは、ほぼ確実に不可能ということだ。

「……理解した。君は、そういう人間か。ガンビーノ組《ファミリー》と渡り合えたのも納得だ」

「お褒め頂き、どうもありがとう。さて、条件は伝えた。達成できたら、また会いに来てくれ。楽しみに待っているよ。バイバイ」

俺は笑顔で手を振って、その場を離れる。今度はジークも呼び止めようとはしなかった。

だが、その時だ。どこかの馬鹿が余計なことを口にした。

「おい、見てみろよ。帝都で二番目に強い探索者《シーカー》のジークだぜ」

竜の逆鱗《げきりん》、という言葉がある。数多《あまた》ある鱗《うろこ》の中で一枚だけ逆さまに生えている鱗のことで、それに誰かが触れると、竜は烈火の如《ごと》く激怒する、と言われている。

「今言ったのは、君かな？」

ジークは言葉が聞こえた方向を指差した。そこにいたのは、何の変哲もない若い探索者《シーカー》の男だ。おそらく、養成学校を卒業したばかりのルーキーだろう。

「えっ、お、俺ですけど？　何かまずかったですか？」

察しの悪い男は、謝ることもなく首を傾《かし》げるだけだった。

「まずくはないさ。ただ、はっきり僕のことを、二番目、と言ったよね？　それはどうしてかな？　僕はリオウと戦ったことはないよ？」

「あ、そ、それは、リオウはクランのマスターだから……」

「つまり、僕はサブマスターだから、実際に戦うまでもなく、リオウよりも劣っていると君は言いたいんだね？」

「い、いや、そういうわけじゃ……」

男も異変に気がついたようだが、もう遅い。仮に地面に額をこすりつけて謝っても手遅れだろう。既に、ジークの間合いに入っている。

「じゃあ、どういう意味なんだい？」

「あ、あの、ジークさん……ちょ、ちょっと待ってくれません——」

「いいや、待たないよ」

刹那、何が起こったか、全くわからなかった。

ただ気がつけば、ジークに軽口を叩《たた》いた男が空を舞っていた。そして、そのまま物凄《ものすご》い

勢いで建物《ビル》の壁に衝突した。男を石ころのように飛ばしたのが、ジークの剣撃によるものだとわかったのは、その右手に鞘《さや》に納まったままのロングソードが握られていたからだ。

一応、殺さないように手加減したらしい。男は壁に叩きつけられたものの、息をしているのがわかった。だが、手足の全てが逆方向を向いている。腕の良い治療師《ヒーラー》でも簡単に治せない大怪我を負ったのは間違いない。その一部始終を、俺は腕時計のワイヤーギミックを使って上った建物《ビル》の屋根から眺めていた。

「いくら憲兵を黙らせることができる立場だからって、往来で堂々と暴力沙汰を起こすとはな。恐れ入るぜ」

あの場に残っていたら、俺に飛び火する可能性もあった。一歩間違えば、俺もああなっていたかもしれないと思うと、背筋がぞっとする。

だが、危険を伴っても、ジークには毅然《きぜん》とした態度で立ち向かう必要があった。俺が覇龍隊のヘッドハンティングを断り続けても、弱腰で応じていたら、周りの者が勘違いしてあらぬ噂を立てかねないからだ。それはもう、既成事実と同じである。

ジークと同じことを考えている奴《やつ》は他にもいるはずだ。もたもたしていると、また同じような面倒事に巻き込まれかねない。

「余計な茶々が入る前に、さっさとクランを創設しないとな」

俺は屋根から屋根へと飛び移り、探索者《シーカー》協会を目指した。

†

探索者《シーカー》協会にクラン申請書を提出して三日。下宿している星の雫《しずく》館に、最終認定のためメンバーを伴って来られたし、という手紙が届いた。

「な、なんちゅうか、緊張してくるのう……」

コウガが震える声で言うと、それをアルマは鼻で笑った。

「ビビってるなら、お留守番してていいよ」

「ビ、ビビってなんか、おらんわ！」

「やめろ。人目があるんだ恥ずかしい」

俺は手紙の指示に従い、アルマとコウガを伴って、探索者《シーカー》協会館を訪れていた。探索者《シーカー》協会館は、帝都最大の公共建造物だ。宮殿を思わせる壮麗な造りで、正面ゲートの上には時計台がある。とても大きな建物だ。何度も来たことがあるため、コウガのように緊張することはないが、初めて見た時は圧倒されたのを覚えている。

「さて、行こうか。おまえら、行儀良くしているんだぞ」

正面ゲートをくぐり、受付で目的を告げると、すぐに豪奢《ごうしゃ》な応接間に通された。部屋に入った俺たちは、ブルーベルベットのソファに三人して腰掛ける。

館内で働く使用人が出してくれた紅茶を啜《すす》っていると、コウガに肘を突《つつ》かれた。

「な、なあ、ノエル」

「どうした？　トイレか？」

「ちゃうわ。便所は来る前に済ませたわ」

「なら、なんだよ？」

「これからその……監察官ちゅう人が来るんじゃろ？　そいで面接があって、そいが終われば正式にクランとして認められるんじゃったな？」

「そうだな」

「やっぱ、ノエルだけやのうて、ワシも話を聞かれたりするんじゃろうか？」

「かもしれないな」

「ワ、ワシ、そういうん初めてなんじゃが、ちゃんと答えられるじゃろうか？」

「複雑なことは聞かれないと思うから大丈夫だ」

聞かれるとしたら、どうして探索者《シーカー》になったのか、今後はどういう探索者《シーカー》として活動していきたいのか、の二点ぐらいだろう。要するに、簡単な適性診断だ。問題のあるメンバーを抱えているか否かを判別するのが目的である。

もっとも、仮に素行不良のメンバーがいたとしても、マスターとなる者に大きな問題でもなければ、申請が却下されることはないだろう。探索者《シーカー》は基本的に荒くれ者だ。優等生ばかりを選んでいては、そもそも成り立たない。

俺はそう説明したが、コウガは不安そうなままだった。

「ほ、ほんまか？　ほんまに、大丈夫か？」

「だから、大丈夫だってば」

「ワシの答えが監察官さんの逆鱗に触れてしもうて、クラン申請が却下されるとか、そがいなことにほんまにならんか？　信じていいんじゃな？」

「俺を信じろ。絶対に大丈夫だ」

こいつ、戦い以外になると、途端に臆病《チキン野郎》になるな。生い立ちを考えると仕方がない気もするが、もう少し堂々としてもらいたいものだ。

「ノエルは優しい。ボクは監察官の機嫌を損ねたら、その時点で申請が却下されるって聞いている。もしクラン創設が駄目になったら、完全にコウガのせい」

唐突なアルマの嘘《うそ》に、俺がとりなす間も無く、コウガは慌て始めた。

「や、やっぱり、そうなんじゃ！　ワシが失敗してしもうたら、ノエルの夢はここで途絶えてしまうんじゃ！　ど、どないしよう!?　どないすればええんじゃ!?」

「死んで詫《わ》びるしかないね。コウガ、短い間だったけど、思い出をありがとう。後のことはボクに任せて、安らかに眠って」

「腹切って許してくれるんなら、なんぼでも切るぞ！　そいで許してくれるか、ノエル!?　ワシには、もうそれしかできん！」

「おまえらなぁ……」

馬鹿二人の会話を聞いていると、酷《ひど》い頭痛がしてくる。平然と嘘を吐《つ》くアルマ、考え無しに鵜呑《うの》みにするコウガ、知性の欠片《かけら》も感じられない二人だ。

「いい加減にしないと、俺にも我慢の限界ってものが――」

その時だ。扉の向こうから強烈な殺気が迸《ほとばし》った。俺が立ち上がって身構えた時には、既にアルマとコウガが武器を抜いており、俺を守る立ち位置で扉の向こうを睨《にら》んでいた。

ゆっくりと扉が開かれる。現れたのは、黒い燕尾服《えんびふく》を着た白髪の爺《じい》さんだ。

「おや、一体全体どうなされたのですか？　怖い顔をして武器まで抜いて。何か恐ろしい物でも見ましたかな？」

困惑したような顔で爺さんは言ったが、明らかな嘘だ。あの殺気は、この爺さんから放たれたものに間違いない。

「恐ろしいですね。そろそろ武器を収めて頂けませんか？　私はあなた方の敵ではなく、クラン創設の面接をするためにきたのです。仲良くしましょう」

「どの口が言いやがる、ハロルド。最初に喧嘩《けんか》を売ってきたのはあんただぜ」

この爺さんには、前にも会ったことがある。ハロルド・ジェンキンス。協会の監察官で、祖父が所属していたクラン――血刃連盟の担当者だった爺《じじい》だ。

「久しぶりですね、ノエルさん。喧嘩を売ったなんて滅相もございません。私はただ、前途有望な若者たちに負けないよう、ちょっと気合を入れただけですよ。いっちに、いっちに、とね」

その場で屈伸運動をするハロルドに、俺は思わず舌打ちをする。

「相変わらず、スカした爺さんだ。おい、二人とも武器を仕舞え。お年寄りには優しくしてやらないとな。ボケて小便を漏らしそうになったら、武器を構えたままじゃトイレに連れて行けないだろ？」

俺が口元を歪《ゆが》めると、ハロルドは頬を引き攣《つ》らせた。場の雰囲気が変わったことで、臨戦状態にあった二人も肩の力を抜く。よほど緊張していたのか、大きな安堵《あんど》の息を吐きながら武器を収めた。

「あなたも相変わらず、先達への敬意が足りませんね……」

「敬意があるからこそ、世代差を意識せずフレンドリーに接しているんじゃないか。それとも、お高いオブジェみたいに扱われることがお望みでしたか、ご老公？」

「【話術士】は支援だけでなく減らず口も得意なようだ。多才で羨ましいですな」

ハロルドは忌々しそうに咳《せき》ばらいをすると、恭しく礼をする。

「改めて自己紹介させて頂きます。私、探索者《シーカー》協会の参号監察官、ハロルド・ジェンキンスと申します。以後、お見知りおきを」

「蒼の天外《ブルービヨンド》のリーダー、ノエル・シュトーレンだ」

「うん？　申請書にあるクラン名は異なりますが、これは正しいのですか？」

「それで合っている。クランになったら名称を変更するつもりなんだ。蒼の天外《ブルービヨンド》の名は、少しばかり縁起が悪いんでね」

「なるほど、わかりました。では、詳しい話をしていきましょうか」

俺たちは席に座り直し、ハロルドからクランの説明を受けていく。その内容は、全て既知のものだ。クランになると国から依頼を受けられる事。創設時と半年毎《ごと》に強制保険金を支払う必要がある事。また定期的に査定があり、その時の成績に応じて依頼内容が変わってくる事。査定に関しては、ハロルドが俺たちの担当者になるらしい。

説明を受けた後は、軽い質問が行われた。その内容も予想通りのものだ。コウガは緊張で何度も噛《か》んでいたが、きちんと自分の経歴と今後の目標を答えられていた。アルマも眠そうな顔をしていたが、受け答え自体に問題は無い。

二人の目標が『俺を頂点に押し上げたい』だったのは、嬉《うれ》しかった反面、第三者からするとわざとらしく聞こえそうで、少しだけ恥ずかしかった。

「面接は以上になります。ふむ、良いパーティですね。皆さんお若く、チームになってまだ日が浅いのに、強い信頼を感じます。実績こそ不足していますが、過去の経歴を見る限り、能力に問題があるとは思えません。また、拠点についても確認が取れています。強制保険金の二千万フィルも問題無さそうですね」

ハロルドは微笑《ほほえ》み、印章を取り出した。

「よろしい。あなた方のクラン創設申請を認めます。用紙に私が持つ印章を押せば、あなた達《たち》はクランだ。更なる活躍を期待していますよ」

「ありがとう、ハロルド。これからよろしく頼む」

「私の方こそよろしくお願いします。ただ、その前に、御報《おしら》せしたいことがあります」

「なんだ？」

「ここから先はオフレコです」

神妙な顔つきとなったハロルドは、硬い口調で話を続けた。

「協会が抱える調査班の報告によると、今から一年後、帝国西方の地脈から、膨大な魔素《マナ》が噴出すると判明したそうです」

「……なんだと？」

「地脈――地中深くを流れている魔素《マナ》の流れは、徐々に速くなっており、これが一定値を超えることで、地上へと一気に噴出する。その規模は、数十年から百年に一度のもの。魔素《マナ》の噴出が起これば、地上は極めて高濃度の魔素《マナ》で満たされることになります。そうなれば、一瞬にして、特大の深淵《アビス》が発生する。つまり――」

ハロルドは一旦言葉を区切り、俺をじっと見据える。

「深度十三の悪魔《ビースト》――災厄の権化、冥獄十王《ヴァリアント》が現界します」

つぅっと、俺の頬を冷たい汗が流れた。

「……それは本当の話なのか？」

「嘘など吐きませんよ。数十年前に三つの国を滅ぼした悪魔《ビースト》が、再び帝国に現れるのです。嘘偽りなく、人類存亡の危機が迫っている状況です」

ハロルドは苦笑めいた笑みを浮かべ、胸ポケットから取り出した煙草《たばこ》を咥《くわ》えた。

「なるほど、な……」

クランを創設しにきたら、予想外の話を聞かされることになった。両隣にいるアルマとコウガは困惑しているし、俺だって信じ難い気もちだ。

「と、止めることはできんのですか？」

コウガが尋ねると、ハロルドは紫煙を燻《くゆ》らせながら首を振った。

「無理ですね。たしかに、魔素《マナ》を散らす術自体はあります。ですが、予想されている魔素《マナ》量はあまりにも膨大。人の手で制御することは不可能だ。また、魔素《マナ》が発生する前に対策を打つことも難しい。何故《なぜ》なら、地脈は人にとっての血管と同じ。その流れに問題が生じれば、地震や噴火、また土地の汚染を引き起こす。そうなると、深淵《アビス》の発生自体は防げても、地上は人が住めない世界になってしまいます」

だから止めることは無理なのです、とハロルドは肩を竦《すく》めた。

「……勝てるの？」

次に尋ねたのはアルマだった。いつになく、その声は重い。

「人類はこれまでに何度も冥獄十王《ヴァリアント》を退けてきました。だからこそ、滅びず繁栄することができている。前回に至っては、初の討伐にも成功しました。……ですが、それは全て、ただ運が良かっただけの話でもある」

ハロルドは深く煙を吐き、じっと天井を見つめ、それから視線を戻した。

「戦いは総力戦になるでしょう。軍はもちろん、帝都屈指の探索者たち《シーカー》――七星《レガリア》の力も欠かせません。一等星『覇龍隊』。二等星『白眼の虎《カーン》』と『太清洞《たいせいどう》』。三等星『剣爛舞閃《けんらんぶせん》』、『黒山羊の晩餐会《ゴートディナー》』、『百鬼夜行』、そして『人魚の鎮魂歌《ローレライ》』。どのクランも七星《レガリア》の名に相応《ふさわ》しい一大勢力です。ですが、冥獄十王《ヴァリアント》を直接目の当たりにした立場から申しますと、彼らの力があっても、必ず勝てるとは口が裂けても言えません。絶対に」

ハロルドは当時産まれていなかった俺たちと違い、冥獄十王《ヴァリアント》の真の脅威を間近で体験した一人だ。言葉に真実という名の重みが備わっている。

帝国中の軍を掻《か》き集め、七星《レガリア》の全てを動員しても勝てるかどうかわからない——いや勝てる見込みの方が遥《はる》かに少ない戦いが、今から一年後に待っているという事実。俺は全身が総毛立ち、身震いを止められなかった。

怖いんじゃない。これは——運命だと思った。

「私からお伝えしたい話は以上です。さて、クラン創設の続きを——」

「待て！」

ハロルドが申請書に印章を押そうとした瞬間、俺は鋭く制止する。

「おや、どうかなさいましたか？」

意味深な笑みを浮かべながら首を傾《かし》げるハロルド。本当にスカした爺さんだ。

「クラン創設の件、少しの間だけ保留にしてくれ」

「構いませんよ。ですが、それは何故です？」

俺は立ち上がり、ハロルドを見下ろす。

「答えは結果で教えてやる」

「なんで、クランの創設を止《や》めたんじゃ!?」

探索者《シーカー》協会館を出ると、後ろからコウガが叫んだ。

「ノエルの夢だったんじゃろ!?」

俺は振り返り、コウガに微笑んだ。

「わからないか？　一気に飛躍するためだよ」

「ど、どういうことなんじゃ？」

首を傾げるコウガ。それを見たアルマが、横から小馬鹿にするような声で笑った。

「コウガは本当に馬鹿。ちょっとは自分の頭で考えて」

「うっ、ど、どうせ、ワシは馬鹿じゃ。言われんでも、わかっとる」

「馬鹿。ハゲ。無能。短小包茎。死んで詫びろ馬の金玉面」

「そがいに罵倒する必要あるんか!?」

容赦ないアルマのせいで、コウガは涙目になっている。

「おどれ、ええ加減にせえよ！　自慢したいなら、もったいぶらず言えや！」

「ふん、こんなの自慢にもならない。誰にでもわかること」

「じゃけえ、そうじゃったらはよ言えや」

「早漏だからって焦らないで。話の流れもわからないの？」

アルマはコウガに侮蔑の眼差《まなざ》しを向けると、腕を組んで押し黙る。その間、約三十秒。

ふと、俺を見て微笑んだ。

「ほら、ノエル。説明してあげて」

「おどれもわからんのか!?」「おまえもわかんねえのかよ!?」

そんなことだろうとは予想していたが、実際に言われると腹が立つ。

「おい、コウガ。この馬鹿女の顔面をぶん殴ってもいいぞ。俺が許す」

「あほらし過ぎて、そんな気も起こらんわ……」

俺は溜《た》め息《いき》を吐き、クラン創設を中止した理由を話すことにした。

「いいか？　たしかに、冥獄十王《ヴァリアント》の現界は人類存亡の危機だ。だが同時に、大きなチャンスの到来でもある。川の氾濫や火山の噴火によって土地が肥えるように、冥獄十王《ヴァリアント》の討伐に成功すれば、この帝国は更に栄えることになるからだ」

実際、銀鱗《ぎんりん》のコキュートスの討伐に成功したことで、帝国は永遠に尽きることのない水源を手にした。コキュートスの心臓を利用した、飲料水発生装置の発明である。

何も無い空間から、いくらでも飲料水を取り出せる装置によって、帝国の文明は大きく発展した。綺麗《きれい》な水が枯れないということは、常に飲み水を確保できるだけでなく、田畑を枯らすこともなくなるためだ。洪水や蝗害《こうがい》、作物の病気でも流行《はや》らない限り、安定した食物生産が可能となる。

また、コキュートスの両眼《りょうめ》には、汚水の浄化機能が備わっていた。これを利用した浄化装置のおかげで、帝都から汚水が垂れ流しになることはなくなった。そのため、衛生環境が飛躍的に改善し、死亡率が大幅に下がったことも、文明が発展した理由だ。

「この土地は、昔から深淵《アビス》が発生しやすい土地だ。それ故に多くの悪魔《ビースト》を狩り、その素材を利用した魔工文明が、どの国よりも発展している」

深淵《アビス》が発生しやすい土地だからこそ、他国に負けてしまった分野もあるが、それはこの場で話すべき内容ではない。

「一年後に現界する冥獄十王《ヴァリアント》も、結局は同じだ。規模が違うだけで、討伐に成功すれば、多大な恩恵を得られる。だからこそ、その戦いには是が非でも参加したい。いや、最前線で活躍しなければいけない」

以降、冥獄十王《ヴァリアント》との戦いで活躍できたクランと、活躍できなかったクランで、大きく評価が分かれることは必至。どれだけ優れた力を持っていても、活用できなければ宝の持ち腐れだ。冥獄十王《ヴァリアント》との戦いは、まさしく格好の場である。

「並のクランでは後方支援しか任せてもらえないだろう。つまり、前線で活躍するためには、早急に七星《レガリア》になる必要がある。七星《レガリア》となり、更に総指揮を任命されるのがベストだ。これが叶《かな》えば、間違いなく俺たちは、最強の探索者《シーカー》として後世に名を残すことができる」

俺の説明に、アルマとコウガは頷《うなず》く。

「前にも、一年で七星《レガリア》になるって言ってたね」

「冥獄十王《ヴァリアント》は、大災厄であると同時に、天の恵みってわけじゃな。勝てんかったら滅びるだけじゃが、負けた時のことばっか考えてもしゃあないしのう。じゃけど、それがなんで、クラン創設を延期することに繋《つな》がるんじゃ？」

「今のままクランを創設しても、何の実績も話題性も無いままスタートすることになるからだ。それでは格上連中を押し退《の》けることはできない。良い依頼を回してもらうためには、最初から相応の評価が必要だ」

それに、と俺は苦笑した。

「協会の調査員は、優秀だが雑なことで有名なんだ。奴《やつ》らが魔素《マナ》の大噴出まで一年だと予測したのなら、実際は八ヶ月ぐらいだと見るべきだな」

「つ、つまり、たった八ヶ月で七星《レガリア》になるっちゅうことか？」

「いや、七星《レガリア》になってからするべきことも多い。最低でも二ヶ月は欲しいな。つまり、俺たちは、半年で七星《レガリア》になる必要があるってわけだ」

「「は、半年ぃッ!?」」

二人は目を丸くして、驚愕《きようがく》の声を上げた。

「半年はどう考えても無理！」

深刻な顔になったアルマは、首を振りながら言った。

「探索者《シーカー》になってから、ボクも色々と調べたけど、七星《レガリア》はどれも化け物集団。あんな連中にたった半年で肩を並べるなんて、無謀にもほどがある」

「無謀ではないさ。ちゃんと策はある」

「策って？」

「強い悪魔《ビースト》を倒すんじゃろ？　そいが一番実績になる」

コウガの意見に、アルマは頭を抱える。

「それが一番なのは、ボクだってわかってる。でも、どれだけ無茶をしたところで、実力を大きく超える悪魔《ビースト》は倒せない。それはつまり、今のボクたちが得られる評価を改めるほどの実績にはならないってこと」

「ほいじゃあ、まずは新しい仲間を集めて戦力を強化せんとな」

「馬鹿？　そんな簡単に、優秀な人材を仲間にできるわけがない」

「そ、それはそうじゃのう……」

アルマの指摘は正しい。優秀な人材は、既に他の組織に囲われているか、自身が組織のトップに立っているかのどちらかだ。俺のようなルーキーの誘いなど受けるわけがない。

アルマとコウガを得られたのも奇跡に近い巡り合わせだった。

俺が最も仲間にしたい男、【傀儡師《くぐつし》】ヒューゴ・コッペリウスには可能性があるが、奴は冤罪《えんざい》で牢獄《ろうごく》の中だ。無実を証明し社会復帰させるためには、まだまだ準備が足りない。

つまり、正攻法で理想的なスタートを切るのは不可能、ということである。

「のんびりしている暇は無い。最速で七星《レガリア》になるためには、最初から知名度と実績を兼ね備えていることが絶対条件だ。これは決して譲れない」

冥獄十王《ヴァリアント》の話が無ければ、こんなに焦ることはなかった。だが、状況は変わったのだ。

「何故なら、協会は冥獄十王《ヴァリアント》との戦いに備えて、既存の優秀なクランの育成に注力することが予想されるためだ。良い依頼は全て、冥獄十王《ヴァリアント》との戦いで活躍の見込みがあるクランに回されるだろう。知名度も実績も無い新興クランには、ゴミみたいな依頼しか回ってこないに決まっている。それではクランを創設しても意味が無い」

つまり、これから起こる激動で勝ち残るためには、協会に俺たちの価値を素早く認めさせる必要がある。——どんな手を使ってでも。

「ドラマ性が欲しい。不滅の悪鬼《オーバーデス》の孫、伝説の【暗殺者《アサシン》】の後継者、極東の島国からやってきた無敗の【刀剣士】、これだけじゃ駄目だ。もっと大衆の心を鷲掴《わしづか》みにするイベントを起こさなければいけない。大衆の声を利用し、協会そのものをコントロールする」

俺は二人を手招きし、声を低くした。

「よく聞け。俺の策ってのはな——」

話を聞き終えた二人は、啞然《あぜん》とした顔で後退《あとずさ》り、そして——

「汚いッ！」「汚いわッ！」

同じ言葉を、同じタイミングで叫んだのだった。


「ふむ、話はまとまったようですな」

窓の外、三人の若者たちが互いに手を振って別れていく。その光景を、ハロルドは目を細めながら眺めていた。

「ノエル・シュトーレン、やはり面白い逸材ですね」

思い出すのは、最初に出会った時の言葉だ。

「この俺こそが、最強の探索者《シーカー》になる男だ」

不遜にも、ノエルはそう断言した。

同僚は失笑するだけだった。子どもの戯言《たわごと》だと真に受けることはなかったのだ。だが、ハロルドは一笑に付すことができなかった。ノエルが彼の大英雄の孫であるだけでなく、まだ十四歳の身でありながら、既に上に立つ者の資質を発揮しつつあったからだ。

ハロルドの予感通り、ノエルは探索者《シーカー》になった途端、生まれついてのハンデ——【話術士】という職能《ジョブ》でありながら、着実に名声を得始めた。

もちろん、全てが順風満帆だったわけではない。仲間の裏切りによって、蒼の天外《ブルービヨンド》は一度崩壊したことを、ハロルドは知っている。それが仲間だけの責任ではなく、ノエルにも問題があったことも合わせて。

だが、ノエルはパーティの崩壊を体験しながらも、即座に立て直すことに成功した。その過程で、帝国最大の暴力団《ヤクザ》——ルキアーノ組《ファミリー》の二次団体、ガンビーノ組《ファミリー》を打ち負かしたことも聞き及んでいる。

そして今日、予感は確信に変わった。

ノエルはAランクであるハロルドの殺気に全く動じない、見事な胆力を発揮しただけでなく、冥獄十王《ヴァリアント》の情報をリークすれば、すぐにハロルドの真意に気が付いた。

即《すなわ》ち、協会の今後の動向についてだ。ハロルドの意図は、単に脅威を伝えるだけでなく、伝えた情報をノエルがどう利用するか見極めることだった。

ハロルドは目を閉じ、彼の英雄を思い出す。

「喜びなさい、ブランドン。あの子は、間違いなくあなたの孫だ。たとえ、あなたの才能が受け継がれなくても、彼は必ずあなたを超える英雄になる」

「あたりまえだ、馬鹿野郎！　俺の自慢の孫だぜ？」

そんな幻聴が聞こえてくるほど、ハロルドの記憶は鮮やかに蘇《よみがえ》っていた。伝説のクラン、血刃連盟を担当したのはハロルドだ。その騒々しくも満ち足りた思い出は、何十年経《た》っても色褪《いろあ》せることはない。

「ただいま、祖父《じい》ちゃん！　オレが会いに来てやったぞ！」

思い出に浸っていると、乱暴にドアが開けられた。

「あ〜、疲れた。探索者《シーカー》ってのは、なんで馬鹿ばっかなんだろうな。まったく、やってらんねぇぜ」

部屋に入ってくるなりソファに座り込んだのは、同じ探索者《シーカー》協会の監察官にして、ハロルドの孫であるマリオン・ジェンキンスだ。どうやら、担当クランと闘《や》り合ってきたらしい。燕尾服《えんびふく》の下に着ているシャツには、点々と血の染みがついていた。

「マリオン、お疲れ様です。一仕事終えたようですね」

「しつこく査定に文句を言うからさ、全員ボコボコにしてきてやったよ。無能な奴ほど小《こ》狡《ずる》くて嫌になるぜ。文句があるなら、結果を出せっつうの」

「まったくですね。ですが、それも監察官の仕事ですよ、二十六号監察官殿」

「わかってるってば。お説教はやめてくれよ祖父ちゃん。ところで――」

マリオンは表情を真面目なものに改めた。

「祖父ちゃんが新しいクランの担当になるってマジ？　もう十年近く、どのクランの担当にもならなかったよね？　そんなに凄《すご》いクランなの？」

興味津々という様子のマリオンに、ハロルドは苦笑しながら頷く。

探索者《シーカー》協会の監察官は、全員で三十六名。それぞれ一つ以上のクランを担当している。

だが、この十年、ハロルドは高齢を理由に、どのクランの担当にもならなかった。

年齢は方便だ。たしかに全盛期はとっくに過ぎているが、監察官の務めを果たせる能力は残っている。担当することを避けてきたのは、単純にハロルドの胸を熱くしてくれる探索者《シーカー》が現れなかったからだ。

「へぇ、おったまげたぜ！　どんな奴らなんだ!?」

「ノエル・シュトーレン、という少年がリーダーを務めているチームですよ」

「知ってる！　不滅の悪鬼《オーバーデス》の孫のくせに、【話術士】に生まれた雑魚だろ！　マジかよ!?　そんな雑魚リーダーのクラン担当になるの!?　祖父ちゃんが!?」

「そうですよ。何か問題でも？」

ハロルドが微笑《ほほえ》みながら首を傾《かし》げると、マリオンは表情を強張《こわば》らせた。微笑みの中に込められた、静かな怒りを敏感に感じ取ったからだ。

「……ま、まあ、祖父ちゃんが現役復帰するなら、オレは嬉《うれ》しいよ。うん……」

「マリオン、あなたの方はどうなんです？　百鬼夜行を上手《うま》く御せていますか？」

「無理だね。あれはどうにもなんねぇよ」

マリオンは腕組みをし、露骨に渋い顔をした。

「そもそも、百鬼夜行が七星《レガリア》に入れたのは、マスターのリオウが出鱈目《でたらめ》に強いからだ。他のクランメンバーの実力はそこそこ。なのに、リオウときたら高慢ちきの怠け者で、自分が気に入った依頼にしか出てこねぇ。サブマスターが頑張ってクランを維持しているが、見ていて可哀《かわい》そうになるほど疲弊していたぜ」

「それは困りましたねぇ……」

「ちくしょう！　リオウさえ本気になれば、いつだって一等星になれるのによ！」

「マリオン、気もちはわかりますが、監察官の立場を超えてまで肩入れするのは厳禁ですよ。それはお互いのためにならない」

「わかってるよ！　うっさいな！」

絶対にわかっていないな。マリオンの態度に、ハロルドは溜《た》め息《いき》を吐《つ》く。

「ところで、今日は何の用なんですか？」

「ああ、祖父ちゃんに聞きたいことがあるんだ」

ハロルドが首を傾げると、マリオンは話を続ける。

「冥獄十王《ヴァリアント》との戦いの総指揮を、どいつに任せるか、監察官の間でも意見がまとまらなくてさ。末席のオレが、祖父ちゃんに意見を聞いてこいって仰せつかったわけ」

なるほど、とハロルドは笑う。どのクランの担当者にもなっていない現状、ハロルドが重要な会議に参加することはない。序列で言えば三番目の地位だが、実際の立場は閑職である。なのに、知識だけは必要というわけだ。

「本来なら、帝都最強のクラン――覇龍隊のマスターに任せるのが筋なんだけど……」

「マスターのヴィクトルが高齢であるため不安がある、ですね？」

「うん……」

同じく高齢のハロルドを気遣ってか、マリオンは小さく頷《うなず》く。

「気にすることはありません。歳《とし》を取れば誰でも衰えるものです。身体《からだ》も心も。ヴィクトルだって理解しているでしょう。総指揮は別の探索者《シーカー》に任せた方が良い」

「一等星が駄目なら、二等星か……」

「いえ、白眼の虎《カーン》と太清洞《たいせいどう》、両方とも相応《ふさわ》しくない」

「え、なんで？」

「白眼の虎《カーン》は血族のみで構成される特殊なクランです。そのためチームワークはどのクランよりも秀でていますが、血族以外を指揮する能力は欠けています」

「たしかに……」

「太清洞《たいせいどう》のマスターは、他国の者です。だから信用できない、と言うわけではありませんが、国を守るための戦いで最大の力を発揮できるのは、やはり同じ国の探索者《シーカー》でしょう。それは指揮下の者たちにも影響する」

「なるほど……。じゃあ、三等星から選ぶべきか……」

「他の監察官たちの間で多数派は誰なんです？」

「一番多いのは、問題があっても覇龍隊に任せた方がいいって意見だね。それ以外となると、二等星の間で綺麗《きれい》に分かれている感じかな」

要するに、後で責任を追及されないよう、無難な人選をしたいわけか。人類存亡の危機が迫っているというのに、まるで危機感が感じられない。ハロルドは先達として、忸怩《じくじ》たる思いだ。

「……マリオン、あなたはどうです？　誰が相応しいと思いますか？」

「オレか？　オレは……」

マリオンは長く悩み、それから断言した。

「オレは百鬼夜行のリオウが相応しいと思う」

「それはどうして？」

「たしかに、リオウは糞《くそ》野郎だ。だが、その強さは歴代でもトップクラス。いや、オレはリオウこそが、史上最強の探索者《シーカー》だと思っている。祖父ちゃんも知っているはずだ。あいつは、十五歳で探索者《シーカー》になった時、とっくにEXランクだったんだぜ」

リオウの強さは、ハロルドもよく知っている。その凄《すさ》まじい武勇伝の数々も。常に獅子《しし》を模した仮面で正体を隠しているが、間違いなく最強の一角だ。

「ですが、リオウが指揮を取れますか？」

「指揮を取る必要はないよ。あいつを敵陣に突っ込ませれば、必然的に皆の士気が上がる。どうせ、アクの強い七星《レガリア》を制御するなんてできっこない。だったら、細かな指示なんて出さず、腕っ節一つで皆を導けるリオウこそが、総指揮を務めるのに相応しい探索者《シーカー》だ。あいつには、それだけの力がある。冥獄十王《ヴァリアント》が相手なら、あいつもやる気を出すだろうし」

「なるほど、一理ありますね……」

悪い提案ではない。無難に人選に拘《こだわ》る者たちよりは、遥《はる》かに実際の戦いを想定できている。もし、今日よりも以前なら、ハロルドはマリオンの案に賛成していただろう。

だが、ハロルドは出会ってしまったのだ、あの少年と……。

「祖父ちゃんの推しは、どいつなんだ？」

「私は、ノエル・シュトーレンを推します」

「はぁ？………はあああああぁぁっ!?　そいつって、今日クランを創設したばっかの探索者《シーカー》だろ!?」

「いえ、正確には保留状態です」

「じゃあ、クランも創設してねぇのかよ!?　そんな奴《やつ》に総指揮を任せられるわけがないだろ！　祖父ちゃん、ボケちまったのかッ!?」

大慌てするマリオンを見て、ハロルドは声を上げて笑った。

「なに笑ってんだよ!?」

「ははは、いや、すいません。マリオンが驚くのも無理はないと思いまして」

「マリオン、賭けをしませんか？　私が推すノエルか、あなたが推すリオウ、戦いの日までに、どっちが総指揮に相応しい立場となっているか、賭けるんです。もし、あなたが勝てば、ジェンキンス家の当主の座を、あなたに譲りましょう」

「当然だろ！」

ハロルドの言葉に、マリオンの目の色が変わる。

「……祖父ちゃん、それって本気か？」

「もちろん、本気ですよ」

「……ちなみに、万に一つも無いと思うが、もしオレが負けたら？」

「その時は、花嫁学校に入ってもらいます。礼儀作法と家事を完璧に極めた、最高の淑女《レディ》に生まれ変わってもらいましょう」

「いいっ!?　マジかよ!?」

ハロルド・ジェンキンスの孫娘、マリオン・ジェンキンス。年齢は十八。母親譲りの美貌と恵まれたスタイルを持つ少女。明るいオレンジがかった金髪をポニーテールにしていて、その艶やかな髪が、健康的な彼女を更に魅力的に見せている。

祖父の贔屓目《ひいきめ》を抜きにしても類稀《たぐいまれ》な美少女だ。だが、いかんせん、がさつで粗暴過ぎる。これでは、どれだけ容姿に恵まれていても、嫁の貰い手《もらいて》が無いだろう。

女なら女らしく生きろ、なんてカビの生えたことを言うつもりはない。だが、最低限の品は備えてほしい、というのがハロルドの願いだった。

「どうします？　負けることが怖いなら、降りてもいいですよ？」

「ふ、ふざけんな！　誰が降りるか！　その賭け、乗ってやるぜ！」

その瞬間、ハロルドは満面の笑みを浮かべた。

†

探索者《シーカー》協会を離れた後、俺は一人、猪鬼《オーク》の棍棒《こんぼう》亭を目指して歩いていた。

各探索者《シーカー》専用酒場では、月に一度、それぞれの代表者が集まって報告会を開くことになっている。仕事内容を共有することで、皆がより円滑に探索者《シーカー》活動を行えるようにすることが目的だ。酒場の主人の下に集められた各情報も、そこで共有される。

情報弱者になりたくないのなら、絶対に参加するべき集会だ。ロイドが代表として参加していた時の話によると、欠席する者は誰もいなかったらしい。情報の有無が生死を分かつことを、誰もが深く理解しているからだ。

ロイドとは奴の裏切りのせいで関係を断ったため、俺が参加することになった。初めての参加であり、同時に最後の参加でもある。

猪鬼《オーク》の棍棒亭に到着し扉を開くと、既に他の参加者たちが揃《そろ》っていた。本来なら営業時間外だが、各代表者のみ入店を許可されている。

「ノエル、こっちだこっち！」

　笑顔で俺を手招きしたのは、茶髪の好男子——紫電狼団《ライトニングバイト》のリーダーであるウォルフだ。ウォルフは店内の中央にある丸テーブルに座っている。そこには、角刈りの巨漢——拳王会のリーダーであるローガンの姿もあった。

　仲の悪い二人が相席しているのは、決して和解したからではない。実績に応じて座れる席が決まっているためである。この丸テーブルに座れるのは、ウォルフ、ローガン、俺、そして紅蓮猛華《ぐれんもうか》のリーダーである、ヴェロニカ・レッドボーンだけだ。

　ヴェロニカの職能《ジョブ》は【魔法使い】。怜悧《れいり》な美貌を持つ、長い栗毛《くりげ》の女だ。後衛らしく、身軽な深紅のローブを着ている。俺がウォルフとローガンの間に座ると、向かいの席にいるヴェロニカは、不快そうに柳眉を逆立てた。

「初めての参加なのに、一番遅れてくるなんて良い御身分ですわね、ノエル」

「開始時間には遅れていないはずだが？」

「そういうことではありません。礼儀の問題です」

「なるほど、そうやって些末《さまつ》なことでネチネチと責めるのが、流行《はや》りのマナーか。しかと胸に刻んでおくよ。タダで役立つ知識を御教示頂きありがとう、ヴェロニカ」

　俺の言葉に、ヴェロニカの柳眉が更に吊《つ》り上がる。

「ノエル、あなた最近とっても評判が悪いですわよ。それだけならともかく、このお店に暴力団《ヤクザ》を招きましたわね？　少しは自重しようと考えられませんの？」

「おや、ヴェロニカ嬢は暴力団《ヤクザ》が怖いのか。それは申し訳ないことをしてしまったな。心から謝罪するよ」

「茶化さないでくれます？　これは大事な話ですわよ」

ガンビーノの一件を出されると、分が悪いな。俺は降参だと両手を上げた。

「悪かったよ。おまえら全員に謝罪する、あれは俺の落ち度だった」

そして、こう続けた。

「だが、安心してくれ。俺はもう、この店にはこない。今日が最後だ。ランクアップも済ませたし、クランも創設予定なんでな。一足先に上へ行かせてもらう」

「なんですって⁉」

ヴェロニカが驚くのと同時に、周囲のテーブルも一斉に騒ぎ出した。

「おい、ノエル！　それってマジか⁉」

詰め寄ってきたウォルフに、俺は頷く。

「すげえじゃねぇか、ノエル！　おめでとう！　ていうか、今まで黙ってたのは水臭ぇぞ！　リーシャたちも呼んで祝ってやるよ！」

竹を割ったような性格の快男児であるウォルフは、我がことのように祝福してくれた。ありがたく思う反面、ライバル相手にここまで好意的なのもどうかと思う。

「気もちは嬉《うれ》しいが、おまえはいつも金欠だから金を出せないだろ。その言葉だけで十分だ。ありがとう、ウォルフ」

「うっ、す、すまん……」

ウォルフ以外の探索者《シーカー》たちは、大半が妬み嫉《そね》みで陰険な顔をしている。小声で悪口を言うのも聞こえた。違うのはウォルフとローガンだけだ。ローガンはウォルフのように祝福こそしなかったが、一切動じることなく、腕を組んで目を閉じている。

店内で一番悔しそうなヴェロニカは、何度も深呼吸をして心を落ち着かせると、型に嵌《は》まったような嘘臭《うそくさ》い笑みを浮かべた。

「おめでとう、ノエル。心から祝福しますわ。ええ、本当にね」

「ありがとう、ヴェロニカ。心から嬉しいよ。ああ、本当にな」

「ですが、そんな出世をされたお方が、この会議に出席された意図を計り兼ねますわね。厭味《いやみ》のつもりかしら？　それとも、単に自慢をしにこられたのかしら？」

「厭味や自慢だなんて、誤解にしても酷《ひど》いな。やっとスタートラインに立てた程度なのに威張れるものかよ。下種《げす》の勘繰りはやめてくれ」

「……でしたら、何のために？」

「この酒場には長い間世話になったからな。おまえらの顔もこれで見納めだし、一度ぐらいは参加しておこうと思っただけだよ。つまり、思い出作りさ」

「思い出作りですって？　あなた――」

ヴェロニカが顔を真っ赤にした時、ウォルフが間に入った。

「まあまあ、喧嘩《けんか》は止《や》めておけって。そろそろ報告会を始める時間だぜ」

「お黙り、馬鹿狼《おおかみ》。馬鹿は黙ってお座りしていなさい」

ピシャリと叱られたウォルフは、口をぱくつかせて反論しようとしたものの、大人しく席に戻った。口では敵《かな》わないことを知っているためだ。

「……はぁ、もういいですわ。では、これより定例報告会を始めます」


報告会は目新しい情報も無く、無難に終わった。参加者たちは一仕事終えたという顔で、店から出ていく。俺もさっさと帰りたいところだが、済ませておくべき用があった。

「ウォルフ、ローガン、一杯だけ酒に付き合え」

俺の誘いに、二人は目を丸くした。

「急にどうした？」「何のつもりだ？」

「たまにはいいだろ。警戒しなくても取って食ったりはしないさ」

二人は怪訝《けげん》そうな顔をしていたが、やがて了承した。

「ヴェロニカ、おまえもどうだ？　奢《おご》るぞ」

「結構ですわ」

ヴェロニカは即答し、足早に店を出ていった。俺は肩を竦《すく》めて、店主を見る。

「大将、少しだけ残らせてくれ。一杯飲んだらすぐに出ていく」

「そいつは構わないが、早めに頼むぞ。午後の営業の準備があるんだ」

俺が頷《うなず》くと、店主は三人分の酒を持ってくる。改めて注文しなくても、それぞれいつも飲んでいる酒なのが気の利いたところだ。

軽くワインを呷《あお》ると、ウォルフが顔を覗《のぞ》き込んでくる。

「それで何の用なんだ？　この糞猿《くそ》も一緒ってことは、単に親睦を深めたいってわけじゃないんだろ？　ノエルと飲むのはいいが、こいつが一緒だと酒が不味《まず》くなるぜ」

「はっ、それは俺の台詞《せりふ》だぜ、馬鹿狼」

「俺を挟んで喧嘩するのは止めろ。そういうのは、とっくに満腹なんだよ」

俺はグラスの中のワインを一気に飲み干し、はっきりと告げた。

「おまえら、たるんでいるぞ」

俺の非難の言葉に、二人は呆然《ぼうぜん》と口を開ける。

「ウォルフ、おまえ、さっきの報告会でも言っていたが、大きな依頼をしくじったな？　なぜ、失敗する？」

「いや、なぜって言われても……」

「討伐対象は、深度五の悪魔《ビースト》、烏賊審神者《ブレインイーター》だったな？　たしかに強敵だが、今の紫電狼団《ライトニングバイト》なら勝てたはずだぞ」

「そ、それは……」

「運が悪かったか？　違うな。敗因は、リーダーであるおまえの怠慢だ」

「うっ……」

俺は次にローガンを見る。

「ローガン、おまえもだ。依頼の失敗こそないが、目立った戦果が無い。なぜ、大きな仕事に挑もうとしない？」

「……おまえには関係無いだろ」

「関係無いさ。だが、図体《ずうたい》に似合わないノミの心臓を持っているのが面白くてな。おまえ、何をビビっているんだ？」

ローガンは怒りで目付きを鋭くしたが、反論することなく視線を逸《そ》らした。

俺は鼻で笑い、改めて二人を交互に見た。

「おまえら、俺がパーティの再編成で足踏みしていた間に、なぜ一歩も前に進めていない？　なぜ差をつけることができていない？　一体何をしていたんだ？」

二人は言い返すこともせず、ただ目を伏せている。俺は溜《た》め息《いき》を吐《つ》き、テーブルの上に三人分の酒代を置いて立ち上がった。

「中途半端なことをするぐらいなら、探索者《シーカー》なんて辞めちまえ」

用は済んだ。踵《きびす》を返して店を出る。

ハロルド爺《じい》さんから聞いた話を直接伝えるわけにはいかなかったが、これで二人も少しは危機感を持つだろう。好きで二人を非難したわけじゃない。だが、二人がたるんでいたのも事実。あのままでは、探索者《シーカー》として大成することなんて夢のまた夢だ。

冥獄十王《ヴァリアント》が現界すれば国の一大事となるが、武勲を立てるチャンスでもある。そんなまたとない機会に脆弱《ぜいじゃく》なままでは、一生波に乗ることができず終わることだろう。

要するに、そのチャンスを活《い》かせるよう、発破をかけることが目的だった。

俺は全ての探索者《シーカー》の頂点に立つ男だ。そのためだけに生きているし、必要なら相手が誰でも蹴落としてやる。だが一方で、成長できる者は成長するべきだ、とも思っている。雑魚しかいない世界で王者になっても、なんの価値も無い。名立たる強豪の中で、最強だと証明できることこそが、真の頂点であり王者である。

あの二人は、俺の知り合いの中だと、将来有望な探索者《シーカー》だ。なのに停滞したままでいるなんて許せない。上に行ける資格を持つ者は、上を目指すべきだ。

もちろん、最終的にどう判断するかは、あの二人次第だが。

「ちくしょう！　ノエルの野郎、好き放題言いやがって！」

ウォルフは腹立ち紛れにテーブルを殴った。

「ふん、キレて物に当たるか。やっぱり馬鹿だな、おまえ」

ローガンに冷めた視線を向けられ、ウォルフは鼻に皺《しわ》を寄せる。

「好き放題言われたのは、おまえもだろうが糞猿。腹が立たねぇのかよ？」

「あいつは、好き好んで他人を罵るような暇人じゃない。たぶん、俺たちに発破をかけるつもりだったんだろうな。その真意はわからないが」

「そんなことは、俺だってわかってんだよ！」

ノエルに悪意が無かったのは、最初から理解している。だが、その言葉はあまりにも鋭く、依頼に失敗したウォルフの心を容赦なく抉《えぐ》ったのだ。

「俺は腹が決まったよ」

ローガンはグラスの中のウィスキーを飲み干し、続けた。

「ヴェロニカの提案を受けるつもりだ」

「なんだと？……ヴェロニカは、おまえのところにも行ったのか」

ヴェロニカがウォルフの下宿先を訪ねてきたのは、数日前のことだ。その時に、ある提案を受けた。おそらく、ローガンを訪れたのも同じ理由だろう。

「予想通り、あの女は馬鹿狼のところにも行っていたか。抜け目が無い策士だな。だが、あの提案は魅力的だ。正攻法では、ノエルに追い付けない……」

「ローガン、俺はおまえのことが大嫌いだ。乱暴で傲慢で、尊敬できる要素が一つも無い。だが、同じパーティを率いるリーダーとして、これまでに積み重ねてきた苦労は理解できる。なのに、おまえは全てを捨てるのか？」

ウォルフは言葉を区切り、一拍の間を置いてから続けた。

「……ヴェロニカの提案は、パーティの合併だぞ？」

強くなるためには合併こそが一番の近道だ、ウォルフの前でヴェロニカはそう論じた。たしかに、ヴェロニカの言い分は正しい。だが、合併するということは、元のパーティが消滅するということだ。これまでと同じようにはいられない。

「おまえと違って、俺は全てを捨てるつもりなんてない」

ローガンは立ち上がり、背中を向けて言った。

「合併はクランになる前提の話だ。だったら、俺がマスターになればいい」

「ヴェロニカと戦うつもりか？　おまえが言うように、あいつは策士だ。さも理解者であるような振りをして合併を持ち掛けてきたのも、俺たちを下す策を持っているからに決まっている。戦えば必ず負けるぞ？」

「かもしれないな。だが、俺はもう腹を決めた。それだけのことだ」

ローガンは胸を張って店を出ていく。残されたのは、ウォルフ一人だ。

「……馬鹿野郎が、負けたらお終《しま》いなんだぞ」

ウォルフはエールジョッキを呷り、中身を飲み干した。

「……だが、それでも戦うのが、本当の探索者《シーカー》か」

呟《つぶや》いた言葉は、ずっと忘れていた信念だった。


「うん、わかった。アルマは後衛に向いてないね」

美しき金髪のエルフにして【弓使い】、リーシャの斟酌《しんしゃく》無き分析結果に、アルマは溜め息を吐く。友人のくせに、ちっとも容赦が無い。

「はっきり言うね」

「お世辞を言ってもしょうがないでしょ」

「それは、そうなんだけど」

ノエル達《たち》と別れた後、アルマはリーシャと合流し、帝都近郊の森で技術交流を行っていた。以前、ノエルから鉄角兎《キラーラビット》の捕獲を命じられた場所だ。互いのスキルを見せ合ったり、模擬戦をしたり、非常に有意義な時間を過ごせた。

リーシャは極めて優秀な【弓使い】だ。スキルの熟練度が高いのはもちろん、戦闘時の判断力や機動力もBランクの領域に近い。五回行った模擬戦では、二回も敗北してしまった。勝った回数はアルマの方が多いものの、負けた二回は全て後半だ。つまり、完全に動きを見極められてしまったのである。

だからといって、リーシャの方が強いというわけではない。命を懸けた実戦なら、最初の一回で首を刎《は》ねて終わりだからだ。だが、互いの動きを見極める早さは、リーシャの方が確実に上だ。そして、それこそが後衛にとって重要な要素なのだと、リーシャは語る。

「後衛の役割って大まかに分けると、ノエルみたいな司令塔、広範囲攻撃による敵陣の攪《かく》乱《らん》、前衛の援護、になるんだ。この三つに共通することは、何だと思う？」

「戦況把握に基づく戦況操作」

「そう、戦況操作。ノエルみたいに正確無比な司令塔をこなせる人は少ないから、基本的には攪乱と援護が主な役割になるね。攻勢時の追い風になるのはもちろんとして、チームが負けそうになった時、即座に立て直せる状況を作り出すことが一番大事かな。反撃するにしても退却するにしても、皆がまともに身動きができないと無意味だからね。そして、それができるのは後衛だけ。正面から敵と切り合っている前衛には無理」

リーシャの説明はわかりやすく、だからこそアルマの弱点が浮彫となる。

「そっちにはノエルがいるから、細かいことは全部任せてもいいと思うよ。でも、もしノエルが倒れたらどう？　アルマはちゃんと後衛の役割を果たせる？」

「余裕」

「なんで嘘吐《うそつ》くの!?　絶対に無理でしょ！　だって、アルマってすぐに熱くなるじゃん！　自制できないのに後衛の役割を果たせるわけがないよ！」

「むぅ……」

　アルマの弱点とは、リーシャが言ったように熱くなりやすい点だ。アルコルに束縛されていた時は無機質なほどに冷静だったのだが、その鎖を断ち切って以降、それまでの反動なのか感情的になりやすくなってしまった。

「六千万歩譲って、リーシャの言うことが正しいとする」

「いやいや、譲らなくても正しいから」

「ボクがランクアップ時に後衛にならないと、前衛過多になる可能性が高い」

　人が発現できる職能《ジョブ》には様々な種類があるが、戦闘系で発現しやすいのは、【戦士】や【剣士】などの前衛だ。そのため、編成の自由度を考えるなら、【斥候《スカウト》】からランクアップできる遠隔職能《ジョブ》――【追撃者《チェイサー》】こそが最適な選択なのだろう。

「アルマが言うように、前衛過多は好ましくないよ。でも、よく考えてほしいのは、不向きな後衛に転向しても、逆に皆の足を引っ張るってこと。一度ランクアップしたら、やり直しは利かないんだからね」

「……だよね。やっぱり、【暗殺者《アサシン》】の方がいいのかな？」

「ウチはそう思う。ノエルなら上手《うま》く使ってくれるよ」

ノエルなら、か。たしかに、ノエルは優秀な司令塔だ。アルマがどんな職能《ジョブ》になろうと、必ず使いこなしてくれることだろう。

「わかった。そうする」

熟考の末、アルマが頷いた時だった。

「お〜いっ！　リーシャぁ〜〜っ！」

不意に森の奥からリーシャを呼ぶ声がした。

「おっ、あの声は……」

リーシャのエルフ耳が音を拾うためにぴくぴくと動く。

森の奥から現れたのは、別のエルフの女だ。リーシャと同じく、スカート姿の軽装に革の胸当てを装備しただけの身軽な出《い》で立ちで、縄編みされたストロベリーブロンドの髪をなびかせながら走ってくる。

「おお、やっぱリーシャじゃん！」

「オフェリア先輩！　久しぶりです！」

リーシャがオフェリアと呼んだエルフは、アルマたちの前で立ち止まると、気さくに片手を上げて笑った。

エルフという種族は基本的に誰もが美形だが、オフェリアは特に顔立ちが整っている。

目鼻立ちの良さはリーシャだって負けていないが、目力が違った。まるで透き通った湖のような美しさを感じる。

「ひょっとして戦闘訓練？」

「はい。ちょうど終わったところです。オフェリア先輩は遠征帰りですか？」

「うん、今帰ってきたところ。街道を通るよりも、この森を突っ切った方が早いから。そっちのお友だちは見ない顔ね。新しい仲間？」

視線を向けられたアルマは、首を振った。

「違う。ボクは――」

「この子は友だちです。名前はアルマで、探索者《シーカー》になったばかりなんですよ。それで、ウチが色々と教えてあげているんです」

何故《なぜ》か代わりに答えるリーシャ。アルマは不審に思ったが、理由がありそうなので任せた方が良いみたいだ。

「そっか、新人さんか。リーシャの方が先輩なんだから、ちゃんと世話してあげなよ。新人が成長するのって、本当に大変なんだから」

「わかってますって」

「二人は仲が良い。もしかして、同郷？」

アルマが尋ねると、二人は笑って頷《うなず》いた。

「うん、ウチとオフェリア先輩は同じ里の出身なんだ」

「歳《とし》も近いしね。探索者《シーカー》になったのは、私の方が先だけど」

二人に似た匂いを感じるのは、そのためか。並んでいる姿を見ていると、まるで姉妹のようだ。アルマが納得した時、オフェリアの仲間らしき男たちが現れた。

「オフェリア、勝手に走り出すのはやめてくれよ。びっくりするじゃないか」

集団のリーダーらしき【剣士】の男が、困ったように笑う。すぐにリーダーだとわかったのは、この男が一番強者の風格を漂わせているからだ。

もっとも、外見はあまり強そうではない。美しい装飾が施された銀色の甲冑《かっちゅう》を身に纏《まと》っているが、その顔はいかにも人畜無害で優しそうだ。寝癖らしいボサついた金髪が、なおのこと人の良さそうな印象を強めている。

リーダーが温和そうなのに対して、他の二人の男には苛烈な雰囲気がある。大槍《おおやり》を担いだ黒い革鎧《かわよろい》姿の【槍兵《そうへい》】は眼光が鋭く、また白い布を纏った狼《おおかみ》獣人は見るからに厳《いか》つい。

「ごめん、レオン。知り合いだったから、ついね」

オフェリアが舌を出して謝ると、レオンは微笑《ほほえ》んだ。

「なら、仕方ないか。えっと、たしかリーシャだったよね?」

「そうです。こっちは、ウチの友だちのアルマ」

「新人さんかい？　俺はレオン・フレデリク。『天翼騎士団』ってパーティのリーダーです。もっとも、他の皆が優秀だから、飾りだけのリーダーなんだけどね」

目を細めたまま頭を掻《か》くレオンに、アルマは内心で舌打ちした。

レオンは厭味《いやみ》でも謙遜でもなく、本心から言っている。だが、レオンの強さが他の者よりも頭一つ抜けているのは間違いない。こういう天然な男は嫌いなタイプだった。

「せっかくだから、他の皆のことも紹介するね」

オフェリアは最初に【槍兵】を手で示した。

「この怖い顔の【槍兵】は、カイム」

「おい、怖い顔は余計だ」

カイムは逆立てた黒髪を触りながら苦笑する。その仕種《しぐさ》のせいか、感じていた険が和らいだ。顔は強面《こわもて》だが、悪い男ではないらしい。

オフェリアは次に狼獣人へ手を向ける。

「この毛むくじゃらは、ヴラカフ」

「……うむ」

ヴラカフは特に何も言わず、ただ軽く会釈する。余計なことは話さない性質《たち》らしい。

「そして、私はオフェリア。よろしくね、アルマ」

オフェリアは最後に自分を指差して、白い歯をこぼした。

「オフェリア、よろしく」

「うん、何か困ったことがあったら、いつでも相談に乗るからね。私たち、これでも結構強いから。連絡先はリーシャが知っているし」

「優しいんだね」

「同じ探索者《シーカー》なんだから、皆で助け合わないとね。特に、最近は変な奴《やつ》がのさばっているみたいだし」

「変な奴って？」

「ノエル・シュトーレンって名前の同業者」

その名を聞いた瞬間、アルマはリーシャの不可解な態度の意味を理解した。

「蒼の天外《ブルービヨンド》ってパーティのリーダーなんだけど、自分の意に沿わないメンバーを全員追い出して私物化したんだってさ。しかも、単に追い出しただけじゃなくて、奴隷商に売り飛ばしたみたい。信じられないよね」

「それは酷《ひど》い」

「噂《うわさ》によると暴力団《ヤクザ》とも繋《つな》がりがあるみたいで、気に食わない奴は片っ端から暴力団《ヤクザ》に襲わせているとも聞いたわ。かなり危険な奴だから、アルマも気を付けた方がいいよ」

「わかった、心に留めておく」

噂というのは怖いものだ。アルマが代わりに怒ってやってもいいが、半分以上が真実であるため怒るに怒れなかった。

「オフェリア、噂だけで人を判断するのは良くない。実際に確かめたわけじゃないんだろ？　真偽が定かでないことを、新人さんに吹き込んじゃ駄目だ」

レオンが窘《たしな》めると、オフェリアは肩を竦《すく》めた。

「火の無いところに煙は立たない、って言うでしょ？　たしかに真偽は定かじゃないけど、探索者《シーカー》は危険に対して警戒し過ぎる方が良いわ。特に新人さんはね」

「オフェリア、だとしてもだ。俺は知らない人を悪く言うことは嫌いだ」

その断固とした口調に、オフェリアは長い耳をへたらせる。

「わ、わかったわよ。ごめん……」

一瞬でしおらしくなるオフェリアの姿を見て、アルマはレオンのリーダー性を認識した。

強いだけでなく、メンバーを律する力も備えているようだ。

「それじゃあ俺たちは行くよ。騒々しくて悪かったね」

レオンは柔らかく微笑み、帝都方面へと歩き出した。カイムとヴラカフがそれに続き、
オフェリアもアルマたちに手を振りながら去って行った。

「二人とも、まったね〜！」

天翼騎士団の姿が見えなくなると、アルマはリーシャを見る。

「面白い人たちだった」

「でしょ？　それに、アルマはわかったと思うけど、すっごく強いんだよ」

「うん。特に、あのレオンとかいう男がやばい」

「レオンさん、Bランク帯だと最強だからね」

「やっぱり」

「他の人たちも強いけど、あの人は別格だなぁ。天翼騎士団が龍殺しを達成して有名な
パーティになったのも、リーダーであるレオンさんの功績がかなり大きいね」

「パーティ？　そんなに強いのに、クランになっていないの？」

アルマが首を傾《かし》げると、リーシャは困ったように笑った。

「あの人たち、謙虚堅実がモットーだから。とっくに実力はクランを創設できるレベルなんだけど、慌てずじっくりとやる方針《スタンス》なんだって。でも、流石《さすが》にそろそろクランになるんじゃないかな？」

「へぇ、慎重なんだ」

ノエルがこの話を聞いたら、一体どう思うだろうか？　おそらく鼻で笑って馬鹿にすることだろう。頂点を目指す者にとって、慎重過ぎる者など死んでいるも同然だからだ。

「ノエルとは大違い」


夜の分の走り込みを終えると、暗がりから一人の男が近づいてきた。

「よお、ノエルの大将。頼まれていた仕事を済ませてきたぜ」

男は情報屋のロキだった。俺は乱れた呼吸を整え、人目に付かない場所に誘導する。既に星が出る時間だが、まだ閉門には早いため、市壁の周辺には人が多い。

手渡された封筒の中には、分厚い資料が入っていた。その一枚一枚に目を通していく。毎度のことながら、見事な仕事だ。必要としていた情報が全て揃《そろ》っている。

「たしかに、確認した。報酬を渡そう」

俺が財布を出そうとすると、ロキは首を振った。

「大将からは貰《もら》えねぇよ」

「あの件なら、既に貸し借りは無しのはずだぞ？」

「そうだけど、やっぱり悪いことをしちまったからな……」

「謝罪は受けた。借りも返してもらった。だから報酬を受け取れ」

無理に金を渡すと、ロキは渋い顔をする。

「大将って、意外と堅物だよな」

「タダより怖い物は無いって知っているだけだよ」

「何だよそれ！　俺がまた裏切ると思っているのか!?」

「そうは言っていない。だが、一方の好意に甘えた関係はすぐに腐り果てる。それだけのことだ。おまえもプロならわかっているだろ？」

「そ、それは、そうだけどよ……」

口ごもるロキを尻目に、俺は紙をめくる手を速めていく。

「大将、今度はどんな悪だくみをしてんだ？」

「悪だくみなんてしていないよ」

「嘘《うそ》吐け。Bランクに到達した帝都中の探索者《シーカー》の情報を集めてこいなんて、悪だくみしていない奴が頼む依頼かよ」

ロキの確信に満ちた言葉に、俺は苦笑した。

「なあ、ロキ」

「なんだ？」

「やっぱり、Bランク帯で最強なのは、レオン・フレデリクか？」

「そうだな。レオンも強いが、奴が率いる天翼騎士団も優秀だ」

「そうか。噂通りだな」

ちょうど、その天翼騎士団のページだ。資料には盗撮した顔写真も載っている。

【槍兵】系Bランク職能《ジョブ》、【戦槍《ランペイジ》】のカイム・ラザー。二十二歳。

【弓使い】系Bランク職能《ジョブ》、【鷹の眼《ホークアイ》】のオフェリア・メルセデス。四十歳。

【魔法使い】系Bランク職能《ジョブ》、【召喚士】のヴラカフ・ロズグンド。二十歳。

そして、【剣士】系Bランク職能《ジョブ》、【騎士《ナイト》】のレオン・フレデリク。二十二歳。

少人数ではあるが、彼らの能力も実績も、とっくに一パーティに収まるレベルを超えている。中堅クランにさえ匹敵するほどだ。

素晴らしい。実に素晴らしい。

「大将、口では否定しているが、すっげぇ悪い顔をしてんな」

ロキの指摘に、俺は自分の顔に触れてみる。まったく気がつかなかったが、その口元はたしかに、残酷な笑みの形に歪《ゆが》んでいた。

†

「今日から酒場を変える。大怪鳥《ロックバード》の嘴《くちばし》亭という店だ」

夜、酒場が探索者《シーカー》たちで騒がしくなる時間、アルマとコウガを招集した俺は、集まる場所を猪鬼《オーク》の棍棒《こんぼう》亭から新しい酒場に変更することを告げた。

「大怪鳥《ロックバード》の嘴亭？……ち、ちいと待て、ノエル。そん酒場は、Bランク帯で最上位の探索者《シーカー》たちが集まる店じゃろ？」

「なんだ、知ってたのか。その通りだ」

俺が頷くと、コウガは目を丸くして仰《の》け反った。

「ほ、本気か？　ワシは探索者《シーカー》になりたてじゃが、実績や職能《ジョブ》ランクに応じて、入店制限があるちゅうことは知っとる。今のワシらじゃ、大怪鳥《ロックバード》の嘴亭に入っても、追い出されるのがオチじゃぞ？」

「普通ならな。だが、何事にも抜け道はある。そうだろ、アルマ？」

その実演者であるアルマは、笑って肩を竦めた。

「店の常連たちに、腕っ節の強さを認めさせればいいんだよね？　ボクがお猿さんを叩《たた》きのめした時みたいに。でも、Bランク最上位が相手だと、今の戦力じゃ難しいと思うよ。ノエルとボクはランクアップしたてだし、コウガはまだCランク」

Cランクと Bランクの間には絶対的な差は無く、状況が整えばCランクでもBランクに勝つことは十分に可能だ。だが、基本的なスペックが高いのは、やはりランクアップの恩恵を受けたBランクである。戦術を駆使して戦っても、単純な力勝負に持ち込まれてしまえば、容易《たやす》く負かされてしまうことだろう。

「じゃけぇ、店を変えるにしても、身の丈に合った店の方がええじゃろ」

心配そうに眉をひそめるコウガに、俺は笑って首を振る。

「いいや、妥協する必要は無い」

「い、いや、じゃけぇ……」

「まあ、見てろ。皆が俺たちを歓迎してくれるさ」

足を速めると、二人がその後をついてくる。やがて、目的の店が見えてきた。俺は躊躇《ちゅうちょ》することなく、店のドアを開いた。店内にいたのは、一見してわかる歴戦の猛者たち。その威圧感《プレッシャー》は、猪鬼《オーク》の棍棒亭にいる探索者《シーカー》たちと比較にならないほど強い。

新参者の俺たちに向けられる視線は、大半が鋭く敵意に満ちていた。あるいは、これから俺たちに起こることを期待する眼差《まなざ》しである。

「見ねえ顔だな、嬢ちゃん。どこの探索者《シーカー》だ？」

下卑た笑みを浮かべて近づいてきたのは、黒い甲冑《かっちゅう》を身に纏《まと》った鷲鼻《わしばな》の大男だ。その傷だらけの顔は、数多《あまた》の戦場を駆け抜けてきた証《あかし》なのだろう。

「俺は嬢ちゃんじゃない。男だ」

「男だぁ？　はっ、そんな綺麗《きれい》な顔をしていて、男も糞《くそ》もあるかよ。たとえ金玉が付いていても、てめぇはお嬢さんなのさ」

大男は顔の傷をこれ見よがしに撫《な》で、傲岸に俺を見下ろしてくる。コウガとアルマは今にも武器を抜きそうな気配だ。それを手で制する。

「顔に傷があれば男か。じゃあ、あんたはよっぽど男になりたかったんだな。金玉はちゃんと生えてきたかい、お嬢さん？」

「なんだと、てめぇ……」

色をなす大男を俺は冷たく笑い、店内の全員に聞こえるよう声を張り上げた。

「自己紹介がまだだったな。俺は、【話術士】ノエル・シュトーレン。蒼の天外《ブルービヨンド》のリーダーだ。これからは、この店を利用させてもらう。以後よろしく」

その宣言に、周囲は一瞬で騒然とし、すぐに怒号が飛び交い始めた。

「新参が、ふざけんな！　誰がてめぇを客として認めるもんか！」

「蒼の天外《ブルービヨンド》って、暴力団《ヤクザ》と関係のあるパーティだろ！　そんな疫病神の居場所があると思ってんのか!?」

「【話術士】なんて糞雑魚職能《ジョブ》が、勘違いしてんじゃねぇぞ！」

「目障りだから、さっさと叩き出しちまえ！」

ギャラリーの罵詈雑言《ばりぞうごん》に、大男は勝ち誇ったように口元を歪める。

「これが皆の総意だ。泣いて土下座するなら今のうちだぜ？」

「野蛮だな。だが、そういうシンプルなのは嫌いじゃない」

「【話術士】風情が粋がるじゃねぇか。いいぜ、表に出な。まとめて面倒みてやる」

大男が顎で店の外を示すと、俺は一歩前に出る。

「俺たちを一人で相手するつもりか？　大した自信だな。戦鷲烈爪《ウォーイーグル》の切り込み隊長、エドガー。クランで幹部を任せられている探索者《シーカー》が、そんな杜撰《ずさん》な観察眼で、よくこれまで役目を果たせてきたものだ」

大男――エドガーは、鼻白んだ様子を見せたが、すぐに気勢を取り戻した。

「ふっ、俺のことを知っているから、対策は完璧だと言いたいのか？　甘いんだよ、素人が。俺とおまえでは、対応力が違うってことを――」

得意気に話すエドガーの言葉を遮り、小声で囁《ささや》く。

「男ならブルーノ。女ならカチュア。良い名前じゃないか。愛を感じるね」

「…………え？」

一瞬にして血の気が失《う》せて固まるエドガー。俺は更に一歩前へと出る。

「仲間にはまだ言っていないんだよな？　付き合っている女に子どもができた、ってことは。おめでとう、エドガー。初めての祝福は俺が贈らせてもらうよ」

「な、なんで、そのことを……」

「企業秘密。そんなことより、俺と喧嘩《けんか》をしたいんだったな？」

俺はエドガーを見上げて満面の笑みを浮かべる。

「おまえが望むなら、相手になってやるよ。ただし、これだけは覚えておけ。俺と喧嘩をしたいなら、おまえの全てを賭けてもらうぞ」

「て、てめぇ……」

暗に家族に害を加えると言ったことで、エドガーは怒りと恐怖が複雑に入り混じった顔になる。もちろん、そんな小物染みたことをする気は無い。

だが、自分だけが一方的に他者を踏み躙《にじ》れると勘違いしている馬鹿には、この手の脅し文句が効果覿面《てきめん》だと端《はな》からわかっていた。嘘《うそ》も方便とは、よく言ったものである。

「おい、エドガー！　どうかしたのか⁉」

エドガーの仲間が異変を察知して立ち上がろうとする。仲間にこられると面倒だ。すかさず、俺はエドガーに囁く。

「お仲間がきたら開戦の合図と見なす。覚悟はできているだろうな？」

「こ、こっちに来るな！　俺だけで大丈夫だッ！」

従順に従うエドガー。こうなったらもう敵ではない。

「どうやら、俺との喧嘩は避けたいようだな。賢明な判断だ」

「……こ、この悪魔《あくま》が」

「悪魔《あくま》か、良い響きだな。悪い気はしない。ところで、用が無いのなら邪魔だ。そこをどいてもらおうか」

「ぐ、ぐぅっ……」

エドガーは歯を噛《か》み締めて唸《うな》るだけで、動こうとしない。俺は肩を竦《すく》めて鼻で笑い、それから――殺意を込めて睨《にら》み付ける。

「どけ。殺すぞ」

「ひっ！」

小さく悲鳴を漏らして飛び退《の》くエドガー。俺は開かれた道を堂々と歩き、空いていた席に座った。アルマとコウガも、呆《あき》れた顔をしながらやってくる。

エドガーを黙らせたことで、他の探索者《シーカー》たちは俺を認めるしかなかった。本心では憎らしく思っているだろうが、迂闊《うかつ》に手を出せば危険だと理解したからだ。

エドガーは、大怪鳥《ロックバード》の嘴亭でも指折りの実力者。本来なら、退《ひ》かせることは簡単ではない。それを成し遂げた俺と関わって不利益を被ることは、誰だって望んでいないだろう。

「ノエル、ワシは今日のことで、ようわかったわ。あんたが一番怖い」

「業腹だけど同感。ノエル、完全に悪役《ヒール》」

しみじみと漏らす二人に、俺は苦笑する。

「心外だな。俺ほど優しい人間はいないぜ？」

新しい酒場で飲み食いするのは、やはり新鮮で食も進む。これから世話になる店主のご機嫌取りのために、高い酒と食事ばかりを頼んだので、アルマとコウガも上機嫌だ。

店に入ることはできた。だが、一番の目的はまだ達成できていない。俺はワインを飲みながら、店のドアをずっと注視している。やがて、ドアが開き、新しい客がやってきた。

「来た、天翼騎士団だ」

目にしたのは初めてだが、ロキの情報通りの風体だ。リーダーのレオンを先頭に、三人の仲間が店内に入ってくる。

さて、どう接触しようか？

様々なパターンを考えていた時、まったく予想外の展開が起こった。

「あれ、アルマちゃんだ。え、新人じゃなかったの？　どうして、ここに？」

メンバーの一人、エルフのオフェリアがアルマに反応したのだ。

『アルマ、知り合いか？』

話術スキル《思考共有《リンク》》。念話を送ると、アルマから返答があった。

『知り合いなのは、リーシャ。ボクは一度会っただけ』

「へえ、リーシャの』

そういえば、メルセデス姓だったか。生まれ育った里が同じなのだろう。

『ノエル、気を付けて。あのエルフは、ノエルのことを風評で誤解している。ひょっとしたら喧嘩になるかも』

誤解、か。俺としては好都合だな。火を付けるのに最適だ。感情的にさせれば、より深いところで相手の本質を理解できる。

『アルマ、オフェリアは友だちか？』

『ううん、さっきも言ったけど一度会っただけの関係』

『だったら、喧嘩しようぜ』

俺が唆すと、念話越しにアルマの楽しそうな笑い声が聞こえた。

『ノエルのそういうところ、サイテーだけど嫌いじゃないよ』

馬鹿なのは間違いないが、俺もアルマのノリの良さは好きだ。

「オフェリア、こんばんは」

アルマが返事をすると、オフェリアがテーブルに近づいてきた。

「そっちの二人が、アルマちゃんの仲間？」

「そう。ボクのパーティ」

「へ、へぇ……。両方とも見ない顔なんだけど、よく追い出されなかったね？」

「皆、親切だったよ。笑顔で歓迎してくれたし、お菓子もくれた」

オフェリアは眉間に皺《しわ》を寄せる。アルマの言っていることが嘘なのは明白だからだ。

薄《う》っすらとだが、敵意が混ざった警戒心も感じる。

「……そういえば、パーティの名前を聞いていなかったよね？」

「そうだった。ボクのパーティは、蒼の天外《ブルービヨンド》」

「なんですって!?」

驚くオフェリアに、アルマはくすくすと笑った。

「ごめんね、オフェリア。黙ってて」

「じゃ、じゃあ、ひょっとして……そっちの彼が、リーダー？」

指を差されたので、俺は鷹揚《おうよう》に頷《うなず》く。一瞬で俺がリーダーだとわかったのは流石《さすが》だ。

「そう、俺がリーダーのノエル・シュトーレンだ」

「ノエル・シュトーレン……。あんたが、あの……」

　よほど酷《ひど》い噂《うわさ》を耳にしたらしい。オフェリアの顔には、明確な敵意が表れていた。今にも弓で射抜かれそうなほどの敵意と嫌悪感だ。

「おや、怖い顔だな。何か俺に言いたいことでも？」

「……別に。気になるなら、自分の胸に手を当てて聞いてみたら？」

　俺は言われた通り胸に手を当て、それから首を傾《かし》げる。

「心臓の規則正しい音しか聞こえないな？」

「仲間を奴隷に堕《お》とした奴《やつ》が、よくもそんなことを……」

「ああ、そのことか。あいつらは良い糧になってくれたよ。暴力団《ヤクザ》に高値で売れたからな。やっぱり、持つべきは大切な仲間だね」

「あんたッ!!」

　激昂《げきこう》したオフェリアが俺に摑《つか》み掛かろうとした瞬間、コウガが椅子を蹴って間に立ちはだかる。その手は、刀の柄《つか》に触れていた。

「エルフの姉ちゃん、乱暴はあかんのう。こんなんでも、ワシの大事な親分なんじゃ。それに手ぇ出すんなら、相応の覚悟をしてもらうど」

「大した忠犬ね。仲間を奴隷に売るリーダーにはもったいないわ」

「ワシんことは、なんぼでも好きなように言えばええ。じゃがのう、次からは慎重に言葉を選んだ方がええど。――ワシに刀を抜かさせるなや」

「なっ……」

コウガが凄《すご》むと、オフェリアはたじろいだ。ランクが上の相手を威圧できるなんて、やはり優秀だ。アルマも同じタイミングで反応していたが、鼻をコウガの鎧《よろい》にぶつけて鼻血を出してしまっていた。今は鼻血を止めるために、涙目で上を向いているところだ。

「オフェリア、どうかしたのか?」

リーダーのレオンが、心配な顔をして様子を見に来た。

「あんたの仲間が、いきなり俺に摑み掛かろうとしてきたんだよ」

俺が先に答えると、オフェリアは顔を真っ赤にしたが、反論できず閉口した。

「そうなのか、オフェリア?」

「……ご、ごめん。ちょっと頭に血が上っちゃって……」

「そうか……」

レオンは俺に向き直り、潔く頭を下げる。

「うちのメンバーが、申し訳ないことをした。本当にすまない」

「別に構わないさ。だが、二度と同じことがないように、きちんと躾《しつ》けておけよ。犬でも教えれば人を襲わなくなる。あんたの仲間は犬以下だぜ?」

「……犬以下、だと?」

立ち昇る凄《すさ》まじい怒気。顔を上げたレオンには、鬼神のような風格があった。

「今の言葉、取り消してもらおうか」

「居直るつもりか？　大した倫理観をお持ちだな」

「非礼は詫《わ》びる。望むなら何度でも頭を下げよう。だが、だからといって、オフェリアを侮辱して良い理由にはならないはずだ」

「要するに、喧嘩両成敗に持ち込みたいってわけか。あんた、策士だね」

俺が皮肉を言うと、レオンは不快そうに眉を顰《ひそ》める。

「君は……」

「レオン、まともに会話しちゃ駄目だよ。こいつ、あの悪名高き、ノエル・シュトーレンなんだから。やっぱり、あの噂は全部本当だったみたい……」

オフェリアの言葉に、レオンは驚きながらも得心したように頷く。

「そうか、君があの……」

「噂話が好きだなんて、まるで乙女だな。あんた達《たち》は、副業でおままごともやるのかい？それとも、お人形遊びかな？」

「君は、最低だな。仲間を大切にできない者に、探索者《シーカー》の資格は無い」

レオンの愉快な台詞《せりふ》に、俺は思わず吹き出してしまった。

「資格ならとっくに発行してもらっているよ。それとも、あんたからも認めてもらわないと駄目なのかな？　おやおや、知らなかったよ。どうやら、とっくに探索者《シーカー》の頂点どころか、探索者《シーカー》協会をも支配する立場に立たれているらしい」

「そうやって、他人を侮辱して生きていけばいい。だが、いつかは報いを受けるぞ」

「なんだ、今度は神様にでもなったつもりか？　あんた、ちょっとばかり頭《ず》が高いぜ。身の程ってもんを知った方が良い。じゃないと、いつか報いを受けることになるぞ」

俺の鸚鵡《おうむ》返しにレオンは怒りで肩を震わせたが、それ以上は何も言わなかった。静かに踵《きびす》を返し、店を出ていく。

「レオン、ちょっと待ってよ！」

追いかけるオフェリア。ようやく事態に気がついた他の二人の仲間も、その背中に続いて店から姿を消した。

「おまえたち、よく覚えておけよ。探索者《シーカー》の世界は、食うか食われるかだ。だが、弱い奴が食われるんじゃない。食われるのはいつだって、驕《おご》った奴だ。敵に背中を見せるなんて愚の骨頂。殺してくれと言っているも同じさ」

「ちゅうことは、例の計画――奴らでええんじゃの？」

コウガの質問に、俺は頷いた。

「実績というのは、いつだって相対的なものだ。比較対象があってこそ意味を成す。つまり、俺たちが他の優秀な探索者《シーカー》よりも優れていると証明できれば、それが実績になるわけだ。悪魔《ビースト》を話術で籠絡《ろうらく》することはできない。だが、人は別だ。どんな強者であっても、堕ちる時は一瞬。そうなれば、煮るなり焼くなり自由となる」

俺はワインを呷《あお》り、深い笑みを浮かべながら続ける。

「天翼騎士団には、俺たちの踏み台になってもらうぞ」

大怪鳥の嘴《ロックバードくちばし》亭を出たレオンは、夜の街を黙々と歩き続ける。頭を少し冷やすためだ。

あんな風に罵倒されてしまっては、平静でいられる自信が無い。話が拗《こじ》れる前に、自分の方から離れようと考えたのだった。

「レオン、いい加減に止まって！　もう街の外に出ちゃうよ！」

不意に、腕を後ろに引っ張られる。振り返ってみると、その手はオフェリアのものだった。オフェリアは不安そうな顔をしていて、一緒にいたカイムやヴラカフも同様だ。

「あ……」

どうやら、少しだけ夜風に当たるつもりが、長い間徘徊《はいかい》していたらしい。しかも申し訳ないことに、仲間たちを連れ回していたようだ。

「歩き続けて、ちょっとは気が晴れたかよ？」

カイムが困ったように笑うと、レオンは頭を下げた。

「皆、すまなかった。考え事で頭が一杯になっていたみたいだ……」

「らしくねぇな。目を離していたから詳細はわからねぇが、ガキに生意気な口を利かれたぐらいで、そこまで取り乱すもんか？」

「う、うん、まあ……」

口ごもるレオンに、ヴラカフが鼻を近づけて匂いを嗅ぐ。

「精神異常《デバフ》を受けた痕跡は見られぬ」

「じゃあ、おまえの問題か」

カイムは腕を組み、訝《いぶか》しげに首を傾げた。

「何があったか、ちゃんと話してみろよ」

「わかった……」

当事者であるレオンとオフェリアは、互いに詳細を語っていく。こうして自分の行動を説明していると、事態を客観視できるようになり、とても恥ずかしい気もちになってきた。

実際、話を聞き終えたカイムは、二人のことを鼻で笑った。

「なるほど、ね。そりゃ、おまえたち二人が悪いわ」

「ええっ、なんでよ!?　悪いのは——あいたっ！」

オフェリアが反論しようとすると、カイムは槍《やり》の石突で脇腹を突いた。

「噂を鵜呑《うの》みにして、初《しょ》っ端《ぱな》から険悪な態度を取ったのは、どこの馬鹿だ？」

「た、たしかに、それは私が悪かったわよ……。でも、本人も認めたのよ？」

「馬鹿野郎。本当に疚《やま》しいことがあったら、公で素直に認めるもんか」

「え、じゃあ、嘘《うそ》なの？　なんで、そんな嘘吐《つ》く必要があんのよ？」

「それは知らん。だが、まあ、考えられるとしたら、悪評を逆に利用したい、ってあたりかな？　悪名は無名に勝る、って言葉もあるぐらいだし」

「ええ？　それはそれで――あいたたたっ！　突かないで突かないで！」

カイムの連続突きを受けたオフェリアは、痛みに耐えかねてヴラカフの背中に隠れてしまった。ちょこんと顔だけをのぞかせて、恨みがましい眼《め》をしている。

「だいたい、全て真実だったとしても、何の関係も無い立場の奴が、一方的に絡むんじゃねぇよ。正義感を暴走させ過ぎだ馬鹿」

「うぅっ……」

非の打ち所がない正論だ。どれだけ正しくとも、周囲への配慮は必要となる。オフェリアは何も言い返せず、目に涙を浮かべて耳をへたらせていた。

「レオン、おまえもだぜ」

「うん、わかっている……」

「探索者《シーカー》の資格とか、報いがあるとか、話がズレているんだよ。おまえが責めるべきだったのは、仲間を侮辱されたことだろ？　相手の挑発に乗って争点を違《たが》えた時点で、正当性は消え去っているんだ」

「ああ、その通りだ。俺が間違っていたよ……」

耳が痛いを通り越して、心に染み入る指摘だった。異論などあるわけもない。ノエルにどんな意図があったとしても、争点を違えたのはレオンの方だ。ただの探索者《シーカー》に過ぎないレオンが、あんな偉そうなことを言える資格など無かった。

「彼には、これから改めて謝ってくる。皆は先に帰って――ぐえっ！」

襟回りを摑《つか》まれたせいで喉が締まる。摑んだのはカイムだ。

「待て待て。今から謝りに行っても話が拗れるだけだ。それに、おまえが謝ったら、犬以下って罵られた、オフェリアの立つ瀬が無いだろうが」

「いや、でも……」

「改めて接触するなら、もっと調べてからの方が良い。そもそも、今回の諍《いさか》いの理由はそれだろ？　同じ過ちを繰り返す気か？」

「そ、そうだな……」

たしかに、謝るにしても慎重に動くべきだ。レオンが頷《うなず》くと、オフェリアがヴラカフに隠れたまま手を挙げた。

「ずっと気になっているんだけど、蒼の天外《ブルービヨンド》はどうやって他の探索者《シーカー》に認められたのかな？　慣例通りなら、追い出されていたはずだよね」

「店に入る前に何があったんだろうな？　それがわかればいいんだが……」

カイムは苦笑交じりに顎を掻《か》いた。

「拙僧たちは、他の探索者《シーカー》に嫌われているから、誰にも聞けんな」

ヴラカフの歯に衣《きぬ》着せぬ言葉に、レオンとオフェリアは溜《た》め息《いき》を吐いた。

天翼騎士団は他の探索者《シーカー》から嫌われている。それは紛れもない事実だ。だが、決して道理から逸脱したことはしていないし、常に正しくあろうとしてきたことも事実である。

実際、とある新聞記者は、レオンたちのことを、礼儀と誠実さを心掛けている、まるでおとぎ話に出てくる遍歴騎士のような探索者《シーカー》たちだと記事で評した。

故に、騎士団。天翼は、リーダーであるレオンの盾に施された、翼の装飾が由来である。

そう、天翼騎士団の名前は本来、他者から与えられた異名だったのだ。

最初は戸惑いもあった。過分な評価だと、プレッシャーも感じた。だが、今は違う。天翼騎士団という名は、レオンたちにとっての誇りだ。その名に恥じぬよう、レオン達はこれまで以上に努力を重ねてきた。

だが、他の探索者《シーカー》たちは、そう考えなかった。いけ好かない偽善者の集まりだと、陰口を叩《たた》き、誰もレオンたちと親しくしようとはしない。というのも、探索者《シーカー》というのは基本的に荒くれ者で、その大半が叩けば埃《ほこり》が出る者たちだからだ。そんな彼らにしてみれば、品行方正だと世間から評価されている天翼騎士団は、目障り以外の何物でもなかった。

暗がりで襲撃を受けたのも、一度や二度の話じゃない。全て返り討ちにしてきたが、黒幕の尻尾を掴むことはできていないので、これからも襲撃は続くだろう。もちろん、黙ってやられるつもりはない。いずれ決着を付けるつもりだ。

「……待てよ。リーシャに聞けば情報を得られるんじゃないか？　あの二人、パーティは違うけど、同じ酒場にいたはずだよな？」

カイムがオフェリアを見ると、オフェリアは目を丸くした。

「たしかに……。盲点だったわ……」

「盲点だったわ、じゃねぇよ！　リーシャなら確かな情報を持っているに決まってんだろうが！　なのに、噂《うわさ》だけで馬鹿なことをしやがって！」

「痛い痛い！　ごめんなさいごめんなさい！」

怒ったカイムは、ヴラカフの後ろに隠れていたオフェリアを引きずり出し、石突で怪我《けが》をしない程度に何度も小突く。

「まったく、仲が良い二人だな……」

レオンが同意を求めてヴラカフを見ると、ヴラカフは軽く肩を竦《すく》めた。


オフェリアとヴラカフは帰路につき、レオンとカイムは行きつけのバーを訪れることにした。探索者《シーカー》専用酒場と違い、狭い店内が醸し出す落ち着いた雰囲気は、今日のような精神的に疲れた日にはぴったりだ。

「それで、本当のところはどうなんだよ？」

カウンター席の隅っこで酒を舐《な》めていると、出し抜けに尋ねられた。

「どう、とは？」

「なんで、あんなにムキになったんだ？」

「なんでなんだろうな……」

オフェリアを侮辱されたことは許せないが、もっと冷静に対応することはできたはずだ。

なのに、あんな醜態を晒《さら》してしまった。

「自分でもよくわからないよ……」

「たぶん、嫉妬じゃないか？」

「嫉妬？」

レオンが首を傾《かし》げると、カイムは煎り豆を齧《かじ》りながら頷く。

「ノエルって、たしか十六かそこらだろ？　そんなガキが、いきなり大怪鳥《ロックバード》の嘴亭に現れて、しかも大物面をしていたんだ。嫉妬しない方がおかしい。オフェリアが暴走したのも、同じ理由のはずだぜ」

「そうか……。嫉妬か……」

言われてみると、腑《ふ》に落ちる。おそらく、カイムの分析は正しい。

「オフェリアには言うなよ。あいつ、思い詰めやすいからな。嫉妬が原因だったなんてわかったら、部屋に籠って出てこなくなるぞ」

「ふふ、わかってるよ。でも、だとしたら、本当に身勝手なことをしてしまったな……。ノエル君には、謝っても謝り切れない」

「そうかな？　俺はむしろ健全だと思うぜ。対抗意識を持つってのは良いことだ。成長のきっかけになる」

「相手に迷惑を掛けてもか？」

「ノエルは何とも思っていないはずだぜ。なにより、天翼騎士団と蒼の天外《ブルービヨンド》は、良いライバルになれると俺は思っている」

カイムの意外な言葉に、レオンは目を瞬かせる。

「どうして、そう思うんだ？」

「同じはぐれ者だから」

身も蓋もない言葉で返されて、レオンは思わず吹き出してしまう。

「ははは、なるほどな。一理あるよ」

こうやって笑い話になると、気もちの整理も付いてきた。

「ノエル君のことはまだよく知らないが、たぶん凄《すご》い奴《やつ》なんだろうな。あの若さで、しかも【話術士】なのに、出世街道を驀進《ばくしん》しているんだから」

「また嫉妬か？」

「いや、純粋に敬意を抱いているよ。うん、彼は凄い奴だ」

「素直さは美徳だが、先輩が大人しく水をあけられるのも、どうかと思うぜ？　なあ、レオン・フレデリク、二十二歳独身さん？」

「年齢と独身なのは、カイムも同じだろ」

そもそも、レオンとカイムは同郷の幼馴染《おさななじみ》だ。最初に探索者《シーカー》を志したのは、兄貴分のカイムだった。レオンはカイムに付き従う形で帝都を訪れ、共に養成学校に通い、そして探索者《シーカー》となった。

やがて、オフェリアが仲間になり、ヴラカフが加わった。何故《なぜ》かレオンがリーダーを務めることになったが、精神的なリーダーはカイムだ。こうやって肩を並べていても、レオンの心は弟分のままだった。

「故郷を出てから、随分と経《た》ったな。なあ、レオン。そろそろ、俺たちも次のステップに進まないか？　つまり、クランの創設だ」

カイムは懐から一枚の手紙を取り出しテーブルに置く。内容に目を通すと、今朝方にレオンに届いた手紙と、全く同じことが書かれていた。差出人は探索者《シーカー》協会。その用件は、実力あるパーティはクランの創設を急がれたし、というものだった。

「カイムのところにも届いていたのか」

「小耳に挟んだところによると、他のパーティにも届いたらしいぜ？」

「しかし、おかしな話じゃないか？　なんで、いきなりクランの創設を急《せ》かすんだろうな？　こんなこと初めてだ」

「わからん。だが、何か理由がありそうだし、俺はこれが良い機会だと思っている。強制保険金は、すぐに用意できる金額だ。クランハウスはまだ所有していないが、暫定的に誰かの下宿先を登録する方法もある。レオン、おまえはどう考える？」

「そうだな……」

天翼騎士団は、とっくにクランを創設していてもおかしくない実績を得ている。創設を先延ばしにしてきたのは、より良い状態でスタートしたかったからだ。最初から良い査定を得てスタートダッシュできれば、それだけクランの運営も楽になる。その方針《スタンス》は、パーティ全員で話し合って決めたものだった。

「俺も、良い機会だとは思う。でも、他の二人の意見も聞かないとな」

「ああ、それなら、二人とも構わないってさ」

「ええ!? もう話し合ったのか!? リーダーの俺抜きで!?」

「二人のところにも手紙が届いたらしくてな。その話の延長線上のことだ」

だとしても、レオンは呆《あき》れるしかなかった。

「お飾りだって自覚はあったが、それにしても酷《ひど》いな……」

「拗《す》ねるなよ！ 悪かったってば！」

カイムは子どもの時のように肩を組んで揺らしてくるが、レオンの口からは溜め息しか出なかった。


善は急げ、と言う。翌日、レオンはクランの創設申請を出すため、カイムと一緒に探索者協会館《シーカー》を訪れた。オフェリアとヴラカフは所用があるらしい。

受付で用件を伝えると、応接間に通された。普通なら面会予約《アポ》を取ってから実際に面会できるまで数日掛かるようだが、これも理由があってのことだろうか？

二人が応接間で待っていると、やがて燕尾服《えんびふく》を着た白髪の老紳士が現れた。

「私、探索者《シーカー》協会の参号監察官、ハロルド・ジェンキンスでございます。以後、お見知りおきを」

「天翼騎士団のリーダー、レオン・フレデリクです」

互いに礼を交わすと、ハロルドは柔らかく微笑《ほほえ》んだ。

「天翼騎士団のことは、かねがね耳にしております。在野最強のパーティが、ついにクランの創設を決心されたこと、とても嬉《うれ》しく思っておりますよ」

「いえ、俺たちなんてまだまだです」

「謙遜されることはありません。なにしろ、天翼騎士団は、既に龍殺しを達成されている。中堅クランでも困難な偉業を、たった四人で成し遂げたのだから、その実力は誇るべきものです。謙遜はむしろ厭味《いやみ》にしかならない」

龍殺し、というのは、文字通り龍種の悪魔《ビースト》を討伐したことを示す。龍種は悪魔《ビースト》の中でも極めて強力で、中堅クランであっても手こずる相手だ。したがって、龍種を討伐することは、探索者《シーカー》にとって大きな実績の一つとされている。

天翼騎士団が討伐したのは、深度七の悪魔《ビースト》、森の邪龍《アイアタル》だ。飛行能力こそ無いものの、強固な鱗《うろこ》に覆われ、猛毒の息を吐き、しかも透明化する強敵だったが、討伐に成功した。ちょうど、一年前のことだ。

「さて、本題に入りましょう。あなた方のような大きな実績を持ち、しかも品行方正として評価されているパーティは、面接をするまでもなくクランとして承認します。それこそ、諸手《もろて》を挙げてね。ですが――」

ハロルドは一旦言葉を句切り、悲しそうに眉尻を落とした。

「私たち探索者《シーカー》協会は、天翼騎士団のクラン申請を却下致します」

青天の霹靂《へきれき》とは、このことだ。レオンとカイムは呆然《ぼうぜん》とし、次の瞬間には叫んでいた。

「却下って、どういうことですか!?」「却下って、どういうことだ!?」

「困惑されるのも無理はない。今から説明をしますが、その前に一つだけ約束をして頂きたい。ここで聞いた話は、絶対に外部に漏らさないこと。それを了承して頂けますか？」

レオンはカイムと顔を見合わせ、それから頷《うなず》いた。

「わかりました、約束します」

「では、単刀直入に申します。近いうち、冥獄十王《ヴァリアント》が現界します」

「冥獄十王《ヴァリアント》が!?」

「ええ、そうです。そこで、私ども探索者《シーカー》協会は、創設を認めるクランを絞ることにしました。理由は簡単、依頼の分散を減らすことで、個々の戦力強化を図るためです」

「つまり、俺たちは、国が育成するのに相応《ふさわ》しくない、ということですか？」

レオンが震える声で尋ねると、ハロルドは頷いた。

「その通りです、レオンさん。あなた方は実に優秀だ。ですが、将来性という点では、疑問がある。一年前、森の邪龍《アイアタル》を討伐して龍殺しの称号を得た時、何故すぐにクランを創設しなかったのですか？　実績も資金も十分過ぎるほどに得られたはずだ」

「それは、より万全な状態でクランを創設するつもりで……」

「慎重なのは良いことです。ですが、その慎重さが、私どもの懸念材料となっている。天翼騎士団は果たして、クランとなってから今以上に強くなってくれるのだろうか、上を目指すよりも安定した地位を選ぶのではないだろうか、と」

　大きく躍進するための慎重さが、まさか裏目に出るとは。予想外の出来事に、レオンは頭が真っ白になりそうだった。

「待ってくれ！　クランの申請を求めてきたのは、あんたらだろ！　なのに、それを却下するってのは、どういう了見だ⁉」

　カイムは叫びながら、例の手紙をテーブルに叩《たた》きつける。

「この手紙は、何ですかな？」

　ハロルドは手に持った手紙を矯《た》めつ眇《すが》めつして、首を傾げた。

「こんな手紙、当協会は出しておりませんよ？」

「馬鹿な！　じゃあ、誰が出したっていうんだ⁉」

「それは知りません。悪戯《いたずら》ではありませんか？」

「悪戯……だと？」

　カイムは肩を落として呆然とした。ハロルドが否定した以上、考えられるのは悪戯だ。だが、こんな悪戯をして、何の意味がある？

「ともかく、今回はそういう結果となります。御足労頂き、ありがとうございました。それでは失礼致します」

　慇懃《いんぎん》に礼をして部屋から出て行こうとするハロルド。レオンは咄嗟《とっさ》に立ち上がって、大声で呼び止めた。

「そ、そんな……」

「待ってください！　俺たちにチャンスをくれませんか!?」

無茶を言っているのはわかっている。だが、こんな理不尽な話に屈したくなかった。

「お願いします！　俺たちをクランとして認めてください！」

レオンが頭を下げると、ハロルドは溜《た》め息《いき》を吐《つ》き、ゆっくりと戻ってきた。

「わかりました。あなた方にチャンスを与えましょう」

「本当ですか!?」「本当か!?」

「ええ、その代わり、試験を受けてもらいます」

「試験？」

「本来の創設条件に加えて、こちらが指定する悪魔《ビースト》を討伐してもらいます。それを達成できれば、あなた方のクラン申請を認めましょう」

「その悪魔《ビースト》とは？」

「ちょうど現界している悪魔《ビースト》です。深度八、魔眼の狒狒王《ダンタリオン》」

「深度、八……」

あの森の邪龍《アイアタル》よりも、更に強い悪魔《ビースト》だ。レオンは生唾を飲み込む。果たして、勝てるのか？　返答に迷っていると、カイムが肩に手を置いた。

「レオン、迷うな。どのみち、探索者《シーカー》を続けていけば、更なる強敵とも戦っていく必要がある。だったら、迷う意味なんて無いだろ？」

その力強い言葉に、レオンは頷く。

「わかりました。ハロルドさん、是非その試験を受けさせてください」

「承りました。ただ、試験内容は、単に悪魔《ビースト》を倒すことではありません。とあるパーティと争奪戦をしてもらいます」

「とあるパーティ？」

「ええ、彼らもクラン創設申請の却下に異議を唱えていましてね。チャンスが欲しいと泣いて頼まれたのです。私どもとしましては、先の方針《スタンス》に従って、どちらか一方をクランにすることこそが、妥当だと考えております」

ハロルドは一方的に説明し、別室に繋《つな》がる扉を見た。

「彼はあちらで待っています。今お呼びしましょう。――天翼騎士団からは了承を得られました！　あなたもこちらに来てください！」

扉が開かれ、女と見紛《みまが》うほど美しい顔立ちの少年が、悠然と姿を見せた。

「おや、昨日ぶりだな、天翼騎士団さん」

「ノエル・シュトーレン……」

「ルールをお伝え致します」

俺と天翼騎士団が相対すると、ハロルドは争奪戦の概要を説明し始める。

「勝者の条件は、既に現界している深度八の悪魔《ビースト》、魔眼の狒狒王《ダンタリオン》の討伐です。ちなみに、魔眼の狒狒王《ダンタリオン》についてはご存じですか？」

「人の心を読む悪魔《ビースト》だ」

俺はハロルドの質問に答える。

「体長は約四メートル強。悪魔《ビースト》の中では中型に属する。外見はほぼ猿で、額にある第三の眼《め》が、人の心を読む。また、高い知能を持ち、人語も解する。そのため、性格は狡猾《こうかつ》にして残忍。過去、討伐に失敗した探索者《シーカー》たちが、十日間にも及ぶ凄絶な拷問を死ぬ寸前まで受けた、という記録さえ残っている。悪魔《ビースト》は総じて狂暴だが、魔眼の狒狒王《ダンタリオン》の残忍さは最悪だ。討伐に失敗した時は、余力があるうちに自害することが推奨されている。主な攻略方法は——」

「ノエルさん、もう結構です。ご説明ありがとう」

ハロルドは俺の説明を遮り、軽く咳払《せきばら》いをする。

「討伐対象の悪魔《ビースト》については、ノエルさんの説明通りです。天翼騎士団と蒼の天外《ブルービヨンド》には、この討伐を競って頂きます」

「その競う、というのが、よくわからないんですが？」

レオンが首を傾《かし》げると、ハロルドは微笑んだ。

「言葉通りですよ、レオンさん。現地に到着後、立会人を務める私が開始の合図をしたら、あなた方には魔眼の狒狒王《ダンタリオン》を目指してもらいます。そして、先に討伐に成功したパーティが勝者です」

「いや、それはわかっているんだよ」

眉を顰《ひそ》めながら言ったのはカイムだ。

「だが、あんたの言葉を真に受けると、魔眼の狒狒王《ダンタリオン》よりも先に、蒼の天外《ブルービヨンド》を討伐しろ、って意味になる。悪いが、俺たちは人殺しをしない主義だ。たとえ相手が盗賊団でも、殺さず捕縛して憲兵団に渡してきた。もし殺し合いを命じているのなら、俺たちは降りさせてもらう」

カイムの言葉にレオンが頷く。

「チャンスを頂いておきながら申し訳ありませんが、人殺しはできません。これは俺たちの根幹に関わる問題です」

人殺しはできない、か。

綺麗事《きれいごと》を言っているようだが、それは確かな実力に裏付けされた信念だ。犯罪者を殺さず捕縛するというのは、当然のことながら殺して終わらせるよりも難易度が高い。

多くの探索者《シーカー》たちは、盗賊団の討伐作戦を殺害前提で組む。だが、天翼騎士団は別だ。ロキの調査資料によると、カイムの言う通り、天翼騎士団は一度も人を殺したことがない。盗賊団の討伐回数は全部で八回。中には大物盗賊団もいたが、その全てを生け捕りにしてきた。まさしく、天翼騎士団に相応しい高潔さだ。

「ご安心ください、お二方。私は人殺しを命じてなどおりません」

身構える二人に、ハロルドはルールの説明を続ける。

「争奪戦である以上、相手への妨害行為は認めます。ですが、殺害は違反行為と定めさせて頂きます。当該深淵空間《アビス》は、常に私のスキルで監視します。よって、全ての行動は筒抜け。仮に誰かを殺して、その責任を悪魔《ビースト》に押し付けようとしても無駄です。その時点で、違反者の所属パーティは敗北します」

「妨害行為は、どのラインまでなら許されるんですか？」

挙手するレオンに、ハロルドが答える。

「殺害しなければ何でも、と言いたいところですが、それだと曖昧ですね。では、こうしましょう。競争相手がダウンした場合、それ以上の追撃を禁止とします。追撃を行った場合、殺意があると判断し失格とします」

「捕縛は許されますか？」

「認めます。ただし、周囲に悪魔《ビースト》がいない地帯でのみです。危険地帯で遺棄することは、殺意有りとみなします」

「わかりました。それなら問題はありません」

レオンは安堵《あんど》の息を吐き、カイムと顔を見合わせて笑った。

考えていることは読める。試験が始まったと同時に、俺たちを捕縛するつもりなのだろう。そうすれば、悪魔《ビースト》の討伐に専念できるからだ。

「ああ、もう一つ付け加えておきましょう。妨害行為が可能となるのは、互いに当該深淵《アビス》空間に入った時からです。その外にいる間は、いかなる妨害行為も禁止とし、違反した時点で失格とします。試験が始まる前に脱落者が出てしまっては、本末転倒ですからね。それは私も避けたい。質問や異論はありますか？」

　二人が首を振る中、俺は手を挙げた。

「試験外の妨害行為の規定を、もっと明確にしてもらいたい」

「というと？」

「俺たちを監視するのは、試験中のみだろ？　試験外の行動まではわからないはずだ。先日、俺は天翼騎士団のメンバー、オフェリアに暴行を受けそうになった。品行方正で通っている天翼騎士団様だが、その本性は他の荒くれ者と変わらないらしい。とても身の危険を感じるね。ひょっとしたら、闇討ちを受けるかも」

　俺が笑いながら言うと、レオンは困ったように首を振った。

「ノエル君、あの夜のことは本当にすまなかった。悪いのは俺たちだ。どうか許してほしい。君には二度と迷惑を掛けない」

「そんな言葉を信じられるとでも？」

「むぅ……。わかった、たしかに君の言う通りだ。ハロルドさん、ノエル君の言う通りにしてくれますか？　俺たちはそれに従います」

　レオンが了承すると、ハロルドは頷く。

「では、ノエルさん、あなたの望む規定をおっしゃってください。ただし、明らかにあなたを有利にするルールにはできませんよ？　レオンさんが了承しようと、それでは試験の意味がなくなってしまいますから」

「わかっているよ。俺の希望は簡単だ。単に試験前の妨害行為を禁止するのではなく、『試験当日に互いのメンバーが万全の状態で揃《そろ》っている』ことを条件としてくれ。もし、誰か一人でも欠けていれば、その理由の如何《いかん》に拘《かかわ》らず、メンバーが揃うまで試験を無期延期にしてもらう。どうだ？　誰も損はしないだろ？」

損をしないどころか、互いの身の安全を確約させる規定だ。拒む理由なんてあるはずがない。天翼騎士団の二人が頷《うなず》くと、ハロルドは俺を見る。

「たしかに、誰も損をしない規定ですね。ですが、無期延期は認められません。延期が重なってしまうと、深淵《アビス》が広がってしまいます。延期を認められるのは二度まで。それ以降試験を行えなかった場合、両者とも失格とします」

「俺はそれでいい」「俺たちもわかりました」

話がまとまったところで、ハロルドは俺たちを見回した。

「最後に、これはルールではなく参加条件です。今回の試験は、特別措置。何度もあるものとは思わないで頂きたい。したがって、あなた方の覚悟を確認するために、敗者はパーティを解散することを約束してもらいます。探索者《シーカー》として活動することは認めますが、同じメンバーで活動することは、探索者《シーカー》協会の名に於《お》いて認めません。即刻、探索者《シーカー》の資格を取り消させて頂きます。よろしいですか？　よろしければ、この誓約書に各リーダーはサインをお願いします」

ハロルドはテーブルに誓約書とペンを置く。まず、俺がサインをした。レオンはカイムと相談してから名前を書き記した。

「ここに合意はなされました。試験日は三日後の正午とします。詳細は改めて本日の夜までに手紙でお送り致しますので、当日まで各自準備を整えておいてください」

ハロルドが試験日を告げると、レオンが立ち上がって俺の前にくる。

「ノエル君、傲慢に聞こえるだろうが、実力では俺たちの方が大きく上回っている。普通に考えれば、君たちに勝ち目はない。だが、君は特別なようだ。常識を覆す能力を持っているらしい。だから、決して油断はしないし、全力で挑ませてもらうよ」

宣戦布告と共に差し出されたのは、レオンの大きな右手。その手を摑《つか》み握手を交わした俺は、遠慮することなく口元を歪《ゆが》めた。

「一つ、良いことを教えてやろう」

「なんだい？」

「【話術士】は、全職能《ジョブ》の中でも、最高レベルで知力補正が高い。そして、【戦術家】にランクアップした俺は、その優れた演算能力で未来予知をすることもできる」

実際には、未来予知と言っても、見通せるのは二秒ほどだけだ。それ以上になると、途端に意味を成さなくなってしまう。だが、はったりとしては十分に機能する事だろう。

「見えるな。敗北したあんたが、俺の前で無様に泣き喚《わめ》く姿が」

俺の挑発にレオンは一瞬怯《ひる》んだが、すぐに笑みを浮かべた。

「楽しみにしているよ、蒼の天外《ブルービヨンド》」

「まずは、見事、と言っておきましょうか」

天翼騎士団が退出し、部屋に残ったのは俺とハロルドだけになった。ハロルドは溜《た》め息《いき》混じりに、愚痴めいた言葉を続ける。

「よくもまあ、天翼騎士団のような高潔なパーティを、争いの場に引きずり出せたものです。本来なら、いくら踏み台にしようと画策しても、相手にすらされなかったことでしょう。その権謀術数には頭が下がりますね。これさえなければ」

ハロルドの手には、一枚の手紙があった。

「まさか、公文書偽造までするとは。たしかに、クラン創設に慎重だった天翼騎士団の背中を押すには、効果的だったかもしれません。ですが、やり過ぎです」

「やりすぎ？　俺の計画に賛同した奴《やつ》が言う台詞《せりふ》じゃないな」

「あなたの台本に従ったのは、私共にも利益があるからです。探索者《シーカー》協会の名を騙《かた》ることまで認めたわけではありません」

ハロルドは強気だが、共犯者である以上、公に糾弾することはできないだろう。これも計画のうちだ。

そもそも、天翼騎士団のクラン申請が却下されたのは、そうするよう俺がハロルドに指示したからだ。天翼騎士団を踏み台にするためには、まず公に認められる戦いの場に引きずり出す必要があった。闇討ちで仕留めたとしても、何の実績にもならない。

その点、探索者《シーカー》協会の監察官が立会人を務める、クラン創設の許可を懸けた争奪戦というのは、優劣をつけるには最適な場であるし、なによりも話題性がある。

もちろん、ハロルドが俺の指示に従う義理は無い。だが、探索者《シーカー》協会が、一時的にクランの創設を絞るつもりだったのは本当のことだ。

ロキに調べさせるまでもなく、状況を考えれば簡単に予想できる。依頼を分散させるよりも、有望なクランに絞り育成した方が、貴重な戦力に育ってくれるからだ。

だから、俺が持ち込んだ話は、探索者《シーカー》協会にとって渡りに船だった。在野最強パーティである天翼騎士団が、クラン創設を却下され試験を受けるとなれば、他の者も黙って従うしかなくなるためである。

以降、クランを創設するためには、協会の厳しい審査をパスすることが必要になるだろう。これまでのように強制保険金と拠点の有無だけで認められることはなくなる。

「ノエルさん、私も共犯だから許すしかない、と思っていますね？」

「思っていますが、なにか？」

俺が即答すると、ハロルドは深々と溜め息を吐《つ》いた。

「あなた、本当に可愛《かわい》げがありませんね……」

ハロルドは表情を改めると、俺を真《ま》っ直《す》ぐ見る。

「ノエルさん、私が協力できるのは、ここまでです。ここから先は、あなたの探索者《シーカー》としての力量が試されることになる。たしかに、争奪戦で天翼騎士団に勝てば、あなた方の評価を大きく改める必要があります。ですが、勝てますか？　天翼騎士団は当然として、深度八の悪魔《ビースト》に、今のあなた方が？」

　俺はソファから立ち上がり、ハロルドに微笑《ほほえ》む。

「勝つさ。俺が不滅の悪鬼《オーバーデス》から教わったのは、そういう戦い方だ」

　天翼騎士団のサブリーダーであるカイム。リーダーのレオンと同郷にして幼馴染《おさななじみ》。探索者《シーカー》としての実力はレオンに劣るが、チームの精神的支柱として貢献している。だが、友人は仲間以外におらず、プライベートではもっぱら、行きつけのバーで一人酒を楽しんでいるようだ。同席する者もレオンだけである。そのレオンにしても、酒が強い方ではないので、基本的にカイムは一人だ。

「……おまえ、どういうつもりだ？」

　俺がカイム行きつけのバーを訪れると、カイムはあからさまに警戒した。それを無視して隣の席に座り、ワインを頼む。

「どういうつもりだ、と聞いているんだが？」

　険しい顔で睨《にら》みつけてくるカイムを、俺は鼻で笑う。

「凄《すご》んでも無駄だ。争奪戦のルールは覚えているだろ？」

「おまえのこれは、妨害行為じゃないのか？　どんな目的があるにしろ、対戦相手のところにやってくるなんて正気じゃない。警戒するな、って方が無理だ」

「おや、試験外の妨害行為の規定を忘れたのかな？　当日に互いのメンバーが万全の状態で揃っている、だ。つまり、それを妨げない接触は許されている」

「おまえ、このために、あの規定を要求したのか？」

その通り。俺が接触しても妨害行動とならないこと、また接触を理由に暴力で追い払う口実を与えないこと、それを確約させるために、あの規定を要求した。

「ふふふ、おまえ、想像以上に面白い奴だな。いいぜ、何が目的か、話を聞いてやる。俺を楽しませてみろ」

「目的は一つだ。カイム、天翼騎士団を裏切れ」

俺が用件を伝えると、カイムは声を上げて笑った。

「ハハハハハハ！　おまえ、俺を笑い殺すつもりか!?」

「そんなつもりはないさ。第一、おまえを殺したら試験が流れる」

「ふ～ん、本気なのか。面白い、話を続けてみろ。おまえの言うことを聞いたら、俺に何の見返りがあるんだ？　金か？　地位か？　それとも、とびっきり極上の女か？」

茶化すカイムには、何を取引材料にされても了承しない、という強い意思が感じられる。天翼騎士団の中でも、幼馴染であるカイムとレオンの絆《きずな》は強固だ。金や地位、ましてや女如《ごと》きでは、いくら積み上げても籠絡《ろうらく》できないだろう。

だが、カイムが喉から手が出るほど欲しい物を、俺は知っていた。

「自由だ。自由を与えてやる」

「自由？」

首を傾《かし》げるカイムに、俺は続ける。

「あんたらのことは新聞で調べたよ。どの記者も、素晴らしいパーティだと褒め称《たた》えている。だが、そこにある名前は、いつもレオンだけだ。他の三人の名前も挙がることはあるが、あくまで添え物としての扱いだな」

「……あいつがリーダーなんだから、当然だろ」

「違うな。レオンが――レオンだけが、特別だからだ。それは、幼馴染のおまえが、一番良く知っているはずだぞ？」

「それは……」

「何故《なぜ》、弟分のレオンに、リーダーの座を譲った？　いや、譲らざるをえなかった？　答えは明白だ。おまえよりも、レオンの方が遥《はる》かに優れているからさ」

「おまえ……なんで……」

当時の関係性まで知っている俺に、カイムは言葉を失った。

「カイム、天翼騎士団は歪《いびつ》だ。このままクランになっても、必ずおまえたちは、レオンの才能についていけなくなる。そうなった時、どれほどの絶望が待っているだろうな？　なのに、このまま進むつもりか？　身を粉にして働いても、報われない結果だけが待っているというのに。カイム、自由になれ。今が、その最後のチャンスだ」

俺が静かに語りかけると、カイムは目を伏せる。

「たしかに、おまえの言う通りだ。俺たちは歪だよ。いずれ、レオンについていけなくなる。あいつは、本物の天才だからな。だが――」

ゆっくりと顔を上げたカイムには、寂しげな笑みがあった。

「それでも、俺はあいつを支えてやりたいんだ。俺の望みは、自由なんかじゃない。大切な弟分が、探索者《シーカー》として成功することだけだ。それを最後まで支えてやるのが、兄貴分の役目ってもんさ」

「あんた、本当にそれでいいのか？」

「あたりまえだ。まあ、おまえみたいなガキには、わからんだろうがな」

テーブルに酒代を置き、立ち上がるカイム。どうやら、決意は固いようだ。店の出口に向かうカイムの背中には、報われない道を望んで進む覚悟が感じられる。

だが、どれだけ強固な覚悟があろうと、俺の前では無意味だ。

「あんたが裏切らなきゃ、先に裏切るのはレオンだぜ？」

カイムは足を止めて俺を振り返る。

「………なんだと？」

はい、三人目の馬鹿が、罠《わな》に掛かりました。

探索者《シーカー》協会が主催するクラン創設試験――つまり魔眼の狒狒王《ダンタリオン》争奪戦は、予定通りの日程で行われることになった。場所は帝国最高峰の独立峰、グスターヴ山の麓に広がる樹海。

魔素《マナ》が充満しやすいこの樹海は深淵《アビス》が発生しやすく、常に探索者《シーカー》協会の関係者によって管理されている。

現在の深淵《アビス》による浸食領域は、樹海の入り口から円形状に、直径約五キロメートル。周辺一帯は協会の職員たちの手によって既に封鎖されており、一般人が入り込まないよう、要所毎《ごと》に武装した警備の者たちが立っている。

「天翼騎士団、並びに蒼の天外《ブルービヨンド》の皆様、無事この日を迎えられたことを嬉《うれ》しく思います。どちらも、準備は万端のようですね」

立会人を務めるハロルドは、俺たちをえ・した。

「改めて本日の試験内容をお伝えします。今から両パーティには、前方の深淵《アビス》空間を探索して頂き、その核である魔眼の狒狒王《ダンタリオン》を討伐してもらいます。そして、これは争奪戦。互いに殺さない範囲での妨害行為が認められています。先に魔眼の狒狒王《ダンタリオン》を討伐した方が勝者。クランの創設を認めましょう。対して敗者は、パーティを解散して頂きます。よろしいですか？」

俺たちは頷《うなず》く。対峙《たいじ》する天翼騎士団の気迫は凄《すさ》まじく、百戦錬磨の探索者《シーカー》であることを、如実に物語っていた。まともに戦えば、俺たちは為《な》す術《すべ》もなく鎮圧されることだろう。

「試験を開始する前に、各リーダーは前へ。握手を交わし、正々堂々と戦うことを誓ってください」

言われた通り、俺とレオンは前に出て、互いに握手を交わす。

「ノエル君、前にも言ったが、全力で行かせてもらうよ」

「はいはい、頑張りましょうね」

俺たちが自分の仲間の下に戻ると、ハロルドは片手を上げた。

「それでは、試験開始ッ！」

ハロルドの手が振り下ろされると同時に、天翼騎士団は樹海に向かって一斉に駆け出そうとする。一方、俺たちは慌てたりなどせず、背嚢《はいのう》を地面に置いた。

「二人とも、シートを敷くから、地面の石をどけてくれ」

「わかったわい」「了解」

コウガとアルマが邪魔な石をどけると、そこに持参していたシートを広げる。

「よし、こんなもんかな。――じゃあ、飯にするか」

シートの上に座った俺たちは、背嚢から大きなランチボックスを取り出し、昼食を食べ始めることにした。ランチボックスの中身は豪勢で、サンドイッチや肉料理だけでなく、季節のフルーツを使ったデザートも入っている。星の雫《しずく》館の大将お手製弁当だ。

「……ノエル君、これはどういうことかな？」

顔を上げると、そこには困惑した様子のレオンが立っていた。

「おや、天翼騎士団さん。急がなくていいのかな？　争奪戦だよ？」

「いや、それはこっちのセリフなんだが……。君たちは、何をしているんだ？」

「何って、見ての通り昼食ですが？」

俺の返答に、レオンは頬を引きつらせる。

「言っている意味がわからない。何故、ここで昼食を食べる必要がある？」

「腹が減っては戦はできないから」

「これは争奪戦だぞ!?　のんびりしている暇は無いはずだ！」

「急がば回れ、って言うだろ？」

「なっ、き、君は……」

怒りに肩を震わせるレオンは、ハロルドに視線を向ける。

「ハロルドさん、これはどういうことですか!?」

「いや、私に聞かれても……」

同じく困惑した様子のハロルドが、こちらに近づいてくる。

「ノエルさん、どういうつもりですか？　開始の宣言はしましたよ」

「だから、昼食なんですが？」

「ううん？……試験を放棄するつもりですか？」

「まさか！　そんなつもりはないよ」

「では、早く立ってください。でなければ、試験を放棄したとみなします」

「そんな規定は無かったはずだぞ？　俺が従う理由は無いな」

「そ、それはそうですが……」

ハロルドが口ごもった瞬間、レオンが怒声を上げる。

「ふざけるのも、いい加減にしろ！　立て！　立って戦え！」

「嫌だね。時間が経《た》ったら弁当が傷むだろ」

「君はクランを創設したいんじゃなかったのか!?　この争奪戦に負けてしまえば、クランを創設できないどころか、パーティを解散することになるんだぞ!?」

「知ってるよ」

「だったら――」

「だが、俺に急ぐ気は無い。先手は先輩にお譲りしますので、お先にどうぞ」

「おまえッ！」

激怒したレオンが胸座《むなぐら》を摑《つか》もうとする。伸ばされた手を、カイムが先んじて摑んだ。

「やめろ。行くぞ」

「だ、だが！」

「レオン、目的を見失うな。いいか――」

カイムは声を低くし、レオンに囁《ささや》く。

「こいつに構っても、俺たちの心証が悪くなるだけだ。何故、クラン創設申請が却下されたかを思い出せ」

はっとした。レオンは思わず、横目でハロルドの様子を窺《うかが》う。

クラン創設申請が却下されたのは、天翼騎士団の慎重さが将来的な停滞に繫《つな》がると評価されたからだ。評価を改めさせるためには、単に蒼の天外《ブルービヨンド》に勝つだけでなく、天翼騎士団の勇猛果敢さをアピールしなければいけない。

そうでなければ、クランの創設が認められたとしても、レオン達《たち》の印象は悪いままだろう。カイムが言った通り、足踏みしている暇なんて無かった。すぐにでも魔眼の狒狒王《ダンタリオン》を討伐しなければいけない。

「……わかった」

レオンは俺を一瞥《いちべつ》し、踵《きびす》を返す。

「ノエル君、君には失望した……」

レオンたち一行は、慎重に深淵《アビス》を探索していく。

オフェリアが探知スキルを使って調べたところ、この深淵《アビス》空間の核である魔眼の狒狒王《ダンタリオン》は、ここから二キロ進んだ場所にいるらしい。

「眷属《けんぞく》を合わせると、数は五百ってあたりかな。——あ、ちょっと待って」

オフェリアの耳が動き、遠くの様子を窺う。

「二百体が尖兵《せんぺい》としてやってくるよ。なんで、匂いがばれる風上からスタートさせるかなぁ。でも、速度は遅めだから、会敵するのは五分後ぐらいだと思う」

レオンは周囲を見回し、思考を巡らせる。

「よし、ここで迎え撃とう。ちょうど木々の間隔が広い場所だ。尖兵を撃破後、改めて進行する。各自、戦闘準備」

レオンの指示に従い、カイムとオフェリアが武器を構えて配置につく。だが、ヴラカフだけが動かず、挙手をした。

「レオン、少しいいか？」

「どうかしたのか？」

「こんな時に言い出すべきではないのだろうが、やはり余裕があるうちに伝えておきたい。先日、ノエル・シュトーレンが拙僧を訪ねてきた」

「え？　どういうことなんだ？」

「拙僧に、天翼騎士団を裏切れ、と要求してきた」

ヴラカフの告白に、レオンは思わず仰《の》け反った。カイムとオフェリアも、驚きのあまり言葉を失っている。

「もちろん、拙僧は断った。聞くに堪えない妄言しか口にしなかったのでな。だが、ひょっとすると、彼奴《あやつ》は拙僧以外のところにも訪れた可能性がある。拙僧たちの中に裏切り者がいるとは考えたくないが、ここではっきりさせておきたい」

ヴラカフがレオンたちを順に見る。レオンにとっては全く身に覚えが無い話だ。自動的に首を振る。だが、オフェリアが、おそるおそる手を挙げた。

「私のところにもきた……」

「なんだって!?」

「も、もちろん、私も断ったよ！　だって、皆を裏切るとかありえないもん！」

必死に弁明するオフェリア。その言葉を疑う気は無いが、ショックは大きい。

「実は、俺のところにもきた……」

カイムまで認めたことで、いよいよレオンは背筋が冷たくなった。

「……じゃあ、俺以外の皆を、ノエルは籠絡《ろうらく》しようとしたのか？」

「レオンはリーダーだからな。流石《さすが》に籠絡できないって考えたんだろう。だからって、俺たちをターゲットにするのも浅はか極まりないが」

カイムが苦笑し肩を竦《すく》めると、オフェリアがほっと息を吐く。

「実はさ、ちょっとだけ不安だったんだよね。もしかして、私たちの中に、裏切り者がいるかもって。……あ、ちょ、ちょっとだけだよ！　本当だよ！」

安堵《あんど》したせいか、口を滑らせたことに慌てるオフェリアを見て、レオンはようやく気持ちが落ち着いてきた。

「わかっているよ。皆が天翼騎士団を裏切るわけがない」

「そもそも、拙僧には、ノエルの言葉がよくわからなかった。見返りに自由を与えると言っていたが、妄言にしか思えぬ」

ヴラカフが首を傾《かし》げると、オフェリアが手を叩《たた》く。

「私も言われた！　あれって意味わかんないよね？」

「俺も言われたな。ふっ、ジョークとしては最高だったよ」

カイムも頷いたところを見ると、ノエルは同じ言葉で誑《たぶら》かそうとしたらしい。

「どういう会話の流れで言われたんだ？」

単純な好奇心だった。だが、レオンの質問に、三人は表情を強張《こわば》らせて口を噤《つぐ》む。三人とも意味がわからないと言ったにも拘《かかわ》らず、その背景には同じ恐れと不安を感じた。

「ま、まあ、ノエルのことはもういいじゃないか。誰も裏切っていなかったんだ。おそらく、俺たちを疑心暗鬼にさせて、戦意を削《そ》ぐことが目的だったんだろう。気にすれば、あいつの思う壺《つぼ》だぜ」

カイムの言うことはもっともだ。今の話を聞いて、ノエルが争奪戦を急ごうとしなかった理由もわかった。

「彼は、俺たちが仲違《なかたが》いして自滅する、と踏んでいたみたいだな」

だから、焦らず機を見計らって突入する予定だったのだろう。

「……なるほど、面白いことを考える」

結果としては失敗に終わった作戦だ。なにより賛同できない手口だが、ノエルも本気で戦うつもりだったことがわかり、レオンは嬉しかった。

思い返すと、天翼騎士団はずっと孤独だった。互いに切磋琢磨《せっさたくま》できるライバルがおらず、仲間たちだけで励まし合い戦ってきたのだ。そんな中、彗星《すいせい》の如《ごと》く現れた蒼の天外《ブルービヨンド》は、カイムが言ったように、良いライバルになれる可能性を秘めている。

もっとも、ノエルの目論見《もくろみ》が崩れた以上、この争奪戦に勝つのは天翼騎士団だ。試験が終われば、蒼の天外《ブルービヨンド》には解散の運命が待っている。

レオンは、惜しいな、と思った。

「なあ、皆に相談なんだが、この試験が終わったら、ノエル君たちを天翼騎士団に誘ってみないか？」

その提案に、三人は目を丸くした。

「彼らは将来有望だ。きっと良い仲間になる。敗者は同じメンバーで活動できないって条件だったけど、勝者である俺たちが頭を下げて頼めば、たぶんハロルドさんも許してくれると思うんだ。皆、どうだろうか？」

正直なところ、反対されるだろう、と思っていた。どれだけノエルが有望だろうと、その振る舞いは褒められたものじゃないからだ。だが、意外にも反応は悪くなかった。

「私は、良いと思う……」

最初に賛成したのは、ノエルと争ったはずのオフェリアだった。

「リーシャに聞いたんだけどさ、ノエルって仲間に裏切られて共有財産を奪われたらしいの。それで、お金を取り返すために奴隷に堕《お》としたんだって。だからって認めることはできないけど、ちゃんと理由があったんだってわかった。なにより、ノエルの何をしても上に行くってハングリー精神は、私たちを良い方向に触発してくれると思う」

次に、ヴラカフが頷《うなず》く。

「拙僧も異論は無い。どのみち、クランになれば人員を増やす必要がある」

最後に、カイムが頷く。

「俺も賛成だ。だが、まずは試験を無事に終えないとな」

その眼《め》は、レオンではなく別の方向を見ていた。

「レオン、尖兵が速度を上げた。一気にくるよ」

オフェリアは状況を伝え、スキルで生み出した魔力の矢を弓につがえる。

「皆、先手は俺が引き受ける。残った敵を排除してくれ」

剣と盾を構えたレオンは、心を無にして敵を待つ。

やがて、森の奥から無数の小さな光が見えた。魔眼の狒狒王《ダンタリオン》の眷属たちの眼光だ。白い毛並みの魔猿たちが、壁のような密度の群れを成して襲い掛かってくる。

魔眼の狒狒王《ダンタリオン》は、心を読む悪魔《ビースト》だ。当然、その能力は眷属にも備わっている。回避や反撃を試みても思考を読み取られ、即座に対応されてしまうことだろう。故に、眷属ですら、その深度は六と評価されている。Bランクだけで固めたパーティであっても、勝つのは容易ではない。それが二百という大群で迫ってきていた。

「キイィィィッ、ヤアアァァァアァッッッ!!」

耳をつんざくような猿叫。まず飛び出してきたのは三十体ほど。鋭い爪と牙でレオンたちを八つ裂きにしようと飛び掛かってきた。だが、魔猿たちは、見えない壁にぶつかって動きを止める。

騎士《ナイト》スキル《聖盾防壁《ホーリーシールド》》。不可視の防壁《バリア》を張る、【騎士《ナイト》】の防御スキルだ。【騎士《ナイト》】の特性は、守護と癒し。味方を守る防御スキルと、損傷を回復する治療スキルを駆使し、先陣で壁役《タンク》を務める。

だが、いかに優秀な防御スキルであっても、本来なら魔猿たちに動きを見破られていた。そうならなかったのは、レオンが思考と同じ速度でスキルを発動できるからだ。いかに心を読む悪魔《ビースト》であっても、認識する前に発動したスキルには対処できなかったのだ。

もちろん、誰にでもできる芸当ではない。レオンは生まれつき、魔力の流れが常人よりも滑らかであるため、スキルの高速発動を習得することができた。

このレオン独自の技術の名もまた、天翼と呼ぶ。

壁に阻まれた魔猿たちの首を、レオンは一息のうちに斬り落とす。そして、後ろに控えていた魔猿たちが呆然《ぼうぜん》とした瞬間、カイムの槍《やり》、オフェリアの矢、そしてヴラカフの放った熱光線が、その心臓を瞬く間も無く射抜いていた。

二百体もいた深度六相当の魔猿たちは、一分も経たないうちに全滅した。どこまでも静かで、洗練され尽くした動き。これこそが在野最強パーティの戦い方だ。

「皆、先を行こうか。魔眼の狒狒王《ダンタリオン》と会敵した瞬間、範囲攻撃で雑魚を一掃。間髪容れず魔眼の狒狒王《ダンタリオン》を仕留める」

「「「了解」」」

尖兵を殲滅《せんめつ》した天翼騎士団は、樹海の奥へと足を進める。

「ほんまに、こんなことしてて、ええんじゃろうか……」

　サンドイッチを頬張っていたコウガは、不安そうに漏らした。

　天翼騎士団が深淵《アビス》に入って、そろそろ三十分が経《た》とうとしている。耳を澄ますと、その戦闘音が聞こえた。だが、俺たちはまだ動くことなく、ずっと食事を続けている。特に、作戦上多くのエネルギーを必要とするアルマは、一言も喋《しゃべ》らず弁当を頬張り続けていた。

「こんまま天翼騎士団が魔眼の狒狒王《ダンタリオン》を倒したら、お終《しま》いじゃろ？　不安じゃ……」

「情けない声を出すな。おまえが心配するまでもなく、あいつらの強さは魔眼の狒狒王《ダンタリオン》に匹敵している。討伐は十分に可能だ」

「ええっ!?　ど、どういうことじゃ!?　天翼騎士団じゃ勝てんから、こがいにのんびりしとったんちゃうんか!?」

　驚きの声を上げ、立ち上がるコウガ。俺は水筒の茶を飲み、首を振った。

「いや、勝つよ。だが――」

「じゃあ、ワシらの負けじゃろうが!?　パーティ解散じゃぞ!?」

「馬鹿、話は最後まで聞け。天翼騎士団が魔眼の狒狒王《ダンタリオン》を倒すには、必要な条件がある。だが、それは不可能なんだ」

「必要な条件？」

「死力を尽くすこと」

　首を傾げるコウガに、俺は説明を続ける。

「レオンは、極めて優秀な司令塔だ。単に戦闘能力に優れているだけでなく、戦況把握能力にも秀でている。後衛ならともかく、前衛で司令塔を果たせるのは、帝都ですら数えるほどもない。だが、優秀さとは時に足枷《あしかせ》になるものだ。つまり、確実な勝利ばかりに目が行く、ってことだからな」

「確実な勝利の何が悪いんじゃ？」

「それは間もなく天翼騎士団が証明してくれるはずだ。安心しろ、コウガ。勝つのは俺たちだ。絶対にな」

俺が断言すると、コウガは不承不承という様子で納得し座った。

「まあ、ワシはノエルの刀じゃ。じゃけぇ、信じろ言われたら、信じるしかないわ。ふん、ワシは頭が悪いからのう。なんもわからんわ」

「男が拗《す》ねるな、気もち悪い。それに種は蒔《ま》いてきた。勝利は確実だよ」

「まさか、また悪いことしたんか？」

コウガは顔を近づけ、ハロルドを見ながら小声で話す。ハロルドは遠望スキルを使って内部の様子を覗《のぞ》き見しているらしく、離れた場所で目を閉じていた。

「悪いことなんてしてないよ」

「嘘《うそ》吐け。じゃったら、何の種を蒔いてきたんじゃ」

「これから確実に起こることを、レオン以外の三人に教えてきただけだ」

「どういうことじゃ？」

俺は天翼騎士団が戦っているだろう方向に視線を向け、口元を歪《ゆが》めた。

「天翼騎士団は崩壊する。レオンの裏切りによってな」

悪魔《ビースト》というのは、シンプルなほど強い。複雑な特殊能力は初見こそ不利になるものの、攻略法さえ見つけてしまえば容易に崩せるからだ。

対して、魔眼の狒狒王《ダンタリオン》の能力は、心を読むという対人戦闘に特化した能力。まさしく、シンプルに強いを体現した悪魔《ビースト》である。腕力と俊敏さ、そして高度な知性を有しており、並大抵の実力では傷一つ与えられないだろう。

同じ深度八の悪魔《ビースト》には、龍種の黒鎧龍《ブラックドラゴン》がいる。総合的な危険度こそ同レベル、場合によっては大型の黒鎧龍《ブラックドラゴン》の方が上だが、実際の討伐難易度は、間違いなく魔眼の狒狒王《ダンタリオン》の方が圧倒的に高いだろう。

「カイム、負傷したヴラカフを頼む！　オフェリアは、カイムの援護を！」

戦況は明らかに不利だ。魔眼の狒狒王《ダンタリオン》の強さは、レオンたちの予想を超えていた。

「オモチャ……オモチャ……イッパイ……イッパイ、アソベル……キキ……」

天翼騎士団と魔眼の狒狒王《ダンタリオン》の戦闘が始まって、既に一時間。激しい攻防の余波は、木々を薙《な》ぎ倒し、大地を抉《えぐ》り、地形を大きく変貌させている。終わらない激闘に、レオンたちが疲弊し始めている一方、魔眼の狒狒王《ダンタリオン》は無限を思わせるタフネスを誇示し、不気味な人語でレオンたちを嘲笑《あざわら》っていた。

当初の作戦通り、範囲攻撃で眷属《けんぞく》を一掃することには成功した。だが、孤立させたにも拘らず、狒狒王《ひひ》の身体《からだ》には、かすり傷一つ負わせることができていない。ただでさえ身体能力に歴然の差があるのに、心を読まれているせいで十分な連携が取れないためだ。

レオンは回復スキルと防壁《バリア》スキルを連続で使い、即座に崩れかけた陣形を立て直す。ヴラカフは傷が癒えたと同時に、炎の巨人を召喚。その燃え盛る剛腕が、魔眼の狒狒王《ダンタリオン》に殴り掛かった。当然の如く軽々と躱《かわ》されるが、回避した先には、カイムの豪槍《ごうそう》とオフェリアの矢が待ち受けていた。豪雨のような猛攻で、狒狒王を仕留めんとする。

「ムダ」

刹那、狒狒王が忽然《こつぜん》と消える。上だ。その巨体で羽毛のように跳躍し、瞬時に上空へと逃れていた。心を読む狒狒王に、奇襲は通用しない。

だが、そんなことは端《はな》から承知の上だ。

「ギギ!?」

狒狒王が初めて口にする驚愕《きょうがく》の声。逃れた先、その頭上にはレオンがいた。

天翼――心を読まれたとしても、対応される前に行動できれば不意を衝《つ》ける。本物の探索者《シーカー》は、戦闘の中でこそ成長するもの。繰り返される攻防の中で、狒狒王の神速を思わせる身軽さを、レオンは見切りつつあった。

レオンの振り下ろす剣には、聖なる光が宿っている。

騎士《ナイト》スキル《神聖波動《ディヴァイン・インパクト》》。魔力を熱光球に変換して放つスキルだ。更に、ほぼ全ての悪魔《ビースト》の弱点である神聖属性も付与されているため、着弾すれば約五秒間ほど、全ての能力を二割減ずることができる。

たった五秒間しか持続せず、また悪魔《ビースト》に耐性がつくため連続使用はできないが、レオンたち天翼騎士団なら、その時間内で勝利に持ち込める確信があった。

小型の太陽を思わせる光球が、レオンの剣から放たれる。狒狒王は空中で身を捩《よじ》って躲した。慌てず二発目を発動しようとしたが、異変を察知し地上の仲間たちに叫ぶ。

「皆、避けろッ!!」

空中で追い詰められたはずの狒狒王は、邪悪な笑みを浮かべていた。そして、その手には、無数の石が握られている。レオンが仲間たちに防壁《バリア》を展開するのと、狒狒王が石を投げ放つのは、全く同時のタイミングだった。

投石器なんて比較にならない。その威力は小隕石《いんせき》だ。人に着弾すれば、煙となって霧散するほどの破壊力。それが流星群の如《ごと》く地上に降り注いだ。

凄《すさ》まじい轟音《ごうおん》、巻き上がる土煙。地上に着地したレオンは、剣を振って風を起こし、土煙を払った。視界が開けると、すぐに仲間の姿を探す。カイムは無事だ。ヴラカフも多少の怪我《けが》を負っているが、自分の足で立っている。だが、オフェリアは——

「くそっ！　全員、撤退！　殿《しんがり》は俺が務める！」

オフェリアは、右腕を失って倒れ伏していた。レオンの防壁《バリア》によって威力を軽減することはできたが、それでも腕を千切り飛ばすには十分な破壊力だったのだ。

カイムがオフェリアを背負い、ヴラカフと共に退却を始める。残った炎の巨人が狒狒王に襲い掛かるが、剛腕の一振りで消滅した。狒狒王は、仲間の退路を守るレオンに突進してくる。

騎士《ナイト》スキル《聖盾防壁《ホーリーシールド》》。そして、騎士《ナイト》スキル《鋼の意思《アイアンウィル》》。不可視の防壁《バリア》と、盾を構えている間のみ耐久力を10倍にするスキルが、魔眼の狒狒王《ダンタリオン》の猛襲を食い止める。だが、その威力は凄まじく、衝撃でレオンの目と口と鼻から血が流れ出した。

「オモチャ、ツヨイ……。デモ、ホントウニ、ツヨイノ、オマエダケ……」

剛腕でレオンを盾の上から圧《お》し潰そうとする狒狒王は、薄気味悪い笑みを浮かべながら挑発してくる。

「ミエル、キョウフ、フアン……。オマエタチ……オレノ、テキジャナイ。オモチャ……オモチャ……キキキキキッ……」

その挑発を、レオンは苦痛に耐えながらも鼻で笑った。

「安い挑発だな。悪魔《ビースト》といっても、所詮は猿か」

「キキ……ツヨガッテモ、ムダムダ……。オマエノココロ、ヨメル……。オレタチカテナイ、ソウオモッテイル……」

「そうさ、今は勝てない。だが、探索者《シーカー》は決して諦めない。一度負けても、必ず勝つ。最後に負けるのは、おまえの方だ！」

レオンの構えていた盾が、眩《まばゆ》い光を放つ。

騎士《ナイト》スキル《絶対防御《インビンシブル》》。あらゆる攻撃を一度だけ反射する防壁《バリア》スキルだ。狒狒王は反転した力の影響で、遥《はる》か後方へと吹っ飛んでいく。

レオンは狒狒王が体勢を立て直す前に、その場を急いで離れた。《絶対防御《インビンシブル》》を再使用するためには、二十四時間必要だ。オフェリアが負傷し、また《絶対防御《インビンシブル》》という奥の手を失ったことで、戦況は一気に最悪の状況となった。

それでも、勝機はまだ残されている。この状態からでも勝つことは可能だ。

だが、そのためには——魔眼の狒狒王《ダンタリオン》を確実に討伐するためには、仲間の誰かが犠牲にならなければいけない……。


「オーイ！　ドコダー？　オーイ！　オーイ！……オ————イッ!!」

レオンたちを見失った魔眼の狒狒王《ダンタリオン》は、ずっと同じ呼び掛けを繰り返しながら周囲を探し回っている。だが、レオンたちが見つかることは無いだろう。ヴラカフが存在を感知されなくなる結界を張っているためだ。この中にいる限り、あちらからは姿も匂いも声も、そして思考も感知できない。

もっとも、結界は非常に脆《もろ》く、これを隠《かく》れ蓑《みの》に奇襲をしようとしても、攻撃スキルの発動準備に入った瞬間、魔力余波で壊れてしまうほど繊細だ。魔力消費も激しく、長くは維持できない。今は見つからないにしても、このまま隠れているわけにはいかなかった。業を煮やした魔眼の狒狒王《ダンタリオン》が、手当たり次第に先のような範囲攻撃をする危険だってある。

「治療は終わった。腕は動かせるか？」

レオンが尋ねると、オフェリアは繋《つな》がった右腕の動作を確認し、頷《うなず》いた。

「うん、少し痺《しび》れるけど問題ない。ありがとう、レオン」

オフェリアの腕はヴラカフが回収してくれていたので、すぐに繋げることができた。だが、オフェリアは腕が千切れた際に大量の血を失ったため、万全の状態とは程遠い。酷《ひど》く青褪《あおざ》めており呼吸も不安定だ。

「ごめんね、レオン……」

申し訳なさそうに謝るオフェリアに、レオンは微笑《ほほえ》みながら首を振る。

「気にするな。まだ負けたわけじゃないんだ」

そうは言ったものの、状況が最悪であることも事実。リーダーとして、決断をするべき時なのは、明らかだった。

「なあ、皆――」

意を決してレオンが口を開いた瞬間だった。カイムが手を挙げる。

「俺に策がある。よければ聞いてくれないか？」

「策ってなんだ？」

「このままでは勝てない。だが、勝てなければ、俺たちに未来は無い。だから、俺の全てを懸けようと思う」

「全てって……まさか!?」

その言葉の意味を察したレオンは、驚愕するしかなかった。だが、当のカイムは平然としており、既に覚悟を決めていることがわかった。

「俺が囮《おとり》になって奴《やつ》を誘《おび》き出す。その瞬間、《日輪極光《セラフィムブレード》》を使え。俺たちが勝つには、もうそれしかない」

騎士《ナイト》スキル《日輪極光《セラフィムブレード》》。魔力を全消費することで、神聖属性と炎熱属性を複合した極大威力の熱光線を放つ、【騎士《ナイト》】の最強攻撃スキルだ。

たしかに、その威力があれば、狒狒王を仕留められるだろう。だが、《日輪極光《セラフィムブレード》》は魔力を全消費するというデメリットの他に、攻撃範囲が広過ぎて仲間を巻き込む危険性があった。カイムが囮となっている状態なら、猶更《なおさら》使うべきではないスキルである。

「駄目だ！　そんな作戦は認められない！　危険過ぎる！」

レオンが反論すると、カイムは静かに首を振る。

「この結界は、俺たちの存在を奴から遮断してくれる。だが、強力な攻撃スキルを発動しようとすれば、その余波で結界は崩壊するだろう。つまり、ここから奇襲はできない。奇襲するためには、囮の存在が不可欠だ」

「だ、だからって！」

「レオン、何も自殺しようってわけじゃないんだ。俺にだって、やりたいことは山ほどあるし、こんなところで終わるつもりはない。大丈夫、上手《うま》いタイミングで射線上から逃げるさ。俺を信じてくれ」

たしかに、死ぬつもりはないのだろう。だが、命を失う可能性が極めて高い作戦だ。カイムは死ぬことも覚悟している。レオンたちを勝たせるために。

オフェリアとヴラカフも、その真意を察しているようだ。だが、カイムの決意が固いことも理解しているため、口を挟めずにいた。ただ沈鬱な表情でいる。

「……たしかに、この状況で俺たちが勝つためには、誰かを犠牲にしないといけない。それは、俺もわかっている。だが、やはり認めることはできない」

「なら、どうする？　他に手段は無いぞ？　退却すれば敗者だ。天翼騎士団は解散し、俺たちも散り散りになる」

「いや、もう一つ策がある。蒼の天外《ブルービヨンド》と合流しよう。彼らと協力すれば、カイムを犠牲にしなくても戦える」

「なっ!?」

レオンが告げた策に、カイムは啞然《あぜん》とする。

「ま、待ってよ、レオン！　そんなことしたら、試験はどうなるの!?」

驚愕し取り乱すオフェリア。レオンは溜め息《たいき》を吐《つ》き、その真意を話す。

「試験は……諦めよう。蒼の天外《ブルービヨンド》だって、単独では魔眼の狒狒王《ダンタリオン》に勝てない。この試験には勝者がいないんだ。だったら、少しでも評価を下げないためにも、蒼の天外《ブルービヨンド》と協力して魔眼の狒狒王《ダンタリオン》を倒す。クランの創設は認められないだろうが、勝者だけでなく敗者もいない以上、ハロルドさんを説得すれば、パーティの解散は避けられるはずだ」

犠牲者を出さず乗り切るには、これが一番正しく確実な道だ。レオンは皆も理解してくれると思っていた。だが、三人の顔には、困惑と恐怖だけがあった。

「嘘《うそ》でしょ……。あいつが言ってた通りになるなんて……」

「なるほど、彼奴《あやつ》の言葉は、こういう意味だったのか……」

オフェリアとヴラカフの言葉に、レオンは首を傾《かし》げる。

どういうことだ、と尋ねようとした瞬間、その肩をカイムに摑《つか》まれた。

「レオン、本気なのか？　本気で試験を諦めて、蒼の天外《ブルービヨンド》と共闘するつもりなのか？　あいつたちは、敵だぞ！　俺たちが勝たないといけない相手だ！」

「わかっている。わかっているが――」

「いいや、わかっちゃいない！　何もわかっちゃいない！　俺を信じてくれ、レオン！　絶対に上手くやる！　おまえを勝たせてやる！　絶対にだ！」

「カイム、冷静になれ。いったい、どうしたんだ？　おまえらしくないぞ」

「俺は冷静だ！　冷静に、天翼騎士団のことを考えている！　なのに、おまえは、俺ではなく、敵を――ノエル・シュトーレンを、信じるって言うのか!?」

カイムの鬼気迫る訴えに、レオンは思わず目を逸《そ》らしそうになった。だが、リーダーとして、ここで決定を翻すわけにはいかない。たとえ、心を鬼にしても。

「そうだ。俺は、おまえよりもノエル君の方を信じる。今のおまえは、完全に冷静さを失っている。そんな状態で、どうやって信じろって言うんだ？」

レオンはカイムが憎いわけじゃない。信じていないわけでもない。ただ、誰も犠牲にしたくなかっただけだ。カイムは手を放して後ろによろめく。その顔は泣いていた。涙を流し、悔しそうに顔を歪《ゆが》めている。初めて見たカイムの顔だった。

「そうか……。それが、おまえの答えか……」

「カイム、戦いが終わったら話し合おう。ともかく、今は——」

不意に、カイムがレオンを抱き締めた。そして、耳元で囁《ささや》く。

「やっぱり、あいつが正しかった。裏切り者は、おまえだ……」

「……え？」

レオンの腹部を、鋭い痛みが襲う。たまらず膝を突き、痛む箇所に手を当てると、温かい液体が手を濡《ぬ》らした。それは、真っ赤な血だった。

「……カ、カイム？」

レオンが見上げると、カイムの手には血塗られたナイフが握られていた。

「安心しろ、急所は外した。だが、強力な麻痺《まひ》毒が塗ってある。いくらおまえでも、しばらく身動きはできない」

「カイム、何やってんの!?」

オフェリアが駆け寄り、レオンの身体《からだ》を支える。

「ヴラカフ、私のポーチから回復薬《ポーション》を取り出して！　早く！」

「あ、ああ！　待ってろ！」

オフェリアとヴラカフは、突然の事態に慌てながらも、レオンの治療を始めた。麻痺毒のせいで意識が朦朧《もうろう》とする中、レオンはカイムに向けて口を動かす。

どうしてなんだ、と。

「俺は、ずっとおまえに嫉妬していたよ。俺よりも才能のあるおまえが憎かった。でもな、仲間だから、弟分だから、俺を信じてくれていると思っていたから、今までやってこれたんだ。おまえのためなら、命を失うことだって怖くなかった……」

カイムは崩れ落ち、地面に膝を突いた。

「でも、もう無理だ……。もう無理なんだ……。俺は……自由になりたい……」

嗚咽《おえつ》と共に語られる告白に、レオンの眼からも涙がこぼれる。知らなかった。そんな辛《つら》い思いでいたなんて知らなかった。何でもわかっていると思っていたのに……。

「ミツケタ！　ミツケタ！　オモチャ、ミツケタ！」

突然、魔眼《ダンタリオン》の狒狒王の狂喜する声が響く。レオンたちは身体を強張《こわば》らせるが、どうにも様子がおかしい。こちらを見つけたわけではないようだ。

その視線の先に、黒いコートを着た少年が現れる。蒼の天外《ブルービヨンド》のリーダー、ノエル・シュトーレンだ。こちらが見えていないはずのノエルは、だがレオンたちに向かって慇懃《いんぎん》に礼をした。

「天翼騎士団の皆さん、ここまでの露払いご苦労様」

天翼騎士団はメンバーの誰もが優秀だ。だが、その中で本当の天才と言えるのは、レオ

ンだけだった。頭一つどころか、探索者《シーカー》としての器そのものが全く異なる。【騎士《ナイト》】として優秀であることはもちろん、壁役《タンク》を務めながら司令塔の役割もそつなくこなし、おまけに天翼という規格外の技術まで習得している。

とある記者が名付けた、天翼騎士団という名の天翼とは、レオンが持つ盾の装飾であり、またレオン独自の技術を示すものだ。

彼《か》の騎士《ナイト》の剣は、天翔《あまか》ける翼の如《ごと》し、とはよく言ったものである。

つまるところ、天翼騎士団とはレオンだ。もし他の三人が別の誰かに入れ替わっても、レオンがいる限り、天翼騎士団と呼ばれることになる。だが、他の三人が残っていても、レオンがいなければ、誰も天翼騎士団とは呼ばないだろう。

どれだけ努力しても、常にレオンの添え物としてしか扱われない状況は、俺なら耐えられない。いや、まともな感性をしている者なら、誰も耐えることはできない。

天翼騎士団の歪《いびつ》さを理解していたカイムは、それを自らの献身で支えようとしていた。たしかに、天翼騎士団の絆《きずな》は強い。だがその絆は、レオン以外の三人が、自らの心の内に溜まり続けている、嫉妬という名の膿《うみ》から目を逸らしていることで、辛うじて繋がっている状態にあることも事実だ。

直視すれば、決して耐えることはできなかっただろう。だからこそ、三人はレオンに相応《ふさわ》しい仲間であろうとし、必死に走り続けた。走っている間は、自らの心の闇を意識せずに済むからだ。さながら、泳ぐのを止《や》めると死んでしまう回遊魚のように。

だが、そんなものは偽りだ。いつかは必ず崩壊する運命にある。その時には、長年に渡って蓄積し続けた膿が、大きく爆発することだろう。

俺は三人に接触し、裏切るよう告げた。だが、それは本意ではない。あの三人が自分を騙《だま》し続けることはできても、当のレオンが三人の能力を信じられなくなる時がくる。つまり、対等な仲間として扱うことができなくなり、それが結果的に三人を突き放すことになるのだ。その結末を、俺はレオンの裏切りと表現し刷り込んだ。そして、自由という逃げ道に気づかせてやった。

目的は一つ。魔眼の狒狒王《ダンタリオン》という強敵との戦闘で、天翼騎士団は必ず誰かを犠牲にしなければいけないほどの死闘を強いられることになる。だが、レオンは決して、そんな作戦を認めないだろう。その際に、自分の無力さを実感した他の三人の身の内で、直視を避けてきた感情と、俺の刷り込んだ言葉が合わさり、レオンを裏切り者として排除しようとすることを狙ったのだ。

冷静に考えれば、避けられる事態ではある。だが、当事者というのは、往々にして冷静ではいられないものだ。人の心を動かすのに大きな力などいらない。蟻《あり》の一穴という言葉があるように、心の堤に僅かなヒビを入れれば、それだけで事足りる。

後は堤が切れるのを待つだけ。抑えきれない膿は一瞬にして溢《あふ》れ出し、激情へと変わることだろう。激情に駆られ、苦しみから逃れようとする者に残された道は、リーダーにして裏切り者であるレオンを排除し、天翼騎士団という檻《おり》から解放されることだけだ。

実際に行動に移すのは、本命がカイム、次点でオフェリア、大穴がヴラカフ、といったところか。まあ、俺にとっては誰でもいい。

戦闘音が止んだので様子を見にきたが、事は俺の思惑通りに運んだようだ。魔眼の狒狒王《ダンタリオン》は健在で、天翼騎士団の姿はどこにも見当たらない。おそらく、姿隠しの結界を使って、どこかに潜んでいるのだろう。つまり、戦闘続行が不可能な状態にあるということだ。

俺は周囲を見回し、草が不自然に折れ曲がっている場所を見つけると、礼儀正しくお辞儀を行った。

「天翼騎士団の皆さん、ここまでの露払いご苦労様」

実際、天翼騎士団が雑魚を一掃してくれたおかげで、何の苦労も無く魔眼の狒狒王《ダンタリオン》に辿《たど》り着くことができた。もちろん、これも計画の内だ。

この試験は争奪戦ではあるが、俺は最初から、天翼騎士団と正面から戦う気なんてなかった。戦えば絶対に負けると理解している。

ハロルド経由で設けた対人戦のルールは、人殺しを忌避する天翼騎士団を俺との戦いの場に引きずり出し、更に対人戦だということを意識させ、攻略を急がせることが狙いだったのだ。レオン達《たち》の視点では、慎重過ぎる方針《スタンス》故にクラン創設申請を却下された経緯があるので、猶《なお》の事《こと》焦らずにはいられなかっただろう。結果、先走った天翼騎士団は、見事露払いの役割を果たしてくれたのである。

厄介だった眷属《けんぞく》はいなくなり、天翼騎士団も既に戦闘の続行が不可能となっている。こうして、誰の邪魔も気にすることなく、メインディッシュを頂ける状況が整ったわけだ。

「オモチャ！　オモチャ！　アタラシイ、オモチャ！」

俺を見つけた狒狒《ひひ》王は、頭の上で手を叩《たた》き合わせて喜んでいる。その姿は猿そのものだが、油断はできない。過去の戦闘記録から、この悪魔《ビースト》がどれほど狡猾《こうかつ》で厄介かは、よく知っている。そうでなければ、天翼騎士団が敗北することもなかっただろう。

だが、俺の敵ではない。俺は心から気楽に微笑《ほほえ》んだ。

「はじめまして、魔眼の狒狒王《ダンタリオン》。俺はノエル・シュトーレンだ」

「ノエル！　ノエル！　オレノ、オモチャ！」

「残念だが、俺はおまえのおもちゃにはならないよ。おまえは、俺に殺されるからな。そして、その毛皮から肉に骨と内臓、血の一滴まで、有効活用させてもらう。ごめんね？」

「キャキャキャキャキャッ！　ムダムダ！　シヌノ、ノエル！　シヌノ、ノエル！」

「そう思うか？　だったら証明してやるよ。――さあ、殺し合おうぜ、猿野郎」

俺の殺気を受けた魔眼の狒狒王《ダンタリオン》は、すぐさま飛び掛かってくる。だが、それに先んじて、俺は指示を出した。

「コウガ、やれ」

戦術スキル《士気高揚《バトルボイス》》、そして戦術スキル《戦術展開《タクティシャン》》の発動。

ランクアップし【戦術家】となったことで、一部の話術スキルが戦術スキルへと変わった。《士気高揚》《バトルボイス》と《戦術展開》《タクティシャン》は共に、その支援値が25パーセントから40パーセントに上昇している。

支援を受けたコウガが、頭上の木から狒狒王に猛襲を仕掛ける。その存在を全く感知できなかった狒狒王は、襲撃に驚き大きく飛び退《すさ》った。コウガの刀は獲物をとらえることなく、鼻先を掠《かす》めただけに終わる。

「ギギ？　オマエタチ……ナゼ……ナゼ？」

狒狒王が驚いているのは、俺たちの心を読めなかったからだ。

完璧な天翼が使えるのは、天賦の才を持つレオンしかいない。だが、《思考共有》《リンク》を使った、互いの心の動きを観察し合う訓練によって、俺たちは限りなく近いことができるようになった。行動速度を思考よりも速めるのではなく、無心の状態で動くことのできる技術。これを天翼・零式と俺たちは呼んでいる。

「コウガ、《明鏡《めいきょう》止水《しすい》》」

「応！」

次の指示を出すと、コウガは目を閉じた。

刀剣スキル《明鏡《めいきょう》止水《しすい》》。目を閉じている状態時のみ発動可能で、視力以外の感知能力を倍増させる。更に、その際の攻撃速度と攻撃威力が、常に3倍となるスキルだ。

狒狒王の剛腕が、俺たち目掛けて振り下ろされた。だが、その強烈な一撃の軌道を、コウガの刀が逸《そ》らす。軌道が逸れ、狒狒王の攻撃は見当違いの方向に着弾した。

仲間ながら、恐ろしい神業だ。これで、まだCランクなのだから末恐ろしい。

「ギギギ!? ギギィッ!!」

困惑しながらも、狒狒王は何度も猛打を放ってくるが、その全てをコウガの刀はいなしてのけた。この攻防が成り立っているのは、天翼・零式の存在に加え、コウガがカウンターを優先しているためだ。そこに明確な心の動きは無く、ただ反射で視覚以外の情報に対応しているに過ぎない。

したがって、狒狒王は心を読んでも、コウガを上回ることができずにいた。だが、身体能力は狒狒王の方が遥《はる》かに上だ。連打ではなく、コウガがいなせないほど強力な一撃を放てば、それだけで拮抗《きっこう》状態を崩せる。狒狒王がそれに気がつき、大きく拳を振り上げた。

その瞬間、俺は懐に飛び込み、魔銃《ガルム》を抜いていた。

魔弾——霊髄弾《ガルムバレット》。深度九の悪魔、幽狼犬《シルバーフレイム》の骨髄液から精製された、超高純度の魔力伝導物質と、無属性の爆発魔法スキルが込められた魔弾だ。着弾すれば、魔力伝導物質が対象の魔力を吸収し、暴発を引き起こす。

霊髄弾《ガルムバレット》、着弾。——刹那、魔眼の狒狒王《ダンタリオン》の腹部に爆発が起こり、その巨体を吹っ飛ばす。爆発に巻き込まれそうになった俺は、コウガによって範囲外に救出された。

「ギイギャァァァアアアァァァァァッ!!」

血泡を吐きながら悶絶《もんぜつ》する狒狒王。その腹部は穴こそ開かなかったが、肉が露出し血が溢れ出していた。

「ハハ、流石《さすが》は一発一千万フィルの魔弾だ」

この戦いに用意した霊髄弾《ガルムバレット》は二発。予想していた以上の圧倒的な威力に、笑いが込み上げてくる。

苦しみ悶《もだ》える魔眼の狒狒王《ダンタリオン》に視線を向けたまま、俺は追撃するべきか否かを考えた。絶好のチャンスではあるが、手痛い反撃を受ける可能性も残っている。それに、あと一発しかない霊髄弾《ガルムバレット》を、射撃補正スキルを持たない俺が、無闇に撃つわけにもいかない。

「コウガ、いけるか？」

「無理じゃ。あいつ、めっちゃ硬いわ。ワシん刀じゃ、歯が立たん」

コウガは訓練によって、俺の全てのスキルを熟知している。ということは、俺の最強スキルである《連環の計《アサルトコマンド》》の支援効果があっても、ダメージは与えられないということだ。

「オーケー。当初の作戦通りいこう」

俺が方針《スタンス》を定めた時、狒狒王《ビースト》がよろめきながら立ち上がった。手負いの獣というのは恐ろしく狂暴だが、手負いの悪魔は輪をかけて最悪だ。獰猛《どうもう》な殺意を滾《たぎ》らせる狒狒王の三つの眼《め》には、俺へのおぞましい憎悪が宿っている。

「オマエ、ナゼダ……。ソッチノ、オトコト、チガウ……。カンガエテ、イルノニ、ココロガ、マッタク、ヨメナイ……。ナゼダ……ギギィッ……ギギャギャギャァッ!!」

「企業秘密、と言いたいところだが、今日は気分が良いから、ヒントをやろう。俺とおまえは、相性が良い。ああ、最高にな」

そもそも、魔眼の狒狒王《ダンタリオン》を指定したのは俺だ。ハロルドに、この悪魔《ビースト》で試験を行うように告げた。本当なら《死霊祓い《エクソシスム》》を活用できる、幽鬼系《アンデッド》の悪魔《ビースト》が良かったのだが、現界している中に望ましい対象がいなかった。

だが、この魔眼の狒狒王《ダンタリオン》も、俺にとっては戦いやすい悪魔《ビースト》だ。理由は単純。俺が狒狒王の心を読む能力を、完全に無効化できるからである。

その仕掛け《カラクリ》は、俺が職能《ジョブ》の恩恵によって、高速思考を行えることにある。俺の心を読もうとしても、思考速度を狒狒王の可読域を超えて上昇させれば、意味のあるものとして読み取ることは不可能になるのだ。難無く狒狒王の懐に潜り込めたのも、思考を高速化させていたことが理由だった。

「おもちゃになるのは、おまえの方だったみたいだな」

俺が笑みを浮かべて挑発すると、狒狒王は怒りで毛を逆立てる。

「コロスコロスコロスコロスコロスコロスコロス、コロスゥゥアァァッ!!」

狒狒王は地面に転がっていた石を拾い上げ、大きく振り被《かぶ》った。

「コウガ、《桜花狂咲《おうかくるいざき》》」

刀剣スキル《桜花狂咲《おうかくるいざき》》。一振りで無数の斬撃を繰り出すスキルだ。狒狒王が放った石の散弾と、コウガの無数の斬撃が空中で衝突した。粉砕された石が砂埃《すなぼこり》となって周囲を覆う。その煙幕の中、狒狒王が一気に俺たちの眼前に迫ってきていた。

「読んでいたよ」

俺は既に魔銃《シルバーフレイム》の銃口を向けている。だが、ここで撃っても軽々と躱《かわ》されるだろう。だから、高速思考を、高速分割思考に変えた。

「ギギャァッ!?」

途端、狒狒王は頭を抱えて苦しみ出した。奴《やつ》にとって今の状況は、例えるなら大人数に取り囲まれ、耳元で一斉に叫ばれているようなものだ。身構えていた状態からなら耐えられただろうが、完全に予想外だった攻撃には動揺するしかない。

「やっぱり、おまえとは相性が良い」

俺は魔銃《シルバーフレイム》の引き金を絞る。――霊髄弾《ガルムバレット》、着弾。

寸前で、狒狒王は回避行動を取ったが、魔弾は右腕に着弾した。暴発した魔力が、狒狒王の右腕を千切り飛ばす。

「ギャギャァァァァッ!!　ウデガァァァァアアアアッ!!」

腕を失った狒狒王の傷口から、噴水のように血が流れ出す。

「オマエェッ……ユルサナイ……ユルサナイィィイッ!!」

呪詛《じゅそ》めいた言葉を吐いた魔眼《ダンタリオン》の狒狒王は、額にある第三の眼に指を突き立てた。そして、その眼を抉《えぐ》り出す。

「コ、コレデ……モウ、アタマ、イタクナイ……キキキ……」

「あっ、そう」

「シネエエエェェエエッ!!」

狒狒王は凄《すさ》まじい勢いで突進してきた。たしかに、心を読む能力を捨て去った以上、もう俺の思考攻撃は通用しない。だが、その代わりに、心を読まれている時には使えなかったスキルが、使用可能となった。

話術スキル《思考共有《リンク》》。念話によって仲間と思考を共有するスキルだ。高速思考のままでは会話相手の脳にダメージを与えてしまう危険があったが、もう心を――策を読まれる恐れは無いのだ。何の気兼ねもなく、指示を出すことができる。

『準備は整った。指示《オーダー》だ。射殺せ、アルマ』

深淵《アビス》の入り口に待機していたアルマに、俺は指示を与える。

「《速度上昇《アクセル》》――十二倍《デュデカプル》ッ!」

アルマの声が聞こえたわけではない。だが、たしかに、そう言ったはずだ。

音速を遥かに超えた飛来物が、俺の《思考共有《リンク》》を頼りに襲来した。その勢いは衰えることなく、魔眼の狒狒王《ダンタリオン》と一直線上にある。

アルマは【斥候《スカウト》】から【暗殺者《アサシン》】にランクアップしたことにより、身体能力補正の上昇はもちろん、習得していたスキルの強化も得られた。それにより可能となったのが、《速度上昇《アクセル》》を限界まで重ね掛けし、相手の知覚外から奇襲を仕掛ける戦術だ。

つまり、人間砲弾である。

暗殺スキル《速度上昇《アクセル》》。そして、暗殺スキル《隼の一撃《クイツクアタツク》》。【暗殺者《アサシン》】となったアルマは、《速度上昇《アクセル》》を十二倍まで重ね掛けできるようになり、速度に応じてダメージが増加する《隼の一撃《クイックアタック》》のスキル効果も更に上昇した。そこに、俺の支援が加わっている。

戦術スキル《戦術展開《タクティシャン》》。そして、戦術スキル《連環の計《アサルトコマンド》》。戦術スキルとなった《連環の計《アサルトコマンド》》は、攻撃スキルの上昇値が十倍から十五倍に増加した。その支援を受けたアルマの一撃は、深度八の悪魔《ビースト》であっても、確殺することだろう。

魔眼の狒狒王《ダンタリオン》は、既にアルマに気がついている。攻撃対象を俺たちからアルマに変更し、残った腕で薙《な》ぎ払おうとするが、それは無意味な抵抗だ。

暗殺スキル《霊化回避《ファントム》》。【暗殺者《アサシン》】にランクアップすると同時に、技術習得書《スキルブック》を使って習得させた、アルマの新スキルである。二十四時間に一度しか使えないこのスキルは、効果時間3秒の間、術者を霊化させ、誰にも触れられない状態にすることができる。

アルマは絶妙なタイミングで《霊化回避《ファントム》》を発動していた。そのタイミングは、俺の高速演算による、未来予知が導き出したものだ。狒狒王の剛腕は、まさしく煙を摑《つか》むようにアルマを擦り抜けた。

刹那、勝敗が決まった。霊化し攻撃を無効化したアルマは、すぐに実体化して魔眼の狒狒王《ダンタリオン》の首をナイフで穿《うが》つ。突き刺すのではなく、アルマの身体《からだ》ごと貫通して、その首を刎《は》ね飛ばしたのだ。

斯《か》くして、狒狒王の首が地面に転がり、首を失った巨体が崩れ落ちる。

「戦闘行動、終了」

俺が最後の指示を出すと、コウガとアルマは、その場にへたり込む。特に、《連環の計《アサルトコマンド》》の反動を受けたアルマの疲弊が大きい。俺が二人を労《いた》わってやろうとした時、不意にコウガが大声で叫んだ。

「ヨッシャアアァァッ!! ワシもこれでランクアップじゃぁァッ!!」

コウガは俺に向かって右手の甲を見せてくる。そこには、刀の形をした紋様が浮かび上がっていた。どうやら、魔眼の狒狒王《ダンタリオン》を倒したことで経験値が規定値に達し、ランクアップが可能になったらしい。

「おお、やったな。おめでとう」

「ヤッタアァァァァッ!!」

疲労も忘れて跳ね回るコウガ。やはり、独りだけCランクだったのが辛《つら》かったらしい。まるで子どものような喜びようだ。俺は呆《あき》れつつも、笑みを零《こぼ》した。

「ノエル、おまえぇ……」

俺を呼んだのは、カイムだった。姿隠しの結界を解除したらしく、天翼騎士団の姿が見えるようになった。予想通り、レオンは負傷している。

「おまえ、最初から……全部……」

カイムは俺たちがあっさりと魔眼の狒狒王《ダンタリオン》を倒したせいで、ようやくハロルドと繋《つな》がっていたことがわかったらしい。

「おまえぇぇぇぇぇっ!!」

激昂《げきこう》したカイムが俺に駆け寄ってくるが、その手が俺に届くことはない。俺とカイムの間に、人が降ってくる。樹海の外で試験の行く末を見守っていた、監察官のハロルドだ。

「両パーティ共、お疲れ様です。この戦いは、しかと見届けさせて頂きました。では、ここに結果を発表します」

ハロルドは俺たちを見回し、声を張り上げる。

「勝者、蒼の天外《ブルービヨンド》！　当該パーティには、クランの創設を認めます！　対して、敗者の天翼騎士団は、誓約に従って即刻パーティを解散してもらいます！」

その結果に、カイムは恨めしそうにしながらも、何も言えないまま項垂《うなだ》れてしまった。

たしかに、俺はハロルドと通じていた。有利な戦いの場を整えた。だが、天翼騎士団にも勝つチャンスはあったのだ。それを活《い》かせなかったのは、本人たちの責任である。もはや、天翼騎士団の心は完全に折れた。俺に復讐《ふくしゅう》する気力も残っていないだろう。

「ノエル」

いつの間にか、アルマが俺の側に立っていた。

「これで実績はできた。あとは戦力」

「わかっている。それ込みの計画だ」

周囲に聞こえないよう小声で答えると、アルマは眉を顰《ひそ》める。

「……本当に、あの男を仲間にするつもり？」

「その件なら、十分に話し合っただろ」

「不満は無い。あの男が仲間になれば、ボクたちはもっと強くなる。でも、本当に仲間にできるの？　こんな結果の後で？」

「当たり前だ。そもそも、俺が天翼騎士団をターゲットにしたのは、単に奴らが在野最強のパーティだったからじゃない。天翼のレオン・フレデリクがいるからだ」

息も絶え絶えという様子のレオンを横目で窺《うかが》い、俺は笑った。

「奴は俺たちの仲間になるさ。絶対にな」

†

リーシャは下宿先に届けられた朝刊を手に取った瞬間、その一面の見出しに目が釘付《くぎづ》けになった。あまりにも驚くべき内容だったため、思わず口に手を当てる。

「嘘《うそ》……天翼騎士団が解散？　え、ちょっと……え？」

天翼騎士団は、この帝都で在野最強のパーティにして、リーシャの同郷の友人であるオフェリアが所属しているパーティだ。互いに忙しい身であり、またオフェリアの方が格上であるため、頻繁に交流していたわけではないが、それでも月に一度は、必ず食事を共にしていた仲である。

ショックで呆然《ぼうぜん》としていたリーシャは、改めて記事に目をやり、最初は気がつかなかった見出しの全文を読んだことで、更なる衝撃を受ける。

「ええっ!?　天翼騎士団が解散したのって、蒼の天外《ブルービヨンド》に負けたからなの!?」

見出しには、こう書かれていた。

『堕《お》ちた翼！　協会立ち会いの下、蒼の天外《ブルービヨンド》に敗北した天翼騎士団、解散する！』

わけがわからないまま記事の本文を読み進めると、ようやく事の真相が見えてきた。そもそもの原因は、探索者《シーカー》協会の急な方針転換《スタンス》にあるらしい。

これまで、クランの創設申請は、二千万フィルの強制保険金と拠点さえ準備できれば、ほぼ無条件で許可されてきた。だが以降は、厳格な審査を突破できないと、却下されるようになったようだ。

そのせいで、両パーティは創設申請を却下された。だが、両パーティが共に抗議したことで、合同の試験を行い、その勝者のみが創設を認められることになる。もっとも、敗者はパーティを解散する、という条件付きだが。

試験内容は、探索者《シーカー》協会が指定した悪魔《ビースト》、深度八に属する魔眼の狒狒王《ダンタリオン》の争奪戦だ。試験の結果、勝者となったのは蒼の天外《ブルービヨンド》だった。そして、敗者となった天翼騎士団は誓約に従い、探索者《シーカー》協会によって即刻解散させられたようだ。

記事には他にも、各メンバーへのインタビューや記者の考察等が載っていたが、敗者の天翼騎士団に対する無遠慮で残酷な言葉の数々が酷過《ひど》ぎて、リーシャは途中で新聞を投げ捨ててしまった。

天翼騎士団が活躍していた時は、あれほど称賛していたのに、なんて破廉恥な手の平の返しようだろうか。これだから、ブン屋は好きになれない、とリーシャは改めて思った。

「それにしても、ノエルたちが天翼騎士団に勝ったなんて……。ちょっと、信じられないなぁ……。いくらなんでも、成長が早過ぎるよ……」

たしかに、蒼の天外《ブルービヨンド》は優秀だ。メンバーこそノエル以外一新され、新パーティでは大きな実績を得たことがなかったが、新人の二人がCランクとは思えないほどの猛者であるためだ。以前と現在、蒼の天外《ブルービヨンド》の実力に大きな差は無いと分析している。

だが、所詮は全員ルーキーだ。円熟した強さを誇る、あの天翼騎士団に勝てるとは思えない。なにより、敵は天翼騎士団だけでなく、上位悪魔《ビースト》である魔眼の狒狒王《ダンタリオン》だ。どれだけ脳内シミュレーションを繰り返してみても、ノエルたちが勝つ絵を想像できなかった。

「まあ、ノエルだからなぁ……」

蒼の天外《ブルービヨンド》のリーダーであるノエルは、この探索者《シーカー》の聖地エトライでも、極めて特異な探索者《シーカー》だ。全戦闘系職能《ジョブ》の中で、最弱と評される支援職《バッファー》でありながら、類稀《たぐいまれ》な頭脳と指揮能力によって大物食いのルーキーとまで呼ばれた、知る人ぞ知る強者である。

以前、リーシャが抱えていた、とある難事件も、その類稀な頭脳であっさりと解決してくれた。リーシャがノエルに一目を置くようになったのも、あの事件がきっかけだ。

また、帝国最大勢力の暴力団《ヤクザ》、ルキアーノ組《ファミリー》の大幹部を、罠《わな》に嵌《は》めて始末したこともあるそうだ。ちょうど遠征で帝都を離れていた時のことなので、リーシャ自身は目の当たりにしていないが、口の軽い友人であるアルマが全てを教えてくれた。

「やっぱ、搦手《からめて》を使って勝ったんだろうなぁ。オフェリア先輩たち、強いけど搦手には弱そうだし……。相性が悪かったかぁ……」

どんな手を使ったかまではわからないが、罠に掛かり負けたオフェリアたちは、さぞかし悔しかったことだろう。身内としては、同情の念を禁じ得ない。

だが、探索者《シーカー》である以上、卑怯《ひきょう》という言葉は弱者の言い訳でしかない。あるのは、勝利か敗北の二つだけだ。敗北したのなら、悔しくても潔く認めるしかない。むしろ、命があっただけ、恵まれているとも言える。

「残念だけど、探索者《シーカー》なんだからしょうがないよね……」

リーシャが深々と溜《た》め息《いき》を吐《つ》いた時、部屋のドアがノックされた。ドアの向こうに立つ訪問者の気配は、よく知った人物だった。

「……オフェリア先輩？」

「……うん」

短く肯定する返事。訪問の理由は、おおよそ察することができた。

「……先輩、もしかして探索者《シーカー》を辞めるんですか？」

「……………うん」

予想通りの答えだ。リーシャを訪れたのは、別れの挨拶が目的だろう。リーシャは止めるべきか否か悩んだ。オフェリアは優秀な探索者《シーカー》だ。天翼騎士団が解散しても、引く手数多《あまた》である。だが、オフェリアの心情を慮《おもんぱか》るなら、止めない方がいいのかもしれない。

リーシャが迷っていると、ドアの向こうのオフェリアが鼻声で呟《つぶや》く。

「ずっと頑張ってきて、強くなれたと思っていた……。でも、ちっとも強くなんかなかったんだ……。もう、疲れちゃった……。私、探索者《シーカー》に向いてなかったみたい……」

だから、と言い淀《よど》んだオフェリアは、不意に気配を消した。リーシャが慌てて扉を開くと、そこにはオフェリアの残り香だけがあった。

きっと、リーシャたちの里に帰ったのだろう。帰郷することが、心の傷を癒すのに一番良い方法であることはわかっている。だが、やはり残念な思いもあった。

「探索者《シーカー》って、世知辛いなぁ……」

†

ヴラカフは狼《おおかみ》獣人だ。獣人とは人と獣の特徴を併せ持つ種族のことで、狼獣人の場合は人が狼の毛皮を被《かぶ》ったような姿をしている。あるいは、狼がそのまま直立歩行しているような姿とも言える。獣人の中でも、獣の特徴が色濃い種族である。

そのため、謂《いわ》れのない差別や誹謗《ひぼう》中傷を受けることもあり、多種多様な種族が溢《あふ》れる帝都ですら、他種族から侮られることが多かった。

ヴラカフの一族は、人が寄り付かない砂漠で暮らしている。恵まれない立場のせいか、閉鎖的かつ悲観的な一族で、未来が無いことは明白だった。そんな一族のことを、ヴラカフは幼い頃から嫌っていた。だが一方で、この一族に未来を与えたい、とも考えていた。差別される狼獣人が、社会的に強い立場を得る道は一つ。探索者《シーカー》となって、腕っ節で成り上がることだ。だから、ヴラカフは帝都を訪れた。

最初は不安だった。そもそも、狼獣人の自分と、仲間になってくれる探索者《シーカー》がいるのかもわからない。だが、そんな不安は、レオンたちと出会ったことで消え去った。天翼騎士団は、素晴らしいパーティだ。単に強いだけでなく品行方正で、狼獣人の地位を向上させる目的とも合致していた。

だが、この関係が長く続かないこともわかっていた。戦いを重ねるにつれ、天翼騎士団はリーダーのレオンあってこそのものだと、誰もが考えるようになったからである。ヴラカフたちはレオンの添え物でしかない。このままでは、仮に天翼騎士団が長く続いたとしても、ヴラカフの目的を達成することは不可能だろう。

だから、蒼の天外《ブルービヨンド》に敗北し、天翼騎士団が解散しても、ヴラカフは特にショックを受けることはなかった。どのみち、近いうちに脱退する予定だったからである。

「ようこそ、ヴラカフ様！　お待ちしておりましたわ！」

猪鬼《オーク》の棍棒《こんぼう》亭を訪れると、紅蓮猛華《ぐれんもうか》のリーダーである、ヴェロニカ・レッドボーンが、大輪の笑顔で出迎えてくれた。まだ朝早く営業時間外であるため、店内にはヴラカフとヴェロニカ、それに店主以外は誰の姿も見当たらない。

ヴェロニカがヴラカフに接触をしてきたのは、一ヶ月以上前のことだ。目的はヘッドハンティングだった。ヴラカフの探索者《シーカー》を続ける目的と、現状への不満を見抜いていたヴェロニカは、好待遇を条件に自分たちのパーティに誘ってきたのである。誘いを受ける気になったら、フクロウ便で連絡する約束だった。

そして、天翼騎士団が解散した夜、ヴラカフは早速手紙を送った。返事は早く、明朝に猪鬼《オーク》の棍棒亭にこられたし、と書かれていた。

「ヴラカフ様、連絡を頂けたということは、色好《いろよ》い返事を聞かせてもらえる、と思ってよろしいですわね？」

せっかちで強引な女だ。だが、回りくどくないのは好ましい。

「ああ、よろしく頼む」

ヴラカフが胸の前で両拳を突き合わせ、狼獣人式の礼をした瞬間、ヴェロニカは大声で喜び叫んだ。

「よっしゃあぁぁッ!!　これで後は、馬鹿狼と馬鹿猿のパーティを吸収合併するだけですわッ！　そうすれば、一躍して大パーティ――いえ大クランになれるッ！　見てなさい、ノエル！　もう二度とでかい顔はさせませんわッ！」

どうやら、この女もノエルに恨みがあるらしい。仲間になった以上、ヴェロニカには従うつもりだが、ノエルとまた戦うのは勘弁してもらいたいところだ。

実際に敵対してよくわかった。あの悪意の権化は、人が敵《かな》う相手ではない。

「カイム、そろそろ家に帰ったらどうだ？」

カイムが酒を飲んでいると、バーの店主が心配そうにこちらを窺う。

「……もう少しだけ、飲ませてくれ」

「そう言って、もう何杯目だ？……辛《つら》い気もちはわかるが、酒に溺れるな。おまえはまだ若いんだから、いくらでも再起できる道はあるだろ？」

「無いよ、そんなもの……。俺はもう、終わりだ……」

天翼騎士団が解散して二日。試験の後、仲間たちとはろくに会話を交わすこともなく別れた。あれからずっと、カイムは酒を手放せずにいる。酒を飲まず素面《しらふ》のままだと、震えが止まらなくなるのだ。

「今も、この手には、レオンを刺した時の感触が残っている……。俺は、とんでもないことをしてしまった……。たしかに、俺は心のどこかで自由になりたいと思っていた……。だが、だからって、あんなことをする必要なんて無かったんだ……。なのに、話し合おうともせず、俺は麻痺《まひ》毒を塗ったナイフを準備していた……」

考えれば考えるほど、正気だったとは思えない。向き合うべきことから目を背けて、自分を正当化しようとした結果が、あの凶行だった。ノエルに唆されたからといって、ああも自分を見失ってしまったのは、やはり自分自身に問題があったからなのだろう。

「酷いことも言ってしまった……。あいつは、ただ俺のことが心配だっただけなのに……。裏切り者なんて、絶対に言っちゃいけないことを言ってしまったんだ……。本当の裏切り者は、俺だった……。俺は、最低のクズ野郎だ……」

カイムは堪《たま》らずテーブルに突っ伏し、嗚咽《おえつ》を漏らす。込み上げてくる感情のままにむせび泣いていると、やがて店主が優しく肩を叩《たた》いた。

「カイム、たしかに、おまえは取り返しのつかないことをした。だが、本当にこのままでいいのか？　そうやって酒に溺れているだけで、おまえの罪は許されるのか？　いいや、そんなわけがない。おまえには、やるべきことがある」

「……………やるべきこと？」

カイムが顔を上げると、店主は頷《うなず》いた。

「レオンを、自由にしてやれ」

「あいつは、もうとっくに自由だよ……。天翼騎士団は、解散したんだ……」

「違う。あの日からレオンとは会っていないが、あいつはおまえと同じで、きっと心の檻《おり》に閉じ込められたままだ。仲間を最後まで信じることができなかった、って悩んでいるに決まっている。だって、あいつはおまえの弟分なんだからな」

たしかに、カイムの知っているレオンは、店主の言う通りの男だ。責任感が強く、仲間の間に問題が起これば、自分を責めて思い詰める癖がある。

「そうかもしれない……。だが、あいつを傷つけた俺に、何ができるってんだ……。俺は、この手で、あいつを刺したんだぞ……」

「できることがなくても、ちゃんと話し合え。俺は、この店で、ずっとおまえたちを見てきた。だから、わかるんだ。話し合えば、きっとまた分かり合える」

「……もし、駄目だったら？」

「それもまた、お互いが自由になる道だ」

「そうか……。そうだよな……」

カイムは頷き、決心した。

自分の弱さと、そしてレオンと向き合うことを。


曇天の空からは重たい雨が降っている。冷たく身に染みる雨だ。そんな中を、レオンは傘も差さずに歩いている。

大切な天翼騎士団は、解散してしまった。勝つチャンスはいくらでもあったのに、リーダーであるレオンが不甲斐《ふがい》ないせいで、全てが台無しになってしまった。

仲間たちとはもう会っていない。預かっていたパーティ資産を個々に返却する際、フクロウ便で連絡を取ったが、口座振り込みだったので顔を合わせることはなかった。あちらからの返信もない。

悔やんでも悔やみきれない。天翼騎士団は、レオンの半身も同然だったのだ。その半身を失《な》くしてしまった以上、もはやレオンは死んだも同じだった。

当てもなく、幽鬼《アンデッド》のような足取りで街を徘徊《はいかい》するレオンを、往来の人々は時に嘲笑し、時に哀れみの目で見た。いずれにしても、彼らにとってレオンは、もはや以前のように憧れを抱く対象ではない。自分たちよりも劣る、人生の落伍者《らくごしゃ》でしかなかった。

そんな時だった。幼い少年が、息を切らせてレオンに駆け寄ってくる。

「レオンさん、お願いします！　助けてください！」

「え？……急に、どうしたんだい？」

「妹が足を滑らせて頭を打ったんです！　それで、たくさん血が出ていて……。でも、うちにはお金が無いから……このままじゃ……ぐすっ、うぅっ……」

すすり泣く少年の姿を見て、消えかけていたレオンの魂に火が灯《とも》った。

「大丈夫！　絶対に俺が助けるよ！　だから、泣くんじゃない！」

「……ほ、本当？」

「ああ、本当だ。治療には自信があるからね。さあ、君の妹のところに案内してくれ」

「うん！　こっちだよ！」

少年は大通りから路地裏へと入った。帝都の路地裏は、急速な発展の弊害で、迷路のように入り組んでいる。案内役の少年とはぐれると厄介だ。連続する曲がり角で見失わないよう、レオンは慎重に少年の後ろをついていく。

「こっちだよ！　こっち！」

やがて、建物の間隔が不自然にあいた広場に出た。建物が取り壊されたのか、それとも土地の所有者が放置しているのか、どちらかはわからないが、帝都の路地裏には、こういう偶然生まれた広場が点在している。

「怪我《けが》をした妹は、この広場にいるのかい？」

　レオンが周囲を見回しながら尋ねると、不意に大勢の武装した者たちの気配を感じた。

　罠《わな》だ、そう気がついた時には既に遅く、あっという間に取り囲まれてしまった。レオンを案内した少年は舌を出して去って行き、代わりに武器を構えた二十人近い荒くれ者共が、下卑た笑みを浮かべながら迫ってくる。

「まさか、こんな手に引っかかるなんてな。天翼も堕《お》ちたもんだぜ」

　リーダーらしき鷲鼻《わしばな》の大男が、前に出た。レオンが知っている顔だ。

「……戦鷲烈爪《ウォーイーグル》の切り込み隊長、エドガー」

「俺のことを覚えていてくれたのかい？　嬉《うれ》しいねぇ」

「いったい、俺に何の用だ？」

「大した用じゃねぇよ。ただ、俺はずっとおまえのことが気に入らなかったんだ。だから、ちょっとばかし痛い目を見てもらおうと思ってな」

「そんなことのために、幼い少年を利用したのか？　どうかしているぞ……」

　理解できない、と首を振ると、エドガーは怒りで顔を歪《ゆが》めた。

「天才のおまえには、わからねぇだろうな。おまえが称賛される裏で、俺たちがどれだけ馬鹿にされてきたかなんてよ……。ある新聞には、こう書いてあった。『探索者《シーカー》の鑑《かがみ》である天翼騎士団に比べれば、戦鷲烈爪《ウォーイーグル》はゴロツキたちの集まりだ。大した実力も無いくせに、クランだからって威張っているだけの三下である』ってな」

「その通りじゃないか。現に、こんなことをしている」

「違うね。悪いのはおまえだ、レオン。おまえがいなければ、俺たちも馬鹿にされることはなかった。偽善者のくせに、ちやほやされやがって。蒼の天外《ブルービヨンド》に負けて解散したって聞いた時は、心から清々したぜ。やっと化けの皮が剝がれたってな」

あまりにも理不尽な言い様に、沸々と怒りが湧いてくる。同時に、答えがわかった気がした。過去に天翼騎士団を襲撃した犯人の黒幕は、この男に間違いない。

「ゴロツキ共に俺たちを襲撃するよう命じたのは、おまえだったのか……」

「やっと気が付いたか。同じ酒場にいたのに、鈍い奴《やつ》だぜ」

「エドガー、おまえは狂っている……」

レオンが静かな怒りを込めて睨《にら》み付けると、エドガーは肩を竦《すく》めた。

「かもな。だが、おまえはどうだ？　幽鬼《アンデッド》みたいな面で徘徊していた姿は、最高だったぜ。おまえも、堕ちるところまで堕ちたな」

「……黙れ」

「天翼騎士団の栄光なんて、もう過去のもんだ！　あとに残るのは、無様に負けて正気を失った、敗北者共の末路だけ！　今のおまえには、貧民街がお似合いだッ！」

「黙れぇぇッ!!」

激昂《げきこう》したレオンが剣に手を伸ばした瞬間、その後頭部を強《した》かに殴られる。昏倒《こんとう》こそしなかったが、完全な不意討ちを受けたせいで、レオンは冷たい地面を嚙《か》んだ。

「死ね！　死んじまえよ、レオン！　おまえには生きている価値なんて無いんだ！　だから、ここで死んじまえ！」

エドガーと仲間たちが、一斉にレオンに群がる。これは死んだな、と冷静に客観視している自分がいた。だが、たしかに、今の自分には何の価値も無い。このまま死んだ方が良いのかもしれない――。

「ぎゃあああぁぁッ!!」

全てを諦めかけた時、レオンを取り囲んでいた者たちが、次々に悲鳴を上げる。顔を上げて確認してみると、ある者は指が斬り落とされており、また、ある者には鉄針が深々と刺さっていた。いずれにしても、誰もが持っていた武器を落として苦しんでいる。

「ぐぐぅッ、だ、誰だ!?　出てこいッ!!」

右手の指を失ったエドガーが、傷口を押さえながら叫ぶと、路地の奥から、こつこつと石畳の上を歩く音が返ってくる。

「楽しそうなことをしているじゃないか。俺たちも交ぜてくれよ」

黒いコートを羽織った悪魔《あくま》が、そこにいた。

「蒼の天外《ブルービヨンド》……」

俺たちが姿を見せると、広場にいた全員が恐怖に顔を歪めた。上々の反応だ。探索者《シーカー》たるもの、同業者には畏怖されるぐらいがちょうど良い。

舐《な》められたら終わりなのは、目の前で転がっているレオンが証明している。いかに優秀な探索者《シーカー》だろうと、弱みを見せてしまえば私刑《リンチ》に遭うのがオチだ。誰にも迷惑を掛けず、模範的な優等生だった天翼騎士団でさえ、こんな風に襲われてしまうのだから、暴力の世界というのは本当に血生臭い。

もっとも、俺のような人間には、とても快適で生きやすい世界なのだが。

「て、てめぇら、何の用だ？」

震える声で問うエドガーを、俺は鼻先で笑った。

「何って、散歩をしていただけだよ。なあ？」

「散歩じゃ」「散歩散歩」

後ろに控えるコウガとアルマに話を振ると、二人はわざとらしく頷く。

「ふ、ふざけんなッ！　ただ散歩していただけの奴が、何で俺たちの邪魔をする!?　てめぇ、どういうつもりだ!?」

指を失った右手を抱えながらも叫ぶエドガー。まだ動揺の方が大きいが、地面に落ちた戦斧《せんぷ》や、周囲の仲間の様子を窺《うかが》う余裕は生まれている。反撃の糸口を探っているのだろう。

だが、そうはさせない。

「エドガー、おまえ頭《ず》が高いぞ」

「な、なんだと？」

「俺たちよりも格下のくせに、生意気なんだよ。気に入らねぇな。ああ、気に入らねぇ。

いっそのこと、ここで死ぬか？」

「なっ、お、俺が、格下だと!?」

プライドを傷つけられ顔を真っ赤にしたエドガーは、左手で戦斧を拾うと、仲間たちに向かって怒声を張り上げる。

「おまえたちも武器を拾えッ！　ここまで舐められて黙っていられるか！　蒼の天外《ブルービヨンド》も血祭りにあげるぞッ!!」

エドガーは勇ましく戦斧を振って命令する。だが、当の仲間たちはエドガーの命令に奮い立つどころか、少しずつ後退《あとずさ》りを始める始末だった。

「か、勘弁してくれ、エドガー……」

「蒼の天外《ブルービヨンド》は、天翼騎士団に勝った奴らだぞ……」

「しかも、たった三人で、魔眼の狒狒王《ダンタリオン》を討伐している……」

「俺たちが勝てる相手じゃねぇ……」

すっかり怖気《おじけ》づいているエドガーの仲間たち。やがて、その中の一人が、踵《きびす》を返して脱《だっ》兎《と》の如《ごと》く駆け出した。

「うっ、うわあああぁぁぁッ!!」

それを皮切りに、仲間たちは蜘蛛《くも》の子を散らすように逃げていく。

「待て！　逃げるな！　戻ってこいッ!!」

エドガーは必死に呼び止めるが、誰一人振り返ることはなかった。

こうなることは最初から予想していた。実際のところ、全員で戦えば勝機は十分にあっただろう。こっちも黙ってやられるつもりはないが、数の利はエドガーたちにあったのだ。なのに、奴らは風評だけで俺たちを過大評価し、絶対に勝てないと思い込んでしまった。その結果が、無様な敗走である。

「人望が無いなぁ、エドガー君」

俺が前に出ると、エドガーは後退る。

「く、くるな……」

「くるな？　俺に命令をするつもりか？　エドガー君、そろそろ学ぼうよ。今この場で、一番偉いのは誰だ？　俺か？　それとも、おまえか？」

「ぐぐぅっ……」

「さっさと答えろ！　殺すぞッ!!」

「ひッ、ひぃッ！　ま、待ってくれ！　降参だ！　頼む、許してくれ！」

俺が恫喝《どうかつ》すると、心が折れたエドガーは武器を捨てて跪《ひざまず》いた。

「まだ頭が高いな。よっぽど俺の機嫌を損ねたいと見える」

「ち、違う！　誤解だ！」

すぐにエドガーは地面に額をこすりつけた。捻《ね》じ曲がったプライドを抱えていた男が、随分と素直になったものだ。やはり、人の心は脆《もろ》い。

俺はエドガーに歩み寄り、髪の毛を摑《つか》んで顔を持ち上げた。

「土下座までしてもらったところ悪いんだけどさ、やっぱ気に入らないな、おまえ。どうしようか？　どうするのがいいと思う？」

「お、お願いします……。見逃してください……」

泣いて懇願するエドガーに、俺は努めて優しく微笑《ほほえ》む。

「ああ、わかった。——この鼻が気に入らないんだ」

素早く鞘《さや》から抜き放ったナイフが、エドガーの鷲鼻を切り落とした。

「イギャアアアァァァァッ!!」

鼻が無くなった顔を両手で押さえ、のたうち回るエドガー。その頭を掴み、無理やり俺と視線が合うよう固定する。

「俺を見ろ。——俺を見ろォッ!!」

「ひっ、ひぃぃぃぃっ……。も、もう、許してくれぇっ……」

「許してほしかったら、よく覚えておけ。二度と、調子に乗った真似《まね》をするんじゃねぇぞ。もし約束を破ったら、おまえだけじゃなく、おまえの仲間、家族、隣人、女子ども年寄り関係なく、全員おまえと同じ顔にしてやる。わかったか？——わかったかッ!?」

「わ、わわわ、わかりましたっ！　わかりましたぁっ!!」

「行け。二度目は無いぞ」

手を離した瞬間、エドガーは死に物狂いで立ち上がり、路地の奥へと走り去った。それを見届けた俺は、唖然《あぜん》としているレオンに微笑みかける。

「さて、レオン。ビジネスの話をしようか」

「……ビジネス、だと？」

レオンは身体《からだ》を起こし、俺を怪訝《けげん》そうな目で見る。

「そう、ビジネスだ。レオン、俺の仲間になれ」

「なっ!? ふっ、ふざけるなっ！」

すぐに否定するところを見ると、やはり俺を恨んでいるらしい。まあ、当然か。だが、そんな感情など些末《さまつ》な問題だ。

「仲間になるなら、新しく創設するクランのサブマスターとして迎えよう。俺たちはこれから急成長するチームだ。悪い条件じゃないだろ？」

「誰が、おまえの仲間になんて、なるものか！」

「何故《なぜ》？」

「おまえたちが――いや、ノエル、おまえさえいなければばっ……天翼騎士団は、解散せずに済んだんだッ!!」

語るに落ちたな。追い詰められた奴の精神構造は簡単で助かる。

「まるで、エドガーだな。おまえ、言っている意味がわかっているのか？」

「あんな奴と一緒にするな！　おまえが、探索者《シーカー》協会と通じていたことは、わかっているんだぞ！」

「たしかに、俺はハロルドと通じていた。それは認めよう。だが、ちゃんと先手は譲っただろ？　おまえたちにも勝つチャンスは十分にあったはずだ」

「おまえが仲間たちを唆したことも知っているぞ！　そのせいで、カイムはあんなことを……。あいつの苦しみを思えば、おまえを許すことなんてできない……」

レオンは拳で地面を叩《たた》き、悔し涙を流す。その姿を俺は笑った。

「何がおかしいっ⁉」

「おかしいね。そんなにカイムの苦しみを理解しているなら、なぜ和解しに行かない？　諸悪の根源は俺なんだ。探索者《シーカー》として一緒に活動はできなくとも、一人の友人としてなら好きなだけ会えるじゃないか」

　俺の指摘に、レオンは絶句した。

「レオン、おまえがカイムに会いに行かないのは、あいつが怖いからだろ？　幼馴染《おさなじみ》で何でもわかっていると思っていた相手が、実はおまえに深い嫉妬を抱いていたんだからな。だが、そんなことは、少し考えれば理解できたはずだ。なのに、おまえは問題を把握しようとしなかった。とんだ職務怠慢だな。パーティのリーダーが聞いて呆《あき》れるぜ」

「知ったような口を……。おまえに、何がわかる……」

「わかるよ。俺も人を率いる立場だからな。リーダーである以上、パーティの問題は全てリーダーの責任だ。その代わり、リーダーはパーティの栄光を一身に受ける権利がある。レオン、おまえはリーダーの責任を果たさなかった。なのに、世間がおまえだけを評価することを看過してきた。そんなパーティが長く続くわけがない」

レオンは優秀だった。だが、優秀過ぎたせいで、人の心の弱さを理解できなかった。その結果、他の三人の心は疲弊し続けることになったのだ。

「……わかっていたさ。悪いのは全部、俺だ。ノエル、君がいなくても、俺たちに未来は無かった……。でも、それを認めてしまったら、俺たちの全てが無駄だったことになってしまう……。そんなこと、耐えられない……」

肩を揺らして嗚咽《おえつ》を漏らすレオン。俺は、その正面に立つ。

「レオン、あの時の言葉を返そう。立て、立って戦え」

「戦って、どうなる？　もう、失ったものは戻らないんだぞ……」

「いいや、戻るよ」

「…………え？」

顔を上げたレオンに、俺は淡々と続ける。

「たしかに、このままでは、天翼騎士団の栄光は過去のものとなる。いや、世間は残酷だ。栄光は消え、汚名しか残らないだろう。また、その汚名すらも、すぐに消える。半年も経《た》てば、誰も天翼騎士団のことを思い出さなくなるに違いない」

「そうだろうな……」

「だが、天翼騎士団のリーダーだったおまえが探索者《シーカー》として名を残せば、天翼騎士団の名もまた残り続ける」

「……だから、俺に戦えと？　そのためだけに？」

レオンが自嘲気味に口元を歪《ゆが》めると、俺は頷《うなず》いた。

「そうだ。戦え。果たせなかった責任を果たせ。おまえが、天翼騎士団の名を後世に残せ。それ以外に、おまえが救われる道は無い」

「だが、君の仲間になれば、俺は本当の裏切り者になってしまう……」

「レオン、エゴイストになれ。中途半端な情なんて捨てろ。おまえも、おまえの仲間たちも、そんなもので救われたりはしない。大切な思い出を永遠のものにしたいと心から望むなら、他の全てを捨てる覚悟が必要だ。この残酷な世界には、代価なくして得られるものなど、何一つありはしない」

レオンは沈黙し、長い間そのままだった。やがて、意を決したように口を開く。

「ノエル、君は何を望む？　何のために探索者《シーカー》を続ける？」

「俺こそが最強の探索者《シーカー》だと、この世界に示すためだ」

即答すると、レオンは目を丸くした。そして、ゆっくりと立ち上がる。

「……その言葉、信じていいんだな？　もし嘘《うそ》なら、俺は君を許さない……」

「ふっ、愚問だな」

俺は笑って手を差し出す。その手を、レオンは苦笑混じりに摑んだ。

†

レオンを仲間に加えた数日後、俺たちは改めて探索者《シーカー》協会館を訪れた。

「あくどい策を講じた甲斐《かい》がありましたね。帝都中、あなた方の噂《うわさ》で持ち切りだ」

ハロルドは俺たちを見て苦笑した。同席しているレオンは、気まずそうに目を逸《そ》らす。

「レオンさん、天翼騎士団には申し訳ない事をしました。ですが、謝罪をする気はありません。これが現実です。悔しいのなら、勝てば良かった、勝てるよう更に努力するべきだった、それだけの話ですよ。あなた方は優秀だった。だが、足りないものが多過ぎた」

「……わかっています。あなたに文句を言う気はありません」

レオンは納得している素振りを見せたが、腹の底では複雑な感情が渦巻いていることだろう。ふと、ハロルドは微笑んだ。そして、自分の頬を指で叩く。

「とはいえ、あなたの怒りも十分に理解できる。だから、私で良ければ、気が済むまで殴って頂いても構いませんよ」

ハロルドの提案にレオンは目を丸くする。少し迷った後、ゆっくり首を振った。

「遠慮しておきます。今にも死にそうな老人を痛めつける趣味はありませんので」

レオンの皮肉にハロルドは肩を竦《すく》めた。

「サブマスターになったからといって、減らず口まで真似をしなくてもいいでしょうに」

やれやれ、と苦笑したハロルドは、隣にあった新聞を手に取る。

「しかし、ブン屋たちも情報が早い。レオンさんがノエルさんの仲間になった話、次の日には帝都中に広まっていましたからね。……ノエルさん、自分からリークしましたね？」

「当然だ。話題性を得るためには、ブン屋を利用する必要があったからな」

俺に限らず、上位の探索者《シーカー》は情報操作の価値を理解している。探索者《シーカー》というものは、ただ強ければいいわけじゃない。民衆心理を理解し自らの糧にしてこそ、更なる飛躍が可能となるのだ。民衆から見放された者がどうなるか、それは天翼騎士団と同じ末路である。

「出だしは上々。ですが、ここから先も生き残れるかは、あなた方次第です」

ハロルドは新聞を隣に投げ捨て、協会の印章を取り出した。

「当協会は、あなた方のクラン創設申請を認めます」

テーブルの上の申請書に、印章が強く押された。

「まずは、魔眼の狒狒王《ダンタリオン》の討伐報酬を支払います。依頼達成の報酬が二千万フィル。素材売却金が八千万フィル。合計一億フィルを、本日中に、クラン指定口座へ振り込ませて頂きます。こちらが、その支払書になります」

ハロルドがテーブルの上に支払書を置くと、アルマとコウガが瞠目《どうもく》した。

「い、一億……」「す、すげぇ……」

驚くのも無理はない。普通に生きていれば、一生見ることがない数字だ。探索者《シーカー》として経験豊富なレオンだけが、冷静さを保っている。

「そして、その実績と知名度を評価し、あなた方に相応《ふさわ》しい依頼を出させて頂きます。討伐対象は、水晶峡谷に現界した悪魔《ビースト》、深度九に属する幽狼犬《ガルム》です。協会からの報酬は三千万フィル。素材の価格は現在の相場で約一億二千万フィル。もちろん、売却権は全て討伐者に与えられます。討伐期限は本日より一週間以内。――引き受けて頂けますか？」

ハロルドの問いに、俺は口元を歪めながら頷いた。

「了承した。その依頼、引き受けよう」


探索者《シーカー》協会館からの帰り道、往来を四人で歩いていると、道行く先々で俺たちの噂をする者たちに出くわした。

「見ろよ、ノエルとレオンだ……」

「合併してクランになったのは本当だったのか……。こりゃ、すげぇことになるぞ……」

「メンバーの数こそ少ないが、天翼騎士団の実績も引き継いだからな。蒼の天外《ブルービヨンド》はクランになって早々、上位クランの仲間入りだ」

「蒼の天外《ブルービヨンド》の奴《やつ》ら、快進撃だな」

「待て、俺が聞いた話によると、クランになった時に、蒼の天外《ブルービヨンド》の名前は捨てたみたいだぜ。合併した今の奴らの名前は――」

ハロルドが言っていたように、どこもかしこも俺たちの話で持ち切りだ。情報屋のロキに頼んで、帝都中に情報を拡散してもらった甲斐があった。知名度が上がれば探索者《シーカー》協会からの評価に繋《つな》がるだけでなく、銀行から多額の融資を受けることもできるようになる。

万事順調。内心でほくそ笑んでいると、不意に後ろから俺を呼ぶ怒鳴り声がした。

「ノエル・シュトーレンッ!!　この悪魔《あくま》がッ!!」

振り返った先にいたのは、怒りで禍々《まがまが》しく顔を歪めたカイムだった。

「おや、カイム。久しぶりじゃないか。あの試験以来だな」

「おまえのせいで、俺たちはぁぁッ!!　死ねえぇぇッ!!」

槍《やり》を構え、俺を刺し殺そうとするカイム。アルマとコウガが立ちはだかろうとしたが、それよりも遥《はる》かに速く、天翼のレオンが盾で受け止める。

「カイム、やめろッ！　こんなことをしたら、おまえもタダでは済まないぞ！　早く槍を収めるんだッ!!」

「黙れ、裏切り者ッ!!　俺たちを陥れた悪魔《あくま》に尻尾を振りやがって!!」

「そうだ！　俺は裏切り者だ！　だから、ノエルは殺させない！」

レオンが断言すると、カイムは後ろに飛び退《すさ》った。罪を自覚し諦めたわけではない。槍による攻撃の最大威力を引き出すために、間合いを調整しただけだ。カイムは槍を構え直し、強烈な殺気を放つ。

「だったら、まずは……おまえを殺してやるッ!!」

突進と共に放たれる、凄《すさ》まじいカイムの刺突。十分な助走距離を得た槍の一撃は、レオンの盾を容易《たやす》く貫くことだろう。

だが、レオンは軽々とカイムの槍を躱《かわ》してのけ、その顎を右拳で打ち抜いた。宙を舞ったカイムは、そのまま地面に打ち付けられ、仰向《あおむ》けに倒れ伏した。

「くっ、糞《くそ》っ！　剣も抜かないなんて、おまえは……どこまで、俺を虚仮にするつもりなんだ……。呪われろ……呪われちまえ、裏切り者！」

カイムは倒れたままレオンを罵倒した。だが、レオンは取り合うことなく、かつて仲間だったカイムに背を向ける。

「弁明はしない。俺は裏切り者だ。だから、俺は俺の道を行く」

そして、レオンが俺たちのもとに戻ろうとした時だった。

「頑張れよ、レオン……」

そのカイムの言葉に、レオンは目を見開く。見る見るうちに眼を真っ赤にし、唇を震わせ、後ろを振り返ろうとする。

「振り向くなッ！」

俺は鋭く制止した。

「振り向くな、レオン。……兄貴分の漢《おとこ》を汲《く》んでやれ」

カイムは俺を殺しにきたわけじゃない。ましてや、レオンに恨み言をぶつけるためでもない。不器用な兄貴分は、新しい道を選んだ弟分の覚悟を確かめにきたのだ。そして、ただ一言、「頑張れよ」と告げることが目的だった。

「行くぞ」

俺が促すと、レオンは涙を拭い頷く。

「ああ、行こう。マスター」

俺が購入した拠点――クランハウスは、集合住宅《マンション》として利用されていたレンガ造りの建物だ。五階建てで部屋は十五室ある。築年数は新しく、最新の耐震構造が採用されているため、地震が起こっても簡単には倒壊しないだろう。立地だって悪くない。

なのに、とある理由のせいで、驚くほど安く売り出されていたのだ。所謂《いわゆる》、掘り出し物件である。買わない選択肢などなかった。すぐにでも中に入りたいところだが、諸般の事情で全面改装する必要があるため、まだ立ち入り禁止だ。俺たちは外からクランハウスを眺めている。

「なかなか、立派な建物じゃのう。ほんまに中には入れんのか？」

クランハウスを見上げながら尋ねてくるコウガに、俺は頷いた。

「ああ、まだ改装中だからな。止《や》めておいた方が賢明だ」

「入れる日が楽しみじゃのう」

無邪気な笑みを浮かべるコウガ。その隣で、アルマはずっと首を傾《かし》げている。

「この建物、本当に安く買えたの？」

「ああ、そうだ。掘り出し物件が見つかって良かったよ」

支払いはまだ残っているが、魔眼の狒狒王《ダンタリオン》の報酬が入り次第、完済する予定だ。

「ちなみに、いくらだったの？」

「えっ？……………これぐらいだな」

俺はVサインの形に指を二本立て、アルマに見せた。

「……二十億？」

「二十億じゃなくて、二億じゃろ？」

横からコウガが口を挟むと、アルマは柳眉を逆立てて怒鳴った。

「物を知らない馬鹿は黙ってろ！　この物件が二億で買えるわけがない！　死ねっ！」

「そ、そがいに怒鳴らんでも……」

アルマはコウガを怒鳴りつけると、俺に厳しい眼差《まなざ》しを向けてきた。

「本当のことを言って。もしかして、変なところからお金を借りてないよね？」

「あ、当たり前だろ！　借金なんてするもんか！」

「じゃ、じゃあ、どうやって二十億なんて大金を用意できたの？　はっ！　も、もしかして、お金持ちの脂ぎったおっさん達《たち》に、お尻の穴を捧《ささ》げて……」

「そんなことするかッ!!　ぶっ殺すぞッ!!」

この女の品性下劣さには、寛容な俺でも本気の殺意を覚える時がある。

「だいたい、おまえたちは両方とも勘違いしている。この物件は二十億でも、二億でもない。……二千万フィルだ」

「「二千万ッ!?」」

二人は驚愕《きようがく》して飛び上がると、血相を変えて俺に詰め寄った。

「それどういうこと!?」「二千万は嘘《うそ》じゃろっ!?」

面倒だな。どう説明したものか。俺が上手《うま》い言い訳を考えていた時のことだ。

「お、思い出した……」

建物を見上げていたレオンが、震える声で呟《つぶや》いた。その顔からは血の気が失《う》せ、真っ青になっている。

「ここ、大昔に処刑場があった場所だ……」

一瞬にして、アルマとコウガが凍り付いたように硬直する。

「以来、ここに建つ建物の関係者は、必ず不幸になるって聞いている。そ、そういえば、一年ほど前、不渡りを出した資産家が、自身の所有物件で一家無理心中を図ったって聞いたけど、その場所もここだった覚えが……」

「ぎゃあああああああああああああああああっ!!」

突然、集合住宅《マンション》から甲高い叫び声がした。驚いて視線を向けると、いつの間にか、周囲に無数のカラスが集まっていた。さっきの叫び声は、カラスの鳴き声だったらしい。不思議なことに、全てのカラスたちが俺たちを凝視している。

びゅうっと、生暖かい風が吹く。重く長い沈黙の後、俺は軽く咳払《せきばら》いをした。

「ごほん、さて、話の続きだが――」

「「「おいおいおいおいっ!!」」」

一斉に俺を指差した三人は、怒りと恐怖が入り混じった顔で唾を飛ばす。

「ノエル嘘でしょ!? ノエル嘘でしょ!? これはいくらなんでも酷過《ひど》ぎッ!」

「お、おどれ！　ワシらを何だと思っとるんじゃ！　ここは地獄じゃぞ!?」

「事故物件をクランハウスにするだなんて正気かい!?　いや、正気じゃないなッ！」

異口同音に怒鳴る三人。俺は首を振り、大きな溜《た》め息《いき》を吐《つ》いた。

「狼狽《うろた》えるな。探索者《シーカー》ともあろう者が情けない。人が死んだ場所なんて、どこにでも存在するんだ。そんなことに怯《おび》えていたら、どこにも住めないだろうが」

「そ、そいはそうじゃが……。な、なあ？」

不満顔のコウガがアルマとレオンを見ると、二人は首が取れそうな勢いで何度も頷《うなず》いた。怖いものは怖い、必死にそう訴えている。

「悪魔《ビースト》と戦うことを生業《なりわい》にしている奴らが、悪霊如《ごと》きにビビるなよ……」

「悪魔《ビースト》は怖くない。でも、悪霊は嫌。カブトムシは怖くないけど、ゴキブリは怖いのと同じ。生理的に嫌い」

アルマの言い分に、俺は苦笑した。

「安心しろ。この集合住宅《マンション》に悪霊なんていない。とっくに祓《はら》い屋が浄化したよ。仮に出たとしても、俺もスキルで祓うことができる」

話術スキル《死霊祓い《エクソシズム》》。幽鬼《アンデッド》系に限り、同格以下の相手なら、一瞬で消滅させることができるスキルだ。人の霊だって、容易く浄化できる。

「だから、何の問題も無い。はい、この話はお終《しま》いだ」

俺が強引に話を終わらせると、三人は不承不承という顔で頷いた。

「話の続きに入ろう。この場所に集まったのは、おまえたちにこれを渡すためだ」

俺はポケットから三つのペンダントを取り出した。三つとも同じ形状で、翼が生えた蛇の姿を模している。

「白星銀《ミスリル》製だ。職人に頼んで作ってもらった。これが俺たちのクランの象徴となる」

俺がペンダントを差し出すと、三人は順に受け取っていく。まず、最初に仲間になったアルマ、次にコウガ、そして最後はレオンだ。

「古来より、蛇は不老不死と繁栄の象徴とされてきた。一方で、人を誑《たぶら》かす、邪悪な存在だと恐れられることもあった。その二面性は、俺たちに相応《ふさわ》しい。王道と邪道、光と闇、異なる属性を行き来して、俺たちは頂点を目指す」

三人は強い眼差しで頷いた。

「クランの創設申請は認められた。俺たちは蒼の天外《ブルービヨンド》でも、天翼騎士団でもない。既に伝えたように、以降はこの名を名乗っていく」

俺は三人を見回し、その名を口にする。

「嵐翼の蛇《ワイルドテンペスト》」

今から六年近く前、とある天才探索者《シーカー》が帝都で話題になった。

当時まだ十八歳だった青年の名を、ヒューゴ・コッペリウスと言う。

職能《ジョブ》は【傀儡師《くぐつし》】。数多《あまた》ある職能《ジョブ》の中で、最強だと評価されているレア職能《ジョブ》だ。多種多様な人形兵を創出し、操ることによって、あらゆる戦況に対応できるのが強みである。

洒脱《しゃだつ》な背広《スーツ》を着こなす均整のとれた体型。知性と品を感じる端整な目鼻立ち。清潔感のある若草色の髪は、さっぱりと短めに整えられている。また、乱視を矯正するための眼鏡が、彼の文明的な洗練さを際立たせていた。

才能と見目麗しさが揃《そろ》えば、自然と周囲に人が集まるものだ。だが、当のヒューゴは、誰かと群れることを好まなかった。常に独りの時間を好んだ。

その個人主義は徹底しており、探索者《シーカー》でありながら特定の仲間を持たず、傭兵《ようへい》として活動していたほどだ。傭兵業自体は珍しくないが、それも本来は組織化されている。ヒューゴのように組織を全く頼らない探索者《シーカー》は、大都会の帝都でもかなり珍しい。

そんなヒューゴの天才性、そして凡人とは一線を画す異質さが広まったのは、彼が参加した一つの戦いがきっかけだ。二十人以上のメンバーを抱える大手クランに雇われた彼は、勝利に大きく貢献したものの、戦闘終了後に雇い主から叱責を受けることになった。

「どういうつもりだ!?　どうして、俺の命令を聞かなかった!?」

雇い主であるクランマスターが、傭兵のヒューゴを怒鳴りつける。

「どうして、と言われましても……」

ヒューゴは無表情のまま、軽く首を傾げた。

そもそもの発端は、悪魔《ビースト》の討伐時に、ヒューゴが命令違反をしたことにある。討伐対象は、深度十の上位悪魔《ビースト》。僅かな連携ミスで皆殺しにされるほど危険な相手だ。結果的に討伐自体は成功したものの、クランメンバーの一人が酷い怪我《けが》を負うことになった。クランマスターが怒り狂うのも無理はない。

「事と次第によっては、タダでは済ませないぞッ！　言い分があるなら言ってみろッ!!」

指を突き付けられたヒューゴは、神妙な表情となり頷く。

「あのまま、あなたの指示に従っていたら、極めて高確率で全滅していました。たしかに現地では、マスターであるあなたの命令は絶対だ。ですが、契約時にも説明したように、私には自分の命を守る権利がある。命令に従う義務と、自分の命を優先する権利、どちらの方が大切かは言うまでもありません。当該事項は、あなたがサインした契約書にも記されています。そのこと、お忘れですか？」

抑揚の無い声で捲《まく》し立てるヒューゴ。クランマスターは呆気《あっけ》に取られていたが、見る見る内に顔面を紅潮させていった。

「貴様ァッ!!　俺の指示が間違っていたと言いたいのかっ!?」

「はい。そう言っているのですが、お分かりになりませんでしたか？」

「ふざけるなぁッ!!　貴様の独断のせいで、俺の大切な仲間が傷付いたんだぞッ!!」

クランマスターが手で示した先には、ヒューゴに恨みがましい目を向けている女メンバーがいた。彼女が着ている服の右肩は大きく裂け、白い肌を露《あら》わにしている。治療が済んだので傷は消えているが、先ほどまで骨が露出するほどの大怪我を負っていた。

「それは、彼女が急に私の射線上へ飛び出したからですね。あなたの指示に彼女が従っていたら、いるはずのない場所でした。つまり、指示を守らなかったのは彼女も同じです」

「う、嘘よっ！　出鱈目《でたらめ》を言わないでっ！」

ヒューゴの指摘に、女メンバーは慌て出す。嘘を吐いているのがどちらなのか、客観的に見て明らかだった。だが、怒りで冷静な判断力を失っているクランマスターは、女メンバーの方を信用したようだ。

「おまえの戯言《たわごと》は、もう十分だッ!!　この責任、どう落とし前をつけるつもりだッ!?」

「もう十分なのは、私の方です。知性無き人との会話ほど疲れるものは無い」

「な、なんだとォッ!?」

「はっきり申し上げましょう」

これまで無表情だったヒューゴが、眼鏡の奥の眼光を鋭くする。

「あなた方、探索者《シーカー》の才能がありませんよ。戦いに勝てたのは、私がいたからです。私がいなければ、あなた方はとっくに死んでいたでしょう」

耳に痛いほどの沈黙が舞い降りた後、一斉に怒号が巻き起こった。

「一匹狼《おおかみ》を気取っている傭兵風情がッ!! そこまで粋がるなら、覚悟はできているんだろうな!? おまえ一人で俺たちを倒せるとでも思っているのか!? ああっ!?」

「はい、もちろん」

ヒューゴは眼鏡のずれを指で直し、まるで散歩に出かけるような自然さで、クランマスターに歩み寄った。

「私は暴力が嫌いです。ですが、身を守るためなら、容赦はしません」

クランマスターは一瞬たじろいだが、すぐに凶暴な笑みを浮かべた。

ヒューゴに才能が無いと罵られた彼の職能《ジョブ》ランクはA。凡才どころか、天才の中の天才だ。他メンバー達も、ほぼ全員がBランク。非常に層の厚いクランである。そもそも、それほどの実力が無ければ、協会から深度十の討伐依頼を任せられるわけがない。

対して、ヒューゴもまたAランクではあるが、仲間はおらずたった独りだ。たしかに、【傀儡師《くぐつし》】の人形兵は脅威である。なにしろ、一体がBランク相当の戦闘能力を持っているのだ。そして、ヒューゴが同時創出できる最大数は二十体。戦力数だけなら同等だ。だが、Bランク相当といっても、所詮は人形。同じBランクなら、使えるスキルの数と身体能力は人の方が上である。戦えば圧倒できるのはわかっていた。

「いいだろう。そこまで言うなら、望み通り這《は》い蹲《つくば》らせてやる。おまえたち、絶対に容赦するなよッ! 徹底的に叩《たた》き潰してやれッ!!」

クランマスターは嬉々《きき》として、周囲のメンバーたちに命令を出した。

だが、その刹那、信じられないことが起こった。

「ば、馬鹿な……」

ヒューゴを取り囲むのは、自分たちのはずだった。なのに気が付いてみれば、自分たち全員を包囲する敵の姿があった。それらは全て、甲冑《かっちゅう》姿の人形。【傀儡師《くぐつし》】ヒューゴ・コッペリウスが創出した、総勢二百を超える人形兵の部隊である。

「無駄な抵抗はしないほうが身のためですよ。知っての通り、私の人形兵は、一体がBランク相当の力を持っている。しかも、彼らは殺意に敏感だ。少しでも妙な動きをすれば、命の保証はできませんよ」

【傀儡師《くぐつし》】系Aランク職能《ジョブ》、【千軍操者《グランドマスター》】であるヒューゴは、三種類の人形兵を操ることができる。剣・槍《やり》・斧《おの》を装備した近距離型。弓・銃・魔法を操る遠距離型。回復・防壁《バリア》・運搬に特化した支援型だ。そして、それら全てを任意で同時創出できるのが、千軍スキル《軍団蹂躙《レギオン》》である。

ヒューゴが創出した夥《おびただ》しい数の人形兵は、全ての敵を捕捉していた。クランマスターも例外ではない。その首には、前後左右から四本の槍が突き付けられている。

「お、おまえが同時に創出できる人形兵は、最大で二十体だったはずだ……」

二十体までなら容易《たやす》く勝てた。だが、その十倍の二百体では、死力を尽くして抵抗したとしても、一方的に蹂躙《じゅうりん》される運命だけが待っている。

「そんなことを言った覚えはありませんね。普段は魔力の温存をしているだけです。【傀儡師《くぐつし》】は魔力消費が激しい。だから深淵《アビス》では、無理をせず戦うようにしているんです。深度十までの悪魔《ビースト》が相手なら、本気になる必要はありませんから。ちなみに、これで二割ぐらいですね。いつもが散歩なら、今は軽いジョギング程度の負荷です」

「に、二割、だと？」

クランマスターの顔に、絶望の色が広がっていく。

優秀な傭兵だと聞いていた。だから雇った。そして実際に、ヒューゴは強かった。だが、その戦力はヒューゴにとって、遊びですらなかったのだ。一体どこの誰が、大手クランである自分たちを、ジョギング感覚で一方的に制圧できると予想できただろうか？　幼少期から天才だと褒めそやされてきた自分が、初めて心の底から敗北を実感した瞬間だった。

今にも小便を漏らしそうなクランマスターに、ヒューゴは小首を傾《かし》げる。

「だから言ったでしょう？　あなた方には才能が無いんですよ」

才能というものは、いつだって相対的な評価だ。ヒューゴ・コッペリウスは嘘偽《うそ》りなく、天才であるクランマスターを、凡夫以下だと罵れるほどの超越者だったのである。

「覚えておいてください。私が群れることを好まないのは、あなた方のように思い上がった弱者と、同類に思われたくないからです。だから、関係はビジネスに限定している。仕事の依頼なら、いつだって歓迎しますよ。私が探索者《シーカー》でいる間はね」

ヒューゴが指を鳴らすと、全ての人形兵が消失した。戦意喪失していたクランメンバーの全員が、膝から崩れ落ち、助かったと安堵《あんど》の息を漏らす。彼らを一顧だにすることなく、悠々とした足取りで去っていくヒューゴ。その背中を襲える命知らずは誰もいなかった。

この日以来、探索者《シーカー》にして傭兵であるヒューゴの名は、絶対的なものとなった。

だが、それから二年後、全盛期だったヒューゴは、突如として探索者《シーカー》を引退する。そして、人形作家の道を歩み出したのだった。

人形作家としても比類なき成功を収めたヒューゴだったが、それから更に二年後、運命の女神に翻弄された彼は、猟奇殺人事件の冤罪《えんざい》によって投獄されてしまった。

あれから二年、二十四歳となったヒューゴは、未《いま》だに暗く冷たい牢獄《ろうごく》の中にいる。


「なんちゅうか、気難しそうな奴《やつ》じゃのう」

幽狼犬《ガルム》の討伐に向かう馬車の中、俺がヒューゴの詳細を話すと、コウガは困ったような顔をしながら顎を撫《な》でた。

「まあ、仲間になるかはともかく、冤罪ちゅうなら助けてやりたいと思うんが人情じゃ」

うんうん、と納得して頷《うなず》くコウガ。隣にいたレオンも同意とばかりに頷く。

「本当に冤罪なら、俺も助けてやりたい。その後に、俺たちの仲間になるかは、彼次第だ。二年も牢獄に閉じ込められているなんて、俺なら耐えられそうにないなぁ……」

獄中の自分を想像して身震いするレオン。アルマは退屈そうに欠伸《あくび》をした。

「ノエルは絶対に仲間にしたいんでしょ？　だったら、ボクは任せる。あ、でも、コウガはいらないから、すぐにでもクビにしてほしいな」

「なんでじゃ!?」

コウガが反応すると、アルマは可笑《おか》しそうに笑った。

「では、ヒューゴの釈放計画に異論がある者はいないな？」

ヒューゴ・コッペリウスのことは、その存在を知った時から、ずっと仲間にしたいと考えていた。これまでは釈放する力が足りなかったが、それも手に入りつつある。

だからこそ、今いる仲間たちにヒューゴのことを話し、意見の統一をしたかった。馬車の中なら、他人に盗み聞きされる心配はない。口の軽いアルマにも、外部に漏らしたら本当に殺すと言い含めてあるため、流石《さすが》に大丈夫だろう。たぶん……。

「異論は無いのう」「俺もだ」「ボクも～」

三人から反対者は現れなかった。これで心置きなく、計画を決行できる。

「しかし、Bランク相当の人形兵を、一瞬で二百体も創出できるのか。【傀儡師《くぐつし》】は噂《うわさ》通り、最強の職能《ジョブ》なんだなぁ」

レオンは感心したように唸《うな》る。

「たしかに、【傀儡師《くぐつし》】は最強の職能《ジョブ》だと評価して間違いない。だが、どれだけ強くても、所詮は腕力の世界の話だ。【傀儡師《くぐつし》】ヒューゴがどうなったか、絶対に忘れるべきじゃない。本当の強さというのは、他者に支配されない立ち回りにこそある」

ヒューゴは望んで一匹狼だった。その生き方を否定するつもりはない。だが、信じられる味方を作らなかった結果、冤罪で牢に入れられても、助けてくれる者は誰も現れなかった。望む生き方を求めるあまり、孤高に生きるリスクを理解していなかったのだ。

「人はもっと他人を利用するべきなんだよ。互いに利用し合える関係こそ、社会の価値だ。人の知性だ。なのに、善悪や個々人の主義主張に拘《こだわ》るせいで、人は利益を損失し、あるいは権利や尊厳すらも失うことになる」

忘れるなよ、と俺は三人に念を押す。

「どれだけ強くても、はぐれ者は食い殺される定めだ」

「君のような男に、かい？」

レオンの棘《とげ》のある質問に、俺は笑って頷いた。

「よくわかっているじゃないか。そういうことさ」

そして、表情を改め、戦いの前の最終確認をすることにした。

「そろそろ、現地に到着する。コウガ、ランクアップしたばかりだが、問題は無いか？」

「ええ具合じゃ。【侍】の力、存分に揮《ふる》わせてもらうわ」

魔眼の狒狒王《ダンタリオン》との戦闘を経て、コウガは【刀剣士】から【侍】にランクアップすることができた。スキルが強化されたのはもちろん、身体補正もCランク時とは段違いだ。

「アルマ、身体《からだ》に不調は無いだろうな？」

「お肉いっぱい食べたから大丈夫」

不敵に笑う顔には、精気が漲《みなぎ》っている。血色も悪くない。今回の戦い、アルマには無理を強いることになるが、この様子なら問題無さそうだ。

「強いて挙げれば、お尻が痛いぐらいかな。馬車は嫌い。隣国のロダニア共和国には、鉄道が通っているんでしょ？　帝国にも開通されないかなぁ〜」

「開通できるものなら、とっくに開通しているよ。尻は我慢しろ。俺だって痛い」

鉄道――即《すなわ》ち、土地に鉄のレールを敷くことで、その上に機関車を走らせることができる技術。一度に大勢の人や大量の物資を運べる、画期的な発明品だ。

悪魔《ビースト》を素材にした魔導機関《エンジン》で走る機関車、頑丈で精密な線路、どれも帝国の技術力なら容易く製造できる代物である。問題なのは、帝国が他国よりも深淵《アビス》が発生しやすい土地であること。つまり、線路と深淵《アビス》――危険地帯が重なる可能性が高く、それが帝国に鉄道が普及していない理由だった。

土地の恩恵によって魔工文明を発展させてきた帝国が、その土地のせいで他国に負けている分野があるというのは、実に皮肉が効いている話だ。

「レオン、慣れないチームでの戦いになるが、いけるな？」

「ああ、全力を尽くすよ。必ず勝利に貢献する」

討伐期限が一週間と短かったので、チームの連携練度は、決して十分とは言えない。だが、レオンはやはり優秀だった。戦闘能力はもちろん、天翼騎士団のリーダーを務めてきただけあって、指示の理解度が他の二人よりも恐ろしく早い。二人が指示通り動くのに対して、指示の先を読んで行動してくれる。つまり、次の指示に繋《つな》げ易《やす》いのだ。レオンの加入によって、俺たちの戦闘速度は飛躍的に上昇した。

「幽狼犬《ガルム》は強敵だ。俺たちはメンバー全員がBランクとなったが、本来なら四人だけで勝てる相手じゃない。だが、勝てない相手に挑み、勝利を捥《も》ぎ取ることこそ、探索者《シーカー》の神髄でもある。進化だよ。大きく飛躍するためには、相応の試練が必要だ」

だからこそ、と凄《すご》みを利かせた声で仲間たちに命じる。

「俺たちは幽狼犬《ガルム》を食らい、その先に進む。これは絶対命令だ。——死を、乗り越えろ」

剝《む》き出しの岩壁に紫水晶が乱立する、広大な峡谷。平時なら息を呑《の》むほど幽玄で美しい光景だが、今この場所は魔界《ヴォイド》と繋がり、深淵《アビス》と化していた。

俺たちの眼前には、峡谷を埋め尽くすほど大勢の骸骨騎士《スケルトンナイト》が立ちはだかっている。剣や斧、また槍や槌《つち》を携え、漆黒の鎧《よろい》を纏《まと》った骸骨騎士《スケルトンナイト》たちは、その大きさや強さに個体差があった。一番小さい個体で成人した人間の男ほどの身長、一番大きい個体で約六メートル。真一番弱い個体で深度五相当、一番強い個体で深度七相当だ。だが、これらは全て雑兵。真に倒すべきは、骸骨騎士《スケルトンナイト》たちの奥にいる、一頭の巨大な猛犬だ。

夜の闇に形を与えたような漆黒の毛並み、赤く光る三対の眼《め》、口から漏れる緑の炎。その特徴を持つ悪魔《ビースト》の名を、幽狼犬《ガルム》と言う。深度は九。大手クランでも、万全を期さなければ勝てない、極めて危険な上位悪魔《ビースト》である。

「ウオオオオオオォォォォォンッ!!」

幽狼犬《ガルム》が天に向かって吠《ほ》える。主《あるじ》の叫び声を号令に、骸骨騎士《スケルトンナイト》たちが一斉に動き出す。骸骨騎士《スケルトンナイト》を召喚し使役する能力こそが、幽狼犬《ガルム》の特性だ。

「理《ことわり》より外れし者たちよ、汝《なんじ》たちに生は無く、また罪も無し！」

話術スキル《死霊祓い《エクソシスム》》。幽鬼系《アンデッド》に限り、同格以下の相手なら、一瞬で消滅させることができるスキルだ。格上が相手でも、抵抗《レジスト》されて終わりではなく、その能力を大幅に弱体化させることが可能となる。

《死霊祓い《エクソシスム》》の効果によって、軍勢の三分の一が消滅。残りの三分の二も能力が低下して動きが落ちた。すかさず、仲間たちに支援を乗せた指示を出す。

「コウガ、《桜花狂咲《おうかくるいざき》》で雑魚を蹴散らせ！　レオンは残った大物に《神聖波動《デイヴァイン・インパクト》》！　アルマは追撃し完全に破壊しろ！」

「応！」「わかった！」「了解！」

侍スキル《桜花狂咲《おうかくるいざき》》。コウガが刀を抜き放つと、無数の刃が飛び出した。その数は以前とは比べ物にならず、威力も大幅に上昇している。颶風《ぐふう》に舞い散る桜の花びらを避けられないように、コウガの放った鋭い斬撃は余すところなく骸骨騎士《スケルトンナイト》たちを切断していく。

だが、大型骸骨騎士《スケルトンナイト》を完全破壊するには及ばず、指や鎧の端を削り取るだけに終わる。残ったのは深度七相当と思われる五体の大型骸骨騎士《スケルトンナイト》。奴らが巨大な武器を俺たちに振り下ろす寸前、レオンから放たれた眩《まばゆ》い光球が動きを止める。

騎士《ナイト》スキル《神聖波動《デイヴァイン・インパクト》》。遠距離攻撃と同時に、短時間だが能力低下の異常を与えるスキルだ。光球が着弾した瞬間、アルマが周囲の岩壁を縦横無尽に跳ね回り、大型骸骨騎士《スケルトンナイト》たちの関節部を砕いていった。たちどころに大型骸骨騎士《スケルトンナイト》たちは巨体を支えられなくなり、粉塵《ふんじん》を巻き上げながら崩れ落ちる。

骸骨騎士《スケルトンナイト》の軍勢は一掃できた。残すは深淵《アビス》の核である幽狼犬《ガルム》を仕留めるのみ。

だが――

「ウオオオオオオォォォォォンッ!!」

幽狼犬《ガルム》が再び吠えると、足元から濃密な影が広がり、そこから新たな骸骨騎士《スケルトンナイト》の軍勢が現れた。しかも、その数は――さっきの二倍以上。

「ちっ、再召喚できるのは知っていたが、こんなにも高速で可能なのか」

幽狼犬《ガルム》の特性は、骸骨騎士《スケルトンナイト》の召喚と使役。魔力が枯渇しない限り、無限に呼び出すことができる。過去の戦闘記録には、召喚速度を上回る攻撃で圧倒するしかない、と記されている。俺が舌打ちすると、それが聞こえたのか、幽狼犬《ガルム》は口元を歪《ゆが》めた。

「野郎、笑ってやがる……」

知能が高い悪魔《ビースト》は、総じて残忍だ。幽狼犬《ガルム》も例外ではない。人がそうであるように、獲物を追い詰めることに喜びを感じる性《さが》を持つ。

「マスター、《死霊祓い《エクソシズム》》と次の指示を！」

「わかっている！　理《ことわり》より外れし者たちよ、汝たちに生は無く、また罪も無し！」

レオンに急《せ》かされて、俺は《死霊祓い《エクソシズム》》を再発動した。消滅できた数は、さっきよりも遥《はる》かに少ない。骸骨騎士《スケルトンナイト》の性能が上昇しているということだ。

「コウガ、雑魚共を攪乱《かくらん》しろ！　レオンはコウガを援護！　アルマは幽狼犬《ガルム》に突っ込め！　奴に近づけるのはおまえだけだ！」

俺の指示に従って、三人が行動する。コウガは《桜花狂咲《おうかくるいざき》》を連発して軍勢を攪乱。レオンは防壁《バリア》と遠距離攻撃でコウガを敵から守る。

「《速度上昇《アクセル》》――十二倍《デュデカプル》ッ！」

地上が混戦状態となる中、アルマは壁伝いに幽狼犬《ガルム》へ迫った。そして、最大速度の状態から繰り出される突進。その猛襲を、幽狼犬《ガルム》は軽々と躱《かわ》してのける。

「くそっ！　当たらないっ！」

アルマは必死に追撃するが、攻撃はかすりもしない。暗殺スキル《投擲必中《パーフェクトスロー》》を使った鉄針すら、着弾の瞬間に躱されて岩壁に突き刺さる始末だ。

幽狼犬《ガルム》の動きは、身体能力の差だけでは説明がつかない。おそらく、発達した頭脳――その高度な演算処理能力が、全ての攻撃を完璧に予測しているのだろう。つまり、俺の予知と同じことを行っているのだ。いや、同じどころか、完全に上を行かれている。

だが、幽狼犬《ガルム》がアルマに反撃することはなかった。反撃に転じる際には、幽狼犬《ガルム》とはいえ必ず隙ができる。なら、このまま回避に専念し、アルマが疲れ果てた瞬間を狙うべきだ、とでも考えているのだろう。

生粋のハンター思考だ。これほど圧倒的な戦闘能力差にも拘《かかわ》らず、慢心は欠片《かけら》も無い。

ノーリスクかつ確実な手段で俺たちを殺すつもりだ。

「まずいな……。このままじゃ全滅だ……」

戦況は刻一刻と悪くなる一方。アルマは最大速度の維持に疲弊が見え始め、コウガとレオンも、骸骨騎士《スケルトンナイト》たちを捌《さば》く速度が落ちている。

「やむを得ないな……プランを変更する！　コウガとアルマはレオンを守れ！　レオンは全員に防壁《バリア》を展開後、《日輪極光《セラフィムブレード》》の発動準備！」

騎士《ナイト》スキル《日輪極光《セラフィムブレード》》。魔力を全消費する代わりに、極大威力の熱光線を放つ、騎士《ナイト》の範囲攻撃スキルだ。いかに素早い幽狼犬《ガルム》だろうと、この攻撃は躱せまい。

「マスター、《日輪極光《セラフィムブレード》》は駄目だ！」

レオンが血相を変えて異議を唱える。

「《日輪極光《セラフィムブレード》》を使って勝てなければ、誰が防壁《バリア》を展開し傷を癒す!?　考え直すんだ！」

「黙れッ！　どのみち、このままではジリ貧になるだけだッ!!　だったら、一《いち》か八《ばち》かで逆転を狙うしかないッ!!」

「それはわかっている！　だが――」

「いいからやれ！　マスター命令だッ!!」

俺が強引に反論を退けると、レオンは不本意そうに頷《うなず》く。

「……わかった。各自、援護を頼む！」

レオンは全員に防壁《バリア》を展開後、剣を逆手に持ち替え、腰を深く落とす。即ち、《日輪極光《セラフィムブレード》》

の発動準備だ。異変を察知した骸骨騎士《スケルトンナイト》たちがレオンに群がろうとするが、アルマとコウガが駆けつけ応戦する。俺も魔銃《シルバーフレイム》で、無防備となっているレオンを援護した。

レオンの剣に全魔力が集中し、赤熱で煌々《こうこう》と輝く。発動準備段階にも拘らず、その熱波は流れる川を蒸発させ、岩をも溶かし始めた。俺たちはレオンが展開した防壁《バリア》に守られているが、それでも耐えるのがやっとの熱量だ。

「準備は整った！　マスター、合図をッ！」

レオンが指示を求めた瞬間、幽狼犬《ガルム》は跳躍し峡谷の外に逃れようとする。

「逃がすかよッ！」

だが、俺の撃った魔弾――雷撃弾《サンダーバレット》が、幽狼犬《ガルム》の頭上で弾《はじ》ける。蜘蛛《くも》の巣のように広がる雷撃に、幽狼犬《ガルム》は逃げ道を失った。

「今だ、放てッ!!」

「《日輪極光《セラフィムブレード》》ッ!!」

戦術スキル《戦術展開《タクティシャン》》、戦術スキル《連環の計《アサルトコマンド》》、発動。そして、レオンが横薙《よこな》ぎに剣を振り抜くと同時に放たれる、騎士《ナイト》スキル《日輪極光《セラフィムブレード》》。

俺の支援によって強化された《日輪極光《セラフィムブレード》》は、広大な峡谷を覆い尽くすほどの熱光線となって放出された。その射線上の一切合切が一瞬で蒸発し、骸骨騎士《スケルトンナイト》の軍勢を消滅させたのはもちろん、峡谷の地形すら変形させる。

「…………やったか？」

立ち込める煙のせいで見通しが悪い。俺が目を眇《すが》めて呟《つぶや》いた時だった。

「ウオオオオオォォォォンッ!!」

幽狼犬《ガルム》が三度《みたび》吠え、煙の向こうで骸骨騎士《スケルトンナイト》たちの影が揺らめく。

「ちくしょう……」

レオンの《日輪極光《セラフィムブレード》》が直撃しても、幽狼犬《ガルム》は健在だった。その膨大な魔力で防壁《バリア》を展開し、攻撃を防ぎ切ったのだ。もっとも、あの攻撃を受けて無傷というわけではないはず。また、再々召喚された骸骨騎士《スケルトンナイト》の数も少ない。ダメージを与え、魔力量を減らすことには成功したのだ。だが、俺たちが失ったものは、その比ではない。

《日輪極光《セラフィムブレード》》と《連環の計《アサルトコマンド》》の反動のせいで、レオンは立つこともままならず、地に伏していた。回復薬《ポーション》を飲ませても、戦闘に戻ることは不可能だろう。

「ここまでか……。全員、撤退するぞ！　アルマはレオンを担いで先を行け！　殿《しんがり》は俺とコウガが務める！」

約三キロに渡って続いた撤退戦は、コウガが大型骸骨騎士《スケルトンナイト》の猛攻に押し負けた時点で頓挫した。強烈な大剣の一撃を刀で受け止めたが、その威力を流し切れず岩壁に叩《たた》きつけられたのだ。

「コウガッ!!」

俺が叫ぶと、コウガは膝を突き血の塊を吐く。

「す、すまん、ノエル……。ここまでじゃ……」

骨が折れ、肺を傷つけたに違いない。コウガも戦えない身体《からだ》となった。

「ノエル、危ないッ！」

アルマが俺を突き飛ばしたのと、俺がいた場所を大型骸骨騎士《スケルトンナイト》の大剣が薙《な》ぎ払ったのは、まったく同じタイミングだった。アルマは俺を助けた代わりに、コウガと同じく岩壁に叩きつけられてしまう。

「そ、そんな……」

これで動けるのは俺だけになってしまった。コウガとアルマは負傷で身動きが取れず、レオンも意識こそあるが、倒れ伏したままの状態だ。俺が言葉を失って立ち尽くしていると、骸骨騎士《スケルトンナイト》の隊列が不意に割れた。その奥から、幽狼犬《ガルム》が悠々とやってくる。

——百二十、百十九、百十八、百十七……。

「勝負、アッタナ」

俺の前で立ち止まった巨大な犬は、抑揚の無い人語で言った。

「ナカナカ楽シマセテモラッタ。ダガ、我ニハ届カナカッタナ」

——百、九十九、九十八、九十七……。

「なぜ、骸骨騎士《スケルトンナイト》で止《とど》めを刺さない？　おまえの目的は何だ？」

「我ノ目的ハ貴様ダ。貴様ノ脳ハ優レテイル。生キタママ食ベレバ、我ハ更ニ強クナレルダロウ。人ノ子ヨ、我ガ糧トナルガイイ」

幽狼犬《ガルム》は大口を開き、その乱杭歯《らんぐいば》を露《あら》わにする。

「待てッ！……敗北を認めよう。俺を食いたいのなら、好きにするがいい。だが、その前に、聞きたいことがある」

「ナンダ？　言ッテミロ」

勝利を確信している幽狼犬《ガルム》は、俺の話に耳を傾ける。

「人が作った戦斧《せんぷ》を持つ、人型の魔王《ロード》を知っているか？　奴《やつ》の額には、二本の角が生えている。その戦い方や特性を知っていたら教えてほしい」

「……ナゼ、知リタイ？」

「奴は祖父の仇《かたき》だ。祖父から受けた傷を癒すため魔界《ヴォイド》に逃げ帰ったが、まだ生きている。叶《かな》うなら俺の手で殺したい」

「ツマルトコロ、復讐《フクシュウ》カ。下ランナ」

幽狼犬《ガルム》は嘲るように口元を歪めた。

――七十五、七十四、七十三、七十二……。

「ドノミチ、オマエハ死ヌ。答エルベキ理由ナド無イナ」

やはり答えてくれないか。まあ、いい。最初から期待はしていなかった。必要なのは、こうして会話を持たせることだ。

――六十二、六十一、六十、五十九……。

「話ハ、ソレダケカ？」

「もう一つある。俺と取引しないか？」

「取引ダト？」

取引という単語に、幽狼犬《ガルム》は首を傾《かし》げた。

「俺たちを見逃してくれるなら、良いことを教えてやろう。おまえにとって有意義な情報だ。必ず役に立つ」

「他ノ探索者《シーカー》ヲ売ルツモリカ？　笑止！　貴様ハ兵《ツワモノ》ニ非《アラ》ズ！　ソノ卑劣サヲ、冥府デ悔イルガイイッ!!」

幽狼犬《ガルム》が激怒し吠《ほ》えた瞬間、俺はコートから銀の筒を取り出した。

「慌てるな。他の探索者《シーカー》を売るつもりなんてない。俺が教えたいのは、この筒のことだ」

「……ナンダ、ソノ筒ハ？」

幽狼犬《ガルム》は興味深そうに筒の匂いを嗅いだ。完全に油断している。俺に殺意が無いことを理解しているからだろう。針の先ほどでも敵意を見せれば、その瞬間に頭を齧《かじ》られているはずだ。

「これは噴霧機だ。中に液体を入れると、霧状にして周囲に散布することができる。しかも、遠隔操作が可能だ。こんな風にな」

手の平サイズのスイッチを取り出して押すと、噴霧機が開き霧を放出した。

——三十五、三十四、三十三、三十二……。

「フン、ソンナモノガ、何ノ役ニ立ツ？」

「わからないか？……だとしたら、それがおまえの限界だな」

　鼻で笑ってやると、異変を察した幽狼犬《ガルム》は警戒して一歩下がる。俺に敵意は無いが、敵意が無いからこそ、幽狼犬《ガルム》は行動を迷って後退するしかなかった。

「……貴様、何ヲシタ？」

「だが、おまえがわからないのも当然か。そもそも、おまえが俺に近づいたのは、俺が戦意を失っていると判断したからだ。もし、少しでも反撃する意思を感じ取っていれば、絶対に近づかなかっただろう」

「ナンノ話ダ!?　貴様ハ、何ヲ言ッテイル!?」

　――十三、十二、十一、十……。

　幽狼犬《ガルム》は、更に一歩後ろに下がる。俺が目の前にいるのに、知能が高いからこそ思考の迷路に捕らわれ、迂闊《うかつ》に手を出すことができずにいる。

「そう難しい話じゃない。たしかに、俺に戦意は無かった。今も無い。だが、こう考えるべきだったな。戦意を持つまでもなく、勝敗は既に決していたのだと」

　――五、四、三、二、一……。

「ゼロ。ジャスト、二分だ」

　その瞬間、幽狼犬《ガルム》が崩れ落ちた。そして、泡を吐き、苦しそうに喘《あえ》ぎ始める。まるで、水に溺れているかのように。

「馬鹿ナ!?　コレハ……毒ダト!?　攻撃ハ全テ躱シタハズダッ！」

「いいや、おまえは全ての攻撃を躱《かわ》してなどいない。俺たちが逃げてきたこの場所には、さっき説明した噴霧機を、事前にいくつも仕込んでおいたのさ。中身はもちろん、猛毒だ。おまえは、その空気をたっぷりと吸い込んだ。つまり、この場所に入った時点で、おまえは負けていたんだよ。俺に戦意が無かったのは、そのせいだ」

「ア、アリ、エン……。ナラ、貴様タチモ毒ニ侵サレルハズ……」

「この毒は悪魔《ビースト》にだけ効果があるんだよ。人体には全くの無害。そうだろ、アルマ？」

俺が話を振ると、アルマは座り込んだまま頷いた。

「無色無臭ですぐに気化し、この毒を体内に取り込んだ悪魔《ビースト》は、約二分で血液中の赤血球が溶解する。つまり、深刻な酸欠状態になるってこと。ボクの血液が材料だから大量生産はできないけど、間違いなく最高傑作」

暗殺スキル《劇薬精製《ブラッドポイズン》》。準備期間中に用意できた量は約一リットルだが、アルマが消費した血液量は、その何倍もの量だ。輸血で血液を補充することはできたものの、体力の消耗が激しく、何度も繰り返せる作業ではなかった。

「というわけだ。おわかりいただけたかな？」

「ググッ……骸骨騎士《スケルトンナイト》ッ!!　ソノ人間ヲ殺セッ!!」

幽狼犬《ガルム》は息も絶え絶えの状態で、骸骨騎士《スケルトンナイト》たちに俺を襲うよう指示を出す。

「理《ことわり》より外れし者たちよ、汝《なんじ》たちに生は無く、また罪も無し」

だが、骸骨騎士《スケルトンナイト》たちは、俺の《死霊祓い《エクソシスム》》によってことごとく消滅した。召喚主の幽狼犬《ガルム》が弱っているせいで、魔力の供給が不十分となり、性能が大幅に落ちていたからだ。もはや、骸骨騎士《スケルトンナイト》など恐れるに値しない。軍勢を失った魔犬の王は、悔しそうに牙を剝《む》く。

「貴様、敗走シタノハ、ココニ誘イ出スタメノ、演技ダッタノカ……」

「良い演技だったろ？　脚本を書いたのも、演技指導したのも俺だ。だが、全てが演技だったわけじゃない。おまえに全力を出させるために、俺たちも全力で戦う必要があったからな。——頑張って自己再生を試みているようだが、魔力が足りないから無理だろ？」

レオンの《日輪極光《セラフィムブレード》》を防いだ魔力、そして三度の大規模召喚に費やした魔力、その総量を考えれば、この状態から自己再生できる魔力は残っていない。もし、最初から毒だけで倒そうとしていたら、すぐに自己再生されていただけでなく、警戒され二度と同じ手は通じなかっただろう。なにより、何度も使えるほど毒は無い。

本気で戦い、本気で追い詰められたからこそ、俺よりも思考演算能力に優れた幽狼犬《ガルム》を油断させ、罠《わな》に嵌《は》めることができたのである。

「作戦とはいえ、酷《ひど》い目におうたわ。こん戦いのことじゃのうて、ノエルの演技指導は、ほんま辛《つら》かったぁ……。じゃが、それも報われたのう」

コウガが口元の血を拭って立ち上がる。弱音を吐いたのは演技だったが、ダメージは本物だ。レオンとアルマも立ち上がろうとするが、俺は休んでいるよう手で制した。皆よく戦ってくれた。ここから先は、俺一人で十分だ。

幽狼犬《ガルム》は震える足で立ち上がり、俺と対峙《たいじ》する。そして、最後の力を振り絞り、飛び掛かってきた。だが、その爪と牙が届くよりも先に、俺は引き金を絞る。

霊髄弾《ガルムバレット》、着弾。――魔弾は幽狼犬《ガルム》の首を穿《うが》ち、そこで爆発を起こす。千切れた幽狼犬《ガルム》の首が宙を舞った時、朗々とした声が響いた。

「兵《ツワモノ》ヨ、見事ナリッ!!」

地面に落ちた幽狼犬《ガルム》の首は、満足そうに笑っていた。

「恨み言を言うでもなく、勝者に称賛を送るとはな。悪魔《ビースト》にも矜持《きょうじ》があるとは驚きだ」

俺は魔銃《シルバーフレイム》をホルスターに収め、最後の指示を出す。

「戦闘行動、終了」


「討伐対象の撃破、並びに深淵《アビス》の浄化、たしかに確認ができました」

監察官であるハロルドが、満面の笑みを見せる。深度八以上の悪魔《ビースト》が現界した深淵《アビス》は、周囲への被害を防ぐため、探索者《シーカー》協会の職員たちが直接管理する慣《なら》わしだ。ハロルドもまた、この現場に陣取っていたのである。

「深度九の悪魔《ビースト》を討伐したとなれば、ますますあなた方の名は広まることでしょう」

「これぐらい、できて当然だ」

「謙遜ですか？　傲慢ですか？　まあ、私としては、結果さえ出して頂けるのなら、どちらでも構いませんがね」

ハロルドは飄々《ひょうひょう》とした態度で笑い、胸のポケットから煙草《たばこ》の箱を取り出す。

「そういえば、それも有名になっていますよ」

煙を吹かすハロルドが指差したのは、俺が首に掛けているペンダント——嵐翼《ワイルドテンペスト》の蛇のシンボルである、銀の翼を生やした蛇だ。

「どのクランにも愛称というものがありますが、あなた方の場合、そのシンボルから蛇と呼ぶ人が多いです。今や、帝都で蛇と言えば、嵐翼《ワイルドテンペスト》の蛇のことであり、あなたを示す」

「蛇は繁栄と不死の象徴だ。縁起が良いだろ？」

「おや、私はてっきり、自戒を込めて蛇にしたのだと思っていましたが？」

「あぁっ？　どういう意味だ、糞爺《くそじじい》？」

俺が睨《にら》み付けると、ハロルドはそっぽを向き、煙で輪っかを作り始めた。

「ノエル、応援者《サポーター》との応対が終わったよ。これから作業に入ってくれるそうだ」

隣にレオンがやってくる。その背後には、幽狼犬《ガルム》を帝都まで持ち帰るために雇った、応援者協会《サポートギルド》の職員たちの姿が見える。応援者《サポーター》は探索者《シーカー》の活動をサポートしてくれる業者だ。悪魔《ビースト》の解体や運搬も、彼らの仕事である。幽狼犬《ガルム》の巨体を俺たちだけで持ち運ぶことは不可能だ。だから、事前に契約していたのである。

深淵《アビス》の外で待機していた応援者《サポーター》たちは、幽狼犬《ガルム》を手際良く解体し、複数の馬車に載せていく。死体のまま放置すると素材の価値が下がるため、貴重な技術だ。アルマとコウガは彼らの熟練した業前に感動したらしく、子どものような眼《め》で作業の見学をしている。

「ノエル、ちょっといいかな？」

レオンは二人で話したいことがあるようだ。俺が頷《うなず》くと、岩陰へ案内された。

「ここから先、どう動くつもりだい？」

腕を組みながら岩肌に背中を預けるレオン。その表情は硬い。

「ノエル、君が凄《すご》いことは認める。今の俺たちが幽狼犬《ガルム》を倒せたのは、君の活躍が大きい。君がいなければ、絶対に勝てない敵だった」

「チームの勝利だ。誰一人欠けても勝てなかった」

「そうだね。嵐翼の蛇《ワイルドテンペスト》は良いチームだ。もっと上に行ける可能性を秘めている」

だけど、とレオンは眉間に皺《しわ》を作る。

「今回の戦いで確信した。俺たちが半年で七星《レガリア》になるには、正攻法じゃ無理だ。仮にヒューゴの冤罪《えんざい》を晴らし、仲間にできたとしても、戦力と実績、知名度、なにより資金が圧倒的に足りない」

レオンは言葉を区切り、深刻な表情で何故《なぜ》ならと続ける。

「七星《レガリア》になるということは、既存の七星《レガリア》を引きずり下ろす、ということだからだ。そのことについて、君がどんな策を持っているのか、サブマスターとして知っておきたい」

七星《レガリア》の席は、文字通り七つ。既存のクランを排除できなければ、俺たちの席は無い。そして、俺たちがこのまま成長を続けても、レオンが言う通り七星《レガリア》を超えることは不可能だろう。積み上げてきたものが、まるで違うのだ。

「ノエル、答えてくれ。君は俺に、最強の探索者《シーカー》になると誓ったはずだ」

「もちろん、策はあるさ。逆に考えればいい。俺たちが七星《レガリア》に勝てる要素は何だ？」

「勝てる要素？　そんなものがあるのかい？」

訝《いぶか》し気な表情で首を傾げるレオンに、俺は笑った。

「あるよ。それは、金だ」

「金だって!?　俺たちが一番勝てない要素じゃないか！　七星《レガリア》の資金力は膨大だ！　七星《レガリア》には特権として、飛空艇を所持できる権限を与えられるけど、逆を言えば飛空艇を建造できるほどの財力が資格の一つとなる。その建造に必要な最低額は――」

「八百億フィル、だろ？」

先に答えた俺に、レオンは頷く。

「そう、最低でも八百億フィル。そして、俺たちが死闘の果てに倒した幽狼犬《ガルム》の報酬が、素材売却金も合わせて約一億五千万フィル。これを全てクラン資金に回したとしても、単純計算で約五百三十回こなす必要がある。明らかに日数が足りない。なにより、今日のような戦いを休み無く続けたら、俺たちの身体《からだ》が持たない」

「その通りだ。だが、もっと柔軟に考えろ。探索者《シーカー》だからといって、悪魔《ビースト》を討伐することだけが金を稼ぐ方法じゃない。――俺はまず、スポンサーを得るつもりだ」

有名な探索者《シーカー》のスポンサーになりたがる富豪や貴族は多い。スポンサーになることで自らの名声も上がり、新たな事業を興す時の地盤となるからだ。経済の仕組みは、いつだって金が金を呼ぶ。探索者《シーカー》とスポンサーの関係も同じだ。

「良い策だとは思うけど、八百億に到達するほどの資金は得られないんじゃないかな……。一人や二人のスポンサーじゃ、焼け石に水だと思う」

「だったら、何十人ものスポンサーを得るまでさ」

「ど、どうやって？」

「ヒューゴ・コッペリウス」

俺が呟《つぶや》いた名前に、レオンは目を見開いた。そして、怒気を漲《みなぎ》らせる。

「……彼を助けるのは、戦力を得ることよりも、それが目的だったのか。冤罪を晴らすことをショーにし、民衆からの支持を得るつもりなんだね？」

頭の回転が速くて助かる。まさしく、それが俺の計画だった。

「民衆はいつだって、英雄《ヒーロー》を求めている。そして、英雄の条件とは、人々を苦しめる怪物を殺すことだ。善良な市民を冤罪で投獄した悪辣な司法省、その存在は怪物以外の何物でもない。誰もが英雄に滅ぼされることを願うだろう」

「そして、民衆から絶大な支持を得た英雄は、その知名度を利用することで、多くのスポンサーをも得る、という筋書きか……」

「その通り！」

俺は指を鳴らして、陽気に笑った。

「もちろん、これは計画の一部だ。全ての計画が達成された時、俺たちは探索者《シーカー》の頂点に立っているだろう。必ずな」

「なるほど、ね……」

レオンは冷たい言葉で呟き、俺をじっと見る。

「ノエル、安心したよ。やっぱり、君は俺の見込んだ通りの男だ」

踵《きびす》を返し去っていくレオン。その背中に向かって、俺は言った。

「レオン、おまえはおまえだ。俺に迎合する必要はない。おまえはおまえの信じる道を生きろ。サブマスターにイエスマンは必要ない」

俺の言葉にレオンは足を止め、わざとらしいほど大きな溜《た》め息《いき》を吐《つ》いた。

「……言われなくても、わかっているよ。君の計画に反対意見は無い。ただそれだけさ。人はもっと他人を利用するべき、か。実に素晴らしい考え方だね」

空々しい口振りには、不満がありありと滲《にじ》み出ている。理屈はわかるが、個人的には納得できない、と考えているのだろう。そのことを責めるつもりはない。だが、レオンにも果たしてもらう役割があった。

「待て。話はまだ終わっていない。レオン、おまえに仕事を与える」

「仕事だって？」

レオンは肩越しにこちらを振り返る。

「ああ、おまえが好きそうな仕事だ」

俺が口元を歪《ゆが》めると、レオンは露骨に嫌そうな顔をした。

幽狼犬《ガルム》の討伐に成功した俺たちは、各新聞社を通して、その名を帝都だけでなく帝国中に広めつつある。とても望ましい傾向だ。この知名度を利用すれば、俺の計画の成功率は格段に跳ね上がるだろう。

†

「ノエルさ～ん、いますか～？」

時刻は正午前。ドアをノックする音と共に、舌足らずな声が俺を呼ぶ。俺が下宿している星の雫館《しずく》、その看板娘のマリーだ。星の雫館もランチの準備で慌しくなる時間帯。なのに、マリーの声はどこまでものんびりとしていた。

扉を開くと、背の低いマリーは、俺を見上げながら柔らかく微笑《ほほえ》む。

「ああ、いましたね。よかったれす」

「どうかしたのか？」

「ノエルさんに、お客さんが来てます。通してもよろしいれしょうか？」

「ひょっとして、モダン・オピニオンって新聞社の記者か？」

「そうれすそうれす、新聞記者さんれす。会う約束をされていたんれすよね？」

俺は頷いた。モダン・オピニオンからは、インタビューをしたいと頼まれていたのだ。

「部屋に通してくれるか？」

「わかりました～。……れも、イケメンさんじゃないれすよ？」

「イケメンか否かが、今ここで何の関係があるんだ……」

「らって、イケメンとイケメンの組み合わせの方が映えるじゃないれすか。ノエルさんも密室で二人きりになるなら、イケメンの方が嬉《うれ》しいれしょ？」

「……はっきり言っておくが、そっちの趣味は無い」

「ええっ!?　嘘《うそ》れしょ!?」

「おまえなぁ……」

この糞《くそ》ガキ、日に日に酷《ひど》くなっていくな。十歳でこれだと、大人になったらどうなるんだろうか？……考えるだけで恐ろしい。

「ノエルさん、恐れる必要は無いんれすよ？　神は言いました、イケメンはイケメンと結ばれるべし、と。それが自然の摂理なのれす」

「どこの邪神だ。マリーちゃん、そろそろお医者さんに頭を診てもらった方がいいね。それとも、頭蓋骨に穴を開けて脳を弄《いじ》ってもらおうか？」

「マリーは間違っていません！　間違っているのは、この世界の方れす！」

「とんでもないこと言い出したぞ、この糞ガキ。世界を守るため、今のうちに殺すか」

「わー！　わー！　暴力は反対れすッ!!」

慌てて逃げ去っていく小さな背中を見送り、俺は大きな溜め息を吐いた。

「あのお子様、本当にどんな大人になるんだろうなぁ……」

「はじめまして、モダン・オピニオンのトーマスです」

部屋に入ってきたのは、眼鏡をかけたインテリ風のおっさんだった。俺たちは椅子に座り、テーブル越しに向かい合う。

「本日はお忙しい中、インタビューを快諾してくださり、誠にありがとうございます」

インタビューは当たり障り無く進んだ。だが、先ほどからトーマスは、妙に腕時計を気にしている。無意識なのだろう、十分の間に五回も確認していた。

「この後に大切な用事でもあるのか？」

「えっ!? あ、いやその……ははは……」

俺が指摘すると、トーマスは申し訳なさそうに頭を下げた。

「インタビュー中に失礼しました。……実は、この後に探索者協会《シーカー》が大きな発表をするらしく、私もそちらに出向く必要がありまして……」

「なるほど、そういう理由か」

間違いなく冥獄十王《ヴァリアント》の件だな。大災害級の危険がある冥獄十王《ヴァリアント》が現界するとなれば、経済にも大きな影響を及ぼす。発表するなら、この時期だろう。ちょうど良いタイミングだ。

機に乗じるとするか。

「探索者協会《シーカー》の発表は、一年後に冥獄十王《ヴァリアント》が現界する非常事態を報《しら》せるものだ」

俺のリークに、トーマスは目を見開く。

「……ほ、本当なんですか？」

「本当だ。担当監察官から聞いた話だから間違いない。口止めはされていたが、この後すぐに発表があるなら話しても問題無いだろう。クランの創設に厳格な審査が必要になったのも、一年後の決戦で戦力になりうる探索者《シーカー》を絞るための方策だ」

「な、なるほど。では、間違いありませんね。しかし、冥獄十王《ヴァリアント》が一年後に現界？……これは帝国中が荒れるぞ」

腕を組み考え込むトーマス。俺はテーブルに乗り出し微笑んだ。

「トーマスさん、あんたに提案がある。討論会《シンポジウム》を開くのはどうだろうか？」

「討論会《シンポジウム》、ですか？」

首を傾《かし》げるトーマスに俺は頷き、話を続ける。

「冥獄十王《ヴァリアント》という大災厄に対して、大手クランがどのように挑むかは、国民全てが気になるところのはず。それを、各クランのマスターが討論し合い、あんたの会社が独占的に記事にするんだ。話題性は保証するぜ」

「い、いいですね、それッ！　素晴らしいアイディアですッ！」

トーマスは眼《め》をギラつかせて腰を浮かせた。

「是非とも我が社で行わせてください！　全面的に協力致します！」

「なら、会場の手配と準備を頼もうか。話題性を高めるために豪華なイベントにしよう。探索者《シーカー》だけでなく、金持ちや著名人も呼びたいな」

「わかりました。会場はお任せください。招待客の選出の方は、ノエルさんに任せてもよろしいのでしょうか？」

「ああ、それは俺が担当しよう」

「ですが、他のクランマスターは、賛同してくれるでしょうか？」

トーマスの心配は当然だ。俺はクランを創設したばかりの新参マスター。そんな若造の企画に参加する奴《やつ》はいないだろう。だから、あの男を利用する。

「問題無い。討論会《シンポジウム》は、別の探索者《シーカー》の名前で開く」

「その探索者《シーカー》とは？」

トーマスの質問に、俺は微笑む。

「帝都最強クラン、覇龍隊のサブマスター、ジーク・ファンスタイン」

俺はトーマスと別れた後、帝都から早馬を使って一時間の距離に位置する、険しい岩山にきていた。岩肌は鋭く、まともな登山道は存在しない。岩壁をよじ登る必要もあり、常に鍛えている俺でも、頂上に辿《たど》り着くのは容易ではなかった。

山頂は空気が薄く、氷のように冷たい風が吹き荒《すさ》んでいる。とても、人が長居できる場所ではない。だが、ロキの話によれば、ジークはここによく来るらしい。その姿を探して周囲を見回していると、奇怪な光景が飛び込んできた。

「山が、動いている……」

正確には、岩肌の一部が、上下に動いている。近づき正体を確認した俺は、驚愕《きょうがく》のあまり言葉を失った。そこでは、一人の男が、小山ほどもある岩塊を持ち上げていたのだ。岩塊の大きさから重さを推測したところ、約四千トンはあるだろう。しかも、その岩を持ち上げた状態で、男はスクワットをしていた。

もはや人の為《な》せる業ではない。人を超えた、神域の力だ。

「これが、現役EXランクの力か……」

やがて、男は――ジーク・ファンスタインは、持ち上げていた岩塊を遠くへと放り投げる。その衝撃で落雷のような轟音《ごうおん》が鳴り響き、地面が大きく揺れ動いた。

裸の上半身から湯気を立ち昇らせているジークは、足元の鞄《かばん》からタオルを取り出し汗を拭く。人外の膂力《りょりょく》を誇った肉体は、だが肥大化はしておらず、細くしなやかだ。

髪を拭き終えたジークは、こちらを振り返ると、少し驚きながらも柔らかく微笑んだ。

「これは珍しいお客さんだ」

「あんた、意外と努力家なんだな。まさか、こんな常軌を逸したトレーニングをしているなんて、夢にも思わなかったよ。少し見直した」

「お褒め頂き、ありがとう。でも、努力家というのは、嬉しい言葉じゃないな」

ジークは水筒を取り出して喉を潤してから続ける。

「ノエル君、君にならわかるはずだ。努力なんて言葉、なんの誉れにもならない。僕たちに必要なのは結果だけ。こうやって汗にまみれていることは、むしろ恥だ。もし叶《かな》うなら、努力なんて泡沫《うたかた》の如《ごと》く消え、結果だけが残ってほしいね」

なるほど、と俺は笑って頷《うなず》いた。

「たしかに、同意できる話だな。この世界では結果こそが全てだ」

「それで、何の用なんだい？　わざわざ、こんなところまで会いに来たんだ。帝都ではできない話のようだね」

「あんたに頼みたいことがある。聞いてくれるか？」

「君には酷いことを言われた記憶があるんだが……。まあ僕も大人だ、過去は水に流すとしよう。聞くだけなら聞いてあげてもいいよ」

「感謝する。俺の頼みというのは、あんたの名前を貸してもらうことだ」

俺はモダン・オピニオンと企画している、討論会《シンポジウム》について説明した。話を聞き終えたジークは、興味深そうな顔で顎を撫《な》でる。

「なかなか面白そうだね。目的は、討論会《シンポジウム》の中で、スポンサーを探すことかな？」

「ああ、その通りだ。金が必要なんでね」

俺が頷くと、ジークは意地の悪そうな笑みを浮かべる。

「だけど、君のような新参が討論会《シンポジウム》で何を語ったところで、大したスポンサーは得られないだろうね。だから、血まみれの剝製師《レザーマスク》――ヒューゴ・コッペリウスの冤罪《えんざい》事件を利用し、自分の名声に繫《つな》げようってわけだ？」

「へえ、知っていたのか」

俺がロキという情報屋を抱えているように、ジークも独自の情報網を持っているのだろう。知っていたところで驚くべきことは何も無い。

「ヒューゴの才能には、覇龍隊《僕たち》も目を付けていたからね。今でも色々と詳しいんだ。結局、コストの問題で釈放させるのは諦めるしかなかったけど」

「コストの問題？　おまえたちに成し遂げるだけの才覚が無かっただけだろ？」

俺が鼻先で笑って指摘すると、ジークは肩を竦《すく》めた。

「否定はしないね。だけど、君にはできるのかな？　ヒューゴを利用するためには、まず冤罪を晴らさないといけない。だが、単に証拠を集めただけじゃ駄目だ。権威主義の司法省が簡単に過ちを認めるわけがない。一歩間違えば、国家反逆罪で君も牢獄《ろうごく》行きさ」

「俺の職能《ジョブ》を忘れたのか？　これから挑む舞台は、俺のテリトリーだ」

「へえ、大した自信だ。是非、君の雄姿を特等席で見たいね」

だけど、とジークは冷笑を浮かべた。

「ノエル君、君は競合相手だ。その計画が上手《うま》くいったら、僕には都合が悪いんだよ。クランの皆にも怒られる。なのに、僕が君の頼みを引き受ける理由があるのかな？」

「もちろん、礼はするつもりだ」

「ほう、君如きが、この僕に何をくれるって言うんだい？」

「リオウと戦わせてやる」

俺が告げると、ジークの顔から表情が消えた。

探索者《シーカー》の聖地である帝都には、二人の最強がいる。一人は、目の前にいる覇龍隊のサブマスター、ジーク・ファンスタイン。そして、もう一人が、百鬼夜行のマスターである、リオウ・エディンだ。

クランの格は覇龍隊の方が上だが、現在の帝都では、この二人を同列に扱う風潮がある。だが、プライドの高いジークは、そう扱われることに不満を持っていた。リオウとどっちが強いか、白黒つけたいと考えてさえいる。その苛立《いらだ》ちは、前回会った時によくわかった。もっとも、互いに地位ある立場。身勝手な私闘なんて許されるわけがない。

そう、自分を納得させ続けてきたことを、俺は見抜いている。

「リオウと戦いたいんだろ？　俺なら、それを叶えてやれる」

「たしかに、僕はリオウと戦いたい。いい加減、どっちが真の最強か、はっきりさせたいからね。でも、僕は地位ある立場だ。命の危険がある私闘をすることは許されていない」

「だから、誰もが認める場で、生死を気にすることなく存分に戦わせてやる」

「……どうやって？」

俺はすぐに答えを言わず、順序立てて説明することにした。

「嵐翼の蛇《ワイルドテンペスト》は、半年後に七星《レガリア》となる」

俺の宣言に、ジークは何も言わなかった。可能だと思っているのかはわからないが、少なくとも不可能だと笑うことはなかった。最強クランのサブマスターが、だ。ジークは黙することで、ただ先を促している。

「七星《レガリア》は皇帝から与えられる称号。つまり、謁見が叶うことになる。その時、俺はある計画を、皇帝に提案するつもりだ」

「ある計画？」

「全探索者《シーカー》の出場権利を認めた、闘技大会の開催だ」

「なんだって!?」

目を丸くして驚くジークに、俺は説明を続ける。

「あんたも知っているだろうが、この帝国に冥獄十王《ヴァリアント》が現界する。国民の不安を思えば、それを解消する盛大な催し物が必要だ。皇帝は必ず俺の提案を呑《の》む。そして、皇帝の名に於《お》いて開催される以上、多くの名立たる探索者《シーカー》たちもまた、自分の実力を広く示せる闘技大会への出場を望むはずだ。特に、冥獄十王《ヴァリアント》と直接戦うことになる、七星《レガリア》はな」

冥獄十王《ヴァリアント》には、七星《レガリア》の同盟《アライアンス》で挑むことになるだろう。となると、誰が総指揮を取るのか、という話になる。実績を考えれば、覇龍隊のマスターであるヴィクトルだ。だが、ヴィクトルは歳《とし》を取り過ぎている。前線で指揮を取りながら戦うことは不可能だ。

ヴィクトルが除外される以上、他の七星《レガリア》マスターの誰もが、総指揮権を得られるチャンスを持っている。そして、総指揮権を得るためには——自らの実力を改めて公に示すためには、俺が企画する闘技大会こそが最適の舞台になるだろう。

もちろん、この俺にとっても。

「なるほど、なるほどなるほど……なるほど！　そのアイディアは、盲点だったな。ルールで対戦相手の殺害を禁じれば、たしかにリオウと戦うことができる。しかも、皇帝が認めた闘技大会なら、僕が参加しても問題視されることはない」

「その通り。ルールについてはまだ考案中だが、誰もが優勝できるよう、ランク差のある者同士でも正面から闘《や》り合える内容にする予定だ」

「それも面白いアイディアだね。でも、そんなにペラペラと喋《しゃべ》っていいのかい？　そのアイディアを盗んで、僕が自分で開くことも可能なんだよ？　今ここで君を殺せば、誰も他人が考えたアイディアだなんて思わないだろうからね。しかも都合良く、ここは滅多に誰も訪れることがない場所ときている」

見え透いたジークの脅しに、俺は失笑した。

「心にも無いことを言わない方が良い。あんたは自分で闘技大会を開くよりも、俺を利用した方が早いと考えている。なにより、リオウに『出場してくれ』と頼めるのか？」

「……痛いところを突く。プライドというのは本当に厄介だね」

ジークは渋い顔をして、俺に背を向けた。

「いいだろう、君の策に乗ってやる。僕の名前を貸してあげるから、七星《レガリア》になった暁には、必ず闘技大会を開いてくれ」

「了承した。俺の祖父、ブランドン・シュトーレンの名に誓おう」

話はまとまった。踵《きびす》を返して去ろうとした時、不意にジークが話を続ける。

「ノエル君、一つ聞きたい。君は、僕とリオウ、どっちが強いと思う？」

「……俺はリオウと直接会ったことはない。だが、奴の戦闘記録を見る限りでは、リオウの方が強い。真に最強の探索者《シーカー》は、間違いなくリオウだ」

ジークが規格外に強いのも事実だ。だが、同じEXランクであっても、俺の予想ではリオウの方が遥《はる》かに優れている。

「そうか、君の分析を信じるとしよう。つまり、僕は挑戦者《チャレンジャー》になるってわけか。この僕が。……………燃えるぜ」

瞬間、ジークから壮絶な闘気が放たれた。背中を向けているので顔はわからないが、きっとジークは深い笑みを浮かべていることだろう。

「あんたのそういうところ、嫌いじゃない」

小さく呟《つぶや》いた言葉は、吹き荒ぶ風に巻かれ、ジークに届くことなく消えた。

†

「かーっ！　疲れた身体《からだ》に、染み渡るのうっ！」

レオンの隣に座るコウガが、極上の酒を味わうかのように、水筒の水を飲み干した。燦《さん》燦《さん》と降り注ぐ太陽が眩《まぶ》しい。正午、レオンとコウガは帝都の市壁付近にいた。目的は市壁の修繕作業、そのボランティアだ。

帝都の市壁には防壁《バリア》機構が組み込まれており、これを発動することで、敵の侵攻を阻むことができる。付近で深淵《アビス》が発生した際、帝都を防衛するための大規模な仕掛けだ。最先端の技術が導入された市壁だが、市壁自体はただの石材なので、経年劣化によって脆《もろ》くなった部分は、定期的に修繕しなければいけない。

帝都を取り囲む市壁は長大だ。技術者だけでは手が足りないため、彼らの監督下で働いてくれる大勢の労働力が求められる。集まる者たちの大半は、日雇い労働者だ。だが、中にはボランティアも多い。愛すべき故郷のために働きたいと考えるのは、決して珍しい考えではなかった。

レオンとコウガも、参加理由はボランティアだ。だが、帝都に愛着があるためではなく、それがノエルの命令だったからである。

「まったく、ノエルの思いつきには呆《あき》れるわい。クランの評判をようしたいから、ボランティア活動をしろって言われた時は、どついたろうかと思うたわ。誰が無茶したせいで、評判が悪なったと思っとんじゃ、あいつは」

小休憩中、ノエルへの愚痴を零《こぼ》したコウガは、首から下げている蛇のペンダントを指で弾《はじ》く。レオンは苦笑交じりに、もっともだと頷いた。

「とはいえ、悪い作戦ではないと思うよ。地道な活動にはなるけれど、こうやって街の人たちに探索者《シーカー》以外の顔を覚えてもらえれば、たしかにクランの評判は良くなる。そして、クランの評判が良くなれば、他のクランから妨害行為を受け難《にく》くなる」

探索者《シーカー》同士の足の引っ張り合いは、どこにだってある。悪評を流して信用度を下げたり、直接的な暴力で排除しようとしたり、競合相手には容赦しないのが常だ。だが、どんなクランでも妨害されるわけではない。知名度が高いクランは対象となり難い。迂闊《うかつ》に手を出せば、自分たちの評判が悪くなるためだ。

その点を鑑みると、ボランティア活動で市民感情を味方にする作戦は、妨害対策として非常に効果的だ。実際、レオンとコウガに対する、同じボランティア参加者たちからの評判はすこぶる良い。暴力を生業《なりわい》とする探索者《シーカー》の意外な一面を知った彼らは、心的印象を大きく見直している様子だった。

「二人とも、これを食べてくれよ。うちのカミさんが作ったハチミツ漬けレモンだ」

「探索者《シーカー》の仕事もあるのに偉いわねぇ。どう？　うちの娘とお見合いしない？」

「まだお若いのに、立派な人たちだ。あなた方がいれば、帝都の将来も安泰ですな」

そういった参加者たちの声は多く、彼らが知人と話を共有することで、更に嵐翼《ワイルドテンペスト》の蛇の評判は良くなっていくだろう。民衆を味方にしたクランを敵に回すということは、民衆をも敵にするということ。よほど愚かな者たちか、あるいは社会に圧倒的な影響力を持っている者たちでなければ、決して手を出してきたりはしないはずだ。

「ノエルに仕事を頼まれた時は、どんな悪事に加担させられるかと怖かったけど、人に感謝してもらえる仕事なら悪い気はしないな」

レオンはハチミツ漬けレモンを齧《かじ》り、穏やかに笑った。もちろん、思うところが全く無いわけではない。暗に、おまえに足りなかったのは、こういう細やかさだ、と窘《たしな》められている気もする。

た。天翼騎士団に所属していた時は、ボランティア活動に参加するなんて、考えもしなかった。孤児院に募金をしたことはあるが、目的あっての行為ではなく、単なる気まぐれだった。他の探索者《シーカー》たちも、似たようなものだろう。

「彼は優秀だ。社会で必要な立ち回りをよく理解している」

「優秀なんは知っとるが、肝心のあいつが参加しとらんのが気に食わん」

「ハハハ、あっちはあっちで準備があるみたいだからね」

「討論会《シンポジウム》じゃろ？　ま～た、悪巧みをしとるんじゃろうなぁ……」

違いない、とレオンは笑った。それから、ふと気になった。

「コウガ、君はどうして、ノエルの下で働こうと考えたんだい？　色々な事情があったのは聞いている。でも、アルマはともかく、君はノエルと意見が合わないことが多いんじゃないかな？」

行動を共にするようになってわかったが、コウガは善人だ。人懐こく社交性もあるため、ノエルに拘《こだわ》らなくても、働き口はいくらでもあるだろう。また、レオンのように、ノエルとビジネスパートナーになる目的があるわけでもない。だから、不思議だった。

「そりゃあ、あいつは特別じゃからのう。ワシも剣の腕にゃあ自信があるが、剣はどこまでいっても剣じゃ。こん世界で価値を得るためにゃあ、根性があって頭のキレる持ち主が必要じゃけぇ」

「そのためなら、多少の不平不満には目を瞑《つぶ》れるってことかい？」

「ワシが納得できとるからのう。そいが一番大事じゃろ？」

「……たしかに、そうかもしれないね」

レオンが頷《うなず》いた時だった。現場監督の男がやってくる。

「ああ、ここにいたのか。建材の到着が遅れているから、今日の作業は中止になったよ。君たちも、もう上がってくれて構わない」

「わかりました。では、また後日に参加させてもらいます」

レオンが立ち上がって頷くと、コウガも腰を上げた。

「今日のボランティアは、もう終わりかのう？」

「いや、ここでの活動は早く終わったけど、四時間後に孤児院を訪れる約束になっている。シスター達《たち》が仕事をする間、子ども達の相手をするボランティアだね」

「子ども達の遊び相手ちゅうわけか。そりゃ、楽そうじゃのう」

「そうだね。とりあえず、食事をしながら時間を潰そうか」

レオンとコウガは談笑しながら繁華街に足を運んだ。


「ぎぃやあああぁぁぁっ、死ねぇぇぇえええぇぇッ‼」

「「いだだだだだだっ！　痛い痛いっ‼」」

猿叫と聞き間違うほどの声を上げながら、レオンとコウガに群がる子ども達。髪の毛を引っ張られ、身体中を小突かれ、棒で突かれる拷問に、レオンとコウガは悲鳴を上げるしかなかった。

「レオン、これのどこが楽なんじゃ!?　うえっ、口の中に砂を詰め込もうとすんな!」

「お、俺に言うなよ!　ちょ、ちょっと、服を脱がすのは止《や》めなさい!　止めなさい!」

一切の容赦がない子ども達に、二人はやられ放題の有様だ。抵抗しようにも、相手が小さな子どもでは加減が難しい。いっそのこと投げ飛ばしたい衝動に駆られながらも、二人はひたすら我慢を続けるしかなかった。

「あらあら、すっかり人気者ですね」

シスター達が微笑《ほほえ》ましいものでも見るような眼差《まなざ》しを向けてくる。この孤児院を運営する、聖導十字架教会のシスター達だ。どうやら彼女たちの目玉はガラス製らしい。

「こ、この地獄、いつまで続くんじゃ!?」

「あ、あと、三時間ぐらい……」

「嘘《うそ》じゃろ!?　どう考えても身が持たんぞ!」

レオンとコウガが死を覚悟した時だった。

「おい!　なんとか言ったらどうだ!?」

不意に誰かを恫喝《どうかつ》する声が聞こえた。視線を向けると、孤児院の入り口でシスターが二人組のチンピラに絡まれていた。

「いい加減、この土地の権利書を渡せっつってんだよ!」

「だ、だから、それはお断りすると何度も……」

「ふざけんじゃねえッ！　さっさと出すもの出しやがれッ！」

話を聞く限り、チンピラ達の正体は地上げ屋らしい。おそらく、この辺りを再開発したい者がいるのだろう。売却に応じない者を脅して回っているようだ。チンピラ達の恫喝に、応対しているシスターは恐怖で萎縮し切っていた。

「おい、レオン……」

「ああ、わかっている」

コウガに問われて、レオンは頷く。あれほどの暴君振りを発揮していた子ども達も、今は大人しくなり、シスターを心配そうに見ていた。レオンには関係の無い話ではあるが、悪漢のせいで困っている人を見捨てる気など無い。

「あなた方、何をしているんですか!?」

だが、レオンが助けようとするよりも早く、金髪の青年が血相を変えて、シスターとチンピラの間に割って入った。黒い詰襟の服装から判断して神父らしい。歳《とし》は若く痩身で、顔にはそばかすがある。柔和な顔立ちの青年だ。

「ここは教会に連なる家です。狼藉《ろうぜき》は許しませんよ」

「これはこれは、神父様。良いところに来てくださいました」

シスターを守るように両手を広げる神父に、チンピラは下卑た笑みを浮かべる。

「この土地を俺たちに譲るよう、あなたからも言ってくださいよ」

「どうして、私がそんなことを……」

「どうして？　あなた、神父なのに何も知らないんですね。俺たちの雇い主は、あのフーガー商会《グループ》の代表、アンドレアス・フーガーだ。アンドレアス様が教会にどれだけの寄付をしているのか、無知なあなただって知っているでしょう？」

「そ、それは……」

狼狽《ろうばい》する神父を見て、レオンは舌打ちをした。

「まずいな。背後にいるのは、フーガー商会《グループ》か……」

アンドレアス・フーガーが率いるフーガー商会《グループ》は、帝国内でも指折りの大財閥だ。ここ最近で急成長した商会《グループ》ではあるものの、多方面へ大きな影響力を持っている。多数の株式会社を所持し、貴族の連中とはもちろん、暴力団《ヤクザ》との関係も深い。

教会の権力は絶大だ。だが。彼らも結局は、利己的な組織である。アンドレアスのような大富豪との繋《つな》がりと、場末の孤児院では、前者の方を優先することだろう。つまり、この場で教会の権威は役に立たないということだ。

「助けるのは簡単だが、話を拗《こじ》らせたら後が厄介だな……」

「そがいなことを言うとる場合か！　ワシは行くぞ！」

「お、おい、コウガ！」

レオンの制止も虚《むな》しく、コウガは揉《も》め事《ごと》に介入した。

「おどれら、大概にしとけよ」

「なんだぁ、てめぇ？」

チンピラがコウガを鋭く睨《にら》み付ける。

「関係ねぇ奴《やつ》は引っ込んでろや！　殺すぞ！」

「やれるものなら、やってみろよ」

レオンはコウガの隣に立ち、チンピラを睨み返した。事ここに及んでは、レオンも介入するしかない。後のことよりも、目の前にある問題の解決が優先だ。

「これ以上、揉め事を起こすつもりなら、俺たちが相手になってやる」

「手加減はしたるから、感謝せえよ」

コウガが獰猛《どうもう》な笑みを浮かべて指の骨を鳴らすと、チンピラ達は気圧《けお》されたように後退《あとずさ》った。そして、胸のペンダントへと視線が行く。

「つ、翼の生えた蛇のペンダント……。おまえたち、蛇のメンバーか!?」

蛇――つまり、レオンとコウガが所属しているクラン、嵐翼《ワイルドテンペスト》の蛇のことだ。

「ま、まずいぜ、兄貴。こいつら、あのエドガーをリンチしたクランだ」

「あ、ああ、あの凶暴なエドガーを廃人同然にしたヤベエ奴らだ……」

チンピラ達は震える声で相談し合うと、弾かれたように踵《きびす》を返して駆け出した。

「きょ、今日のところは勘弁してやる！　覚えてろよ！」

その見事な逃げっぷりに、レオンとコウガは失笑するしかなかった。

「ノエルんせいで、まるで化け物みたいな扱いじゃのう」

「そのおかげで余計な暴力を振るわずに済んだんだ。良しとしよう」

レオンが振り返ると、神父とシスターが深く頭を下げた。

「ありがとうございます。おかげで助かりました」

「お気になさらず。それに、あいつらはまた来ると思います。よろしければ、時間がある時は周囲を見回りましょうか？」

関わってしまった以上、このまま放置するのは忍びない。だが、レオンの提案に、神父はゆっくり首を振った。

「せっかくのお申し出ですが、これは我々の問題です。あなた方の手を煩わせるわけにはいきません」

有無を言わさない毅然《きぜん》とした態度だった。どのみち、根本的な解決ができなければ、あのチンピラ達を追い払ったところで同じことの繰り返しだ。それがわかっているからこそ、神父もレオンの提案を拒んだのだろう。

「……わかりました。くれぐれもお気を付けください」

「ありがとうございます。私にできることは少ないですが、この孤児院に住む子ども達は必ず守るつもりですよ」

頼りなさそうな風体に反して、力強い言葉だ。ふと足元を見ると、いつの間にか、神父の足に子どもがしがみついていた。この孤児院はシスター達が運営しているため、神父は常駐していない。それでも、神父を見上げる子どもの眼《め》には、強い信頼が感じられた。

大変だった子ども達の相手も終わる時間がきた。

「本日はありがとうございました。ささやかな御礼《おれい》ですが、あなた方の分も夕食を用意しました。是非、ご同席ください。子ども達も喜んでくれるはずです」

シスターから夕食に誘われたレオンとコウガは、彼女達のもてなしを受けることにした。

傍若無人な子ども達に振り回されたのは辛《つら》かったし、一刻も早く帰りたいと願っていたが、相手をしている内に仲良くなることができたからだ。

「れおん、こうが！　いっしょにごはんたべよう！」

こんな風に子ども達から誘われては、断るわけにもいかない。食堂に向かおうとした時、レオンは裏庭に入っていく神父の姿に気が付いた。大きなテーブルを独りで運んでいる。

レオンは駆け寄り、運ぶのを手伝うことにした。

「ああ、レオンさん、ありがとうございます」

「裏庭に運べばいいんですね？」

「ええ、お願いします。脚が折れてしまったので、修理しようと思いまして」

二人してテーブルを裏庭に運び終えると、神父は朗らかに笑った。

「助かりました。レオンさんは夕食に向かってください」

「神父様は御一緒されないんですか？」

「私はテーブルの修理がありますから。限られた時間は有効に使わないと。教会の仕事もありますしね」

「なるほど、大変なんですね」

働き者の神父に、レオンは感心した。神父には偉そうで堅苦しいという苦手意識があったが、彼は違うようだ。歳が近いのも理由かもしれない。

「あの――」

だからかもしれない。気が付くとレオンは、彼に懺悔《ざんげ》したいと考えていた。

「神父様、少しよろしいでしょうか？」

「なんでしょう？　私で御力《おちから》になれることなら、なんなりと」

話を促されて、レオンは胸の内を吐露する。自分が不甲斐《ふがい》ないせいで仲間と離別したこと、新たに所属した組織で上手《うま》くやっていけるか不安なこと、全てを話した。

「ふむ、そんなことがあったのですね。探索者《シーカー》も大変だ」

「……俺は、このままでいいんでしょうか？」

自分が選んだ道だ。このまま進むしかない。それはわかっている。だが、心の置き所がわからない。今の自分は舫《もやい》の切れた船のようで、それがたまらなく恐ろしかった。

「あなたの不安はわかります」

穏やかな声で、神父はレオンに語り掛ける。

「ですが、あなたは選択した。してしまった。今更それを変えることはできません」

「……はい」

「ならば、信じるべきでしょう。自分の選択を信じなさい。迷ってはいけません。迷って得られる物など何一つ無い。迷えば迷うだけ、人は責任の所在を外部に求めるようになる。人生はいつだって選択の積み重ねです。そこに宿る意思を蔑《ないがし》ろにしてはなりません。いつだって肝要なのは、あなたがあなたの手綱を握っているという確かな感覚ですよ」

「俺が俺の手綱を握る……」

「あなたの王はあなただけだ。それを忘れてはいけません」

神父の発言としては過激だが、だからこそ親身になってくれているのが素直に伝わってきた。――少し、心が晴れたような気がする。

「ありがとうございます、神父様」

レオンが頭を下げると、神父は優しい顔で頷《うなず》いた。

「御力になれたようで、なによりです。さあ、夕食に向かってください。皆、あなたを待っているはずですよ？」

「あっ！　わ、忘れていました！　すぐに向かいます！」

腹を空《す》かした子ども達《たち》が暴れ出したら大変だ。レオンは慌てて駆け出した。レオンを見送った神父は、ふと酷薄な笑みを浮かべる。

「導《しるべ》が無ければ、前に進むこともできない。蟻は大変だな」

テーブルを這《は》っていた蟻を指で潰し、神父はそう言った。

「兄貴、これからどうします？」

孤児院から逃げ出した地上げ屋の二人は、酒場で今後の方針《スタンス》について相談し合っていた。

楽な仕事だと思っていたのに、蛇のせいで全てが台無しだ。

「土地の権利書を手に入れられないと、俺たちの責任問題になる……。仕方ない、最後の手段を使うぞ」

「……マジですか？」

「ああ、悪いのは、俺たちに従わない孤児院の連中だ。何をされても文句は言えないさ。……あの孤児院に火を付けるぞ」

全てが灰になれば、土地を手に入れるのは簡単だ。リスクが大きいため、可能なら取りたくない手段だったが、こうなってしまっては仕方がない。

地上げ屋達は酒場で時間を潰し、深夜になると店を出た。そして、放火するために孤児院へ向かう。人目に付かないよう、道は路地裏を選んだ。

不審な影と出会ったのは、その道中のことだ。

「なんだぁ、てめぇ？」

行く先を阻むように現れたのは、東洋風のワンピースドレスを着た女だった。黒い髪に交じって頭頂部から狐《きつね》に似た獣耳が生えているため、獣人であることがわかる。薄い布越しに目立つ、しなやかな肢体と豊かな胸が、男たちの欲情を煽《あお》った。

だが、手を出そうとは思えなかった。深夜に路地裏を独りで歩く女なんて普通じゃない。おまけに、女の顔は、髑髏《どくろ》を模した不気味な口面《マスク》に覆われている。どう見ても一般人《カタギ》ではない女は、笑うように目を細めた。

「面白い。実に面白い業だね」

「ああ？　てめぇ、何を言っているんだ？」

地上げ屋の弟分が首を傾《かし》げた瞬間だった。

「ご、ごぶぉぉっ！」

その口から血の塊が溢《あふ》れ出し、膝から崩れ落ちる。弟分の尋常ではない様子に、地上げ屋は驚愕《きょうがく》するしかなかった。

「お、おい！　どうしたんだ!?　おい、しっかりしろ！」

弟分の身体《からだ》を揺するが、反応は無い。完全に死んでいる。

「う、嘘《うそ》だろ……。て、てめぇが、やったのか？」

地上げ屋が真っ青な顔で尋ねると、狐獣人の女は可笑《おか》しそうに肩を竦《すく》めた。

「言い掛かりだね。それをやったのは、私じゃない」

「だ、だったら、何が起こったってんだ!?」

「君、活《い》き造《づく》りって知っているかい？　極東の島国に伝わる調理法でね、魚を生きたまま捌《さば》くんだ。腕の良い調理師だと、捌いた後も暫《しばら》くの間、魚を生かしておくことができる」

「な、なんの話だ？」

「わからないかい？　鈍いなぁ。つまり、君たちがそれだと言っているんだよ」

話の内容は理解できないが、馬鹿にされていることだけはわかった。激怒した地上げ屋は、怒声を上げようとする。だが、口から出てきたのは、血の塊だった。

「うげぇぇっ！　げぼぉぉっ！」

大量の吐血をした地上げ屋は、それっきり動かなくなる。狐獣人の女は満面の笑みを浮かべ、二人の死体にスキップしながら歩み寄った。

「アハハハ！　殺した相手を数時間に渡って生存させるなんて、まさしく神業だ！」

血塗《ちまみ》れの死体に近づくと、狐獣人の女は損傷具合の確認を始める。

「ふむふむ、外傷は無し、と。だが、身体の中で大量の血が滲《にじ》み出しているようだ。……不思議だねぇ。スキルも使わず、ただ殴っただけで、こんな現象を起こせるだなんて信じられないよ。これが、王喰いの金獅子《キングスレイヤー》か……。ハハハ、本当に素晴らしい」

狐獣人の女が恍惚《こうこつ》とした表情を浮かべた時、その肩に一匹の蝿《はえ》が止まった。

「君も、攻撃の瞬間を見たかい？　周囲にいた奴らは誰も気が付かなかったけど、たしかに金獅子《きんじし》はこの二人を殴打した。風も音も起こさず、光のような速度で」

ブブブ、と蝿は羽を羽ばたかせ、その意思を狐獣人の女に伝える。

「ああ、私もそう思うよ。あのエドガーという探索者《シーカー》ほどじゃないが、この二人も良い素体になりそうだ。後は君に任せよう」

刹那、夥《おびただ》しい数の蝿たちが、闇から現れる。そして、地上げ屋達の死体に群がり始めた。

その光景を、狐獣人の女は愉快そうに眺めている。

「悲鳴を聞けないのは残念だ。エドガーは良い声で鳴いてくれたなぁ」

四章：天国よりも野蛮

社交界には相応《ふさわ》しい服装が必要だ。三週間後に討論会《シンポジウム》を控えた俺は、オーダーメイドの礼服を買うことにした。

近年の社交界だと、男はタキシードを着るのが一般的だ。だが、正直なところ、俺にタキシードは似合わない。背が低く、女顔だからだ。タキシードを着こなすには、男としての風格が足りていない。

だから、フォーマルなタキシードではなく、燕尾服《えんびふく》を注文した。燕尾服はジャケットの前丈が短いため、見る者の目線が自然と上に行く。足だって長く見える。つまり、背の低さを感じさせないデザインだ。壇上に立って話す時の見栄えも良くなり、聴衆の注目を集め易《やす》くなるだろう。

礼服を誂《あつら》える必要があるのは、俺だけではない。討論会《シンポジウム》にはアルマも連れて行く予定だ。俺の企画している討論会《シンポジウム》は、有識者だけを集めた堅苦しいものではなく、社交界としての側面が強いため、異性のパートナーは絶対に欠かせない。俺の隣に立たせる以上、アルマにも相応しい服装を用意しなければいけなかった。

「おい、もっと露出の少ない服を選べよ」

「え～！　こっちの方が可愛《かわい》い！」

この日、俺はアルマと共に仕立屋《テーラー》を訪れていた。アルマは器量こそ良いが、露出度の高い服を選ぶ傾向がある。要するに痴女だ。痴女に礼服を選ばせるのは不安しかない。

そこで俺も同行したところ、予感は的中。案の定、アルマは露出が激しいドレスばかりを選ぼうとした。胸が零《こぼ》れそうなほどネックラインが極端に抉《えぐ》れていたり、ほとんどシースルーだったり、どれも公の場には相応しくない服ばかりだ。

「ノエルは頭が固い。派手な方が目立つでしょ！」

「限度があるだろ！　おまえの持っているそれは何だ⁉　着るんじゃなくて、局部に直接布を貼り付けるだけとか、歩く公然猥褻《わいせつ》罪じゃねえか⁉」

「わかってないなぁ。これが最近の流行」

「息を吐くように嘘を吐《つ》くな！　往来でそんな恰好《かっこう》をしている女なんて見た事ねえよ！」

男と違って女のドレスは露出が多いが、身体のシルエットが美しく見える、常識の範囲内での話だ。対して、アルマが選んだ服は、明らかに限度を超えている。

「おまえには任せられない。俺が選んでやる」

「もう！　ノエルの亭主関白！」

「おまえの亭主になるぐらいなら、蝿と結婚した方がマシだ」

俺は改めてアルマに似合いそうな服を見繕い、最終的に胸元が開いた白のロングドレスを選んだ。露出はしているが、いやらしさは無く、健康的なラインに止《とど》まっている。高めのハイヒールを履かせれば、成熟した大人の色香を強調できるはずだ。

「これにしろ。これが良い」

「地味ぃ〜。ノエルって顔は良いのに、服のセンスは無いよね」

死ね、と俺は返し、ドレスを女店主に手渡した。

「これを買いたい。あいつは体型が特殊だけど、パターンオーダーでいけるかな？」

サイズ調整だけのパターンオーダーなら、二週間で完成するだろう。俺の燕尾服はパターンオーダーで買った。だが、アルマのように小柄で胸が大きい特殊体型の場合、大幅にデザイン調整をする必要がありそうだ。

「お連れの方の場合、フルオーダーになりそうです。既存のデザインを使っても、体型にフィットさせるにはデザインを見直す必要がありますので。本日の注文ですと、最短でも納品まで一ヶ月は掛かるかと……」

「一ヶ月……。やはり、フルオーダーになるか」

討論会《シンポジウム》の開催日は三週間後だ。一ヶ月後では間に合わない。

「別料金を払ってもいいから、もう少し納品期間を短くできないかな？」

「この服ならサイズ調整いらないよ！」

アルマが肌に貼り付けるタイプの服を持ってアピールしてくるが、俺は黙殺した。

「胸を小さくする肌着を合わせれば、パターンオーダーでもいけるかもしれません」

「へえ、そういうのもあるのか。じゃあ、それで試してみよう」

俺は女店主の提案に頷き、アルマを見た。

「そういうことだ。残念だが、その服は却下」

「ちぇっ！　つまんないの！」

アルマはぶつくさと文句を言いながら、女店主と共に試着室へ入った。

「こちらが胸を小さくする肌着になります」

「要するに、サラシでしょ？　やだなぁ～苦しそう」

「ご安心ください。サラシはただ胸を潰すだけですが、こちらの肌着は胸全体を優しくカバーし、大きさを抑えるものです。窮屈さは無く、形も崩れません」

「へぇ～。じゃあ、付けてみる。………………どう？　小さくなってる？」

「う～ん、お胸に張りがあるから、大きさを抑え難《にく》いようですね。もっと強く締め付けないと、駄目かもしれません。お手伝いさせて頂きますね」

「ぐえぇぇぇっ、くっ、苦しい！　こ、これ、やっぱサラシじゃん！」

「も、申し訳ございません！　ですが、もっと締め付けないと！　ふんっ！　ふんっ！」

「うぎぃぃっ、潰れる！　潰れる！　肺が飛び出る！」

試着室の中で繰り広げられている騒動を聞き、俺は忍び笑いを漏らした。

「アルマ、ざまぁ。もっと苦しめ」

苦悶《くもん》の声が聞こえる度に、日頃の溜飲《りゆういん》が下がっていく。晴れやかな気もちでいると、不意に祖父から聞いた話を思い出した。

結婚前の祖母は、腕の良い仕立屋《テーラー》だったらしい。祖母も客と奮闘することがあったのだろうか。そう考えると、何故《なぜ》だか懐かしい気もちになった。若くして亡くなったので、実際に会ったことはないのだけれども。本当に懐かしい。

アルマの採寸は時間が掛かりそうだ。手持無沙汰になったので窓の外を見る。忙《せわ》しなく行き交う人と馬車。往来には変わらない日常の光景が広がっていた。

「冥獄十王《ヴァリアント》の発表があっても、他人事《ひとごと》か……」

先日、探索者《シーカー》協会は、一年後に冥獄十王《ヴァリアント》が現界することを、記者会見で発表した。発表時は大きな騒動となったが、今は平穏そのものだ。

市場には大きな影響があった。株価の変動も揺れ幅が激しい。だが、一般大衆の生活は、何も変わらない。不自然なほど緊張感が無く、いつも通りの生活が続いている。

冷静なだけなら良い。パニックを起こされても困る。だが俺には、当事者意識が欠如しているようにしか見えなかった。まだ現実感が無い。それだけなのだろう。つまり、何か一つでもきっかけがあれば、途端に大混乱が起こりかねないのだ。

「利用できるか、それとも障害になるか……」

俺が呟《つぶや》いた時だった。窓の向こうを、見知った人影が横切っていく。反射的に首を伸ばすと、後ろ走りで戻ってきた。そして、そのまま店内に入ってくる。

「ノエル、こんなところで何しているの!?」

紫電狼団《ライトニングバイト》のメンバー、エルフであるリーシャが、俺の目の前に立った。

「それはこっちの台詞《せりふ》だ。おまえの方こそ、この店に用か？」

俺が尋ねると、リーシャは店内をぐるっと見回す。

「……ノエルって、女装の趣味でもあるの？」

「耳を削《そ》ぎ落とすぞ、糞《くそ》エルフ！」

たしかに、ここは女性専門店だが、俺は付き添いだ。決して女装趣味などない。

「こ、怖いなぁ。ノエルが言うと冗談に聞こえないんだけど……」

リーシャは耳を手で隠し、俺から距離を取った。

「おまえが余計なことを言うからだ」

「ごめんって。でも、だったらどうして？」

俺は顎で試着室を示した。試着室からは、アルマと女店主の声が聞こえる。

「アルマの服を買いに来たの？……え、デート？」

「俺がアルマとデートをすると思うのか？」

「思わない。ちっとも」

リーシャは真顔で即答した。それはそれでどうかと思うが、俺は何も言わなかった。

「礼服が必要なんだよ。アルマも俺もな」

「ふぅ～ん、そうなんだ」

「それで、おまえは？」

「ウチはパーティの待ち合わせに向かうところ」

「あん？　だったら、道草食ってないで、さっさと向かえよ」

「冷たい言い方！　ていうか、ノエルが余計なことしたせいなんだからね！」

「はあ？　俺が何をしたって言うんだよ？」

話が見えず首を傾《かし》げると、リーシャは事の次第を話してくれた。どうやら、紫電狼団《ライトニングバイト》は、拳王会と紅蓮猛華《ぐれんもうか》、この二つのパーティと合併し、クランの創設申請を出すらしい。発案者は紅蓮猛華《ぐれんもうか》のヴェロニカだ。紫電狼団《ライトニングバイト》と拳王会は、これに賛同した形になる。そして、合併後のトップを決めるため、これから各パーティのリーダーが決闘を行うそうだ。

「なるほど、良い話じゃないか。一年後の冥獄十王《ヴァリアント》戦に備えて、探索者《シーカー》協会はクラン創設申請の認定基準を厳しくしている。だが、合併後のおまえたちなら、まず間違いなく許可を出してくれるだろう」

「そ、それはそうだけど、焦ることはないじゃん！　決闘でトップを決めるなんてさ！　ノエルが発破を掛けたせいだよ！」

「いや、焦るべきだろ。ウォフルとローガンには、そのために発破を掛けたんだ」

俺は鼻先で笑って続ける。

「冥獄十王《ヴァリアント》との戦いで活躍できたか否かは、探索者《シーカー》を評価する上で、今後絶対に覆せない評価基準となる。一年後を逃せば、次は何十年先になるかわからない。今焦らなくて、一体いつ焦るんだ？」

「むぅ……。でも、トップになれるのは一人なんだよ？」

「だから？　そんなことは、本人達《たち》も承知の上だ。おまえも探索者《シーカー》なら、ウォルフの意思を尊重してやれ。奴《やつ》は選んだんだ。本物の探索者《シーカー》になる道をな」

「……尊重はしているよ。だから、ウォルフの決定にも反対しなかった。ただ、急な変化は怖いじゃん。ずっと紫電狼団《ライトニングバイト》で頑張ってきたのに、勝っても負けても今まで通りではいられなくなるんだもん……」

リーシャは長い睫毛《まつげ》を伏せ、嘆息した。

「変化を嫌うのは、ウチが長命種のエルフだからかなぁ？　他は違うの？」

「いいや、どの種族も同じだよ。だから、前に進める者は少ない」

「そうなんだ。そうだよね……」

「リーシャ、おまえの気もちは理解できる。だがな、これだけは覚えておけ。変化の無いものなんて絶対に存在しない。現状維持は停滞だ。つまり、緩やかな終わりを待っているだけなのさ。本当に大切だと思うなら、変化を恐れるな」

「それって、お説教？　これでも、ノエルよりずっとお姉さんなんですけど」

「いいや、友人からのアドバイスだよ」

リーシャは一瞬面食らった顔をしたが、すぐに大輪の笑みを見せた。

「ノエルってさ、怖いけど、たまに優しいよね」

「俺はいつだって優しいよ」

「よく言うよ。天翼騎士団を踏み台にしたくせに。詳細は知らないけど、どうせ汚い手を使ったんでしょ？　じゃないと勝てるわけがないもん」

「そうだよ。策に嵌《は》めて踏み台にさせてもらった」

俺は躊躇《ためら》わず本当のことを話した。

「そういえば、天翼騎士団のオフェリアとおまえは同郷だったな。オフェリアの恨み言を代弁でもするつもりか？」

「そんなことはしないよ。ウチだって探索者《シーカー》だもん。ノエルがどんな手を使って勝ったとしても、対策できなかった方が悪いってことぐらいわかってるから」

ただね、とリーシャは困ったように微笑《ほほえ》んだ。

「どれだけ望む地位を手に入れても、ノエルが踏み台にしてきた人たちのこと、絶対に忘れちゃ駄目だよ？　レオンさんが仲間になったからって、やったことが帳消しになったわけじゃないんだから。人の想《おも》いを踏み躙《にじ》るんじゃなくて、背負うことで強くなって」

「それって、説教？」

「ううん、友だちからのアドバイス」

なるほど、と俺は苦笑した。

「肝に銘じておくよ」

軽く肩を竦《すく》めて応じた時、試着室の扉が勢いよく開かれた。

「ふぃ～、やっぱ元の服が一番！　オッパイが自由で最高！」

満面の笑みで部屋から出てきたアルマは、リーシャを見て目を丸くする。

「あれ？　リーシャがなんでいるの？」

アルマの問いに、リーシャは苦笑しつつ説明をした。

「面白そう。ボクも観戦したい」

話を聞き終えたアルマは、好奇心に目を輝かせる。

「それに、決闘なら、公正な立場で判断できる人が必要でしょ？」

「ああ、たしかに、そうかも……」

リーシャは納得したように頷《うなず》き、横目で俺を見た。

「……はあ、わかったよ。俺も立ち会ってやる」

「やった！　ノエルなら、皆も納得するよ！」

手を叩《たた》いて喜ぶリーシャ。そもそも、きっかけをつくったのは俺だ。見て見ぬ振りをすることなんてできなかった。


リーシャに案内された決闘の場は、帝都にある訓練施設だった。より実戦に近づけるため、広大な施設内には様々な環境が再現されている。三人のパーティリーダーが決闘の場に選び集まっているのは、足場のほとんどが砂地である荒原エリアだ。

「お、ノエルじゃねえか！」

俺を見つけたウォルフが、手を振りながら笑顔で駆け寄ってくる。

「リーシャとアルマも一緒か。どうしたんだ？」

「三パーティでトップの座を賭けた決闘をするそうだな？　リーシャにその立会人を頼ま

れたんだ。おまえたち三人にも反対意見が無いようなら、引き受けようと思う」

単刀直入に要件を伝えると、ウォルフは驚きながらも太い笑みを見せた。

「それは願ってもない話だな。新進気鋭の大手クラン、嵐翼の蛇《ワイルドテンペスト》のクランマスターが立会人を務めてくれるのなら、俺たちの決闘の価値も高まる」

「へえ、合併後に創設するクランの宣伝に、この俺を利用するつもりか？」

「ここから先に進むためには、そういう強かさ《したた》も必要そうなんでな」

ウォルフは肩を竦めて、他の全員が集まっている場所を見た。

「あいつらには、俺が事情を話す。是非、立会人を引き受けてほしい」

「わかっている。ここに来たのは、最初からそれが目的だ」

「助かるよ。ああ、それと――」

不意に言葉を区切って、ウォルフは俺を見ながら嬉《うれ》しそうに笑った。

「クラン創設、おめでとう」

「ありがとう。だが、戦いの前に他人を祝福するなんて、ずいぶんと余裕だな？」

「余裕なんか無いさ。ただ、おまえの活躍は素直に嬉しいんだよ。この一年間、おまえがどれだけ頑張ってきたか知っているからな……」

俺から視線を切ったウォルフは、すっと表情を改める。――闘志を漲《みなぎ》らせる。

「だから、次は俺の番だ」

「俺に異存はない」

ウォルフが俺を伴って立会人の件を伝えると、拳王会のリーダーであるローガンは、すぐに同意した。

「立会人がいれば、負けた後に文句を言う奴もいなくなるからな」

ローガンの挑発的な視線が、他の二人に向けられる。

「……業腹ですが、私も認めましょう。ただし！」

紅蓮猛華《ぐれんもうか》のリーダーであるヴェロニカは、柳眉を逆立てて俺を指差した。

「あなたはあくまで立会人です！　ルールの制定等の権限は認めません！　戦いが終わったら、粛々と私の勝利を宣言するだけの立場です！　いいですわね!?」

「わかっているよ。俺は部外者だ。余計な茶々を入れるつもりはない」

三人から同意を得られた俺は、既に取り決められている決闘のルールを教えてもらった後、戦いの邪魔にならないよう大きく距離を取った。各パーティのメンバーもまた、同じぐらいの距離から決闘の行く末を見守っている。

紫電狼団《ライトニングバイト》、拳王会、紅蓮猛華《ぐれんもうか》、全ての探索者《シーカー》を集めると、総勢二十七人だ。決闘の勝者は、この猛者達を束ね上げ、クランを創設することになる。戦力、実績、規模、どれを取っても、申し分が無い。間違いなく、探索者《シーカー》協会は創設の許可を出す。そして、帝都を代表する大手クランの仲間入りを果たすだろう。

「絶対に負けられない戦いだな……」

敗北者を追放するルールは無かった。だが負ければ、仲間を率いてきた立場から一転して、自分を下したクランマスターに付き従う立場となる。ウォルフ、ローガン、ヴェロニカ、三人の性格はまるで違うが、上に立つ者としての矜持《きょうじ》は同じだろう。負けた時に失うものは、あまりに大きい。

「ノエル、ここで観《み》るの？」

紫電狼団《ライトニングバイト》の陣営にいたアルマが、俺の隣にやってきた。

「中立の立場だからな。三つの陣営にはいられない」

「そっか。じゃあ、ボクもここで観る」

「リーシャの傍《そば》にいなくてもいいのか？」

「あっちにはあっちの仲間がいるから」

紫電狼団《ライトニングバイト》の陣営に視線を向けると、仲間と共に固唾を呑《の》んでいるリーシャの姿が目に入った。拳王会、紅蓮猛華《ぐれんもうか》、他のメンバーたちも同様だ。誰もが自分たちのリーダーの勝利を願っている。ただ一人、紅蓮猛華《ぐれんもうか》にいる一人の狼《おおかみ》獣人だけは、俺を見ていた。

「ヴラカフか。あいつ、紅蓮猛華《ぐれんもうか》に入ったんだな」

俺と視線が合ったヴラカフは、ばつが悪そうに顔を背けた。

「リーシャからルールを聞いたよ」

地べたに胡坐《あぐら》を組んで座ったアルマが、頬杖《ほおづえ》を突きながら言った。

「決闘は命懸け。死んでも恨みっこ無し。仲間の手助けは厳禁。アイテムの使用も禁止。

他二人が戦闘不能になった時点で戦いは終わり。最後に立っていた者が勝者。でしょ？」

「ああ、俺もそう聞いている」

俺は頷き、魔銃《シルバーフレイム》を上空に構えた。

「立会人だけでなく、決闘開始の合図も俺に任せてくれるらしい」

「大役だね」

「ただのパシリだよ。だが、今日だけは特別だ」

引き金を絞ると、空砲が発射される。乾いた破裂音が、決闘の始まりを告げた。

決闘が始まって数分が経《た》った。だが、未《いま》だに誰も動かず、膠着《こうちゃく》状態に陥っている。

「……三人共、動かないね。漁夫の利を狙っているのかな？」

じれったそうなアルマの質問に、俺は首を振った。

「それだけはありえない。絶対にな」

「どうして？　最後の一人が勝つんだから、漁夫の利を狙った方が勝率は高い」

「単に勝つことだけを目的にするなら、おまえの言う通りだ。だが、忘れたのか？　これは合併後のトップの座を賭けた戦いだぞ？」

「あ、そっか……。勝つだけじゃなくて、トップとしての器を見せないといけないのか」

アルマの言葉に俺は頷く。

「たとえ作戦だろうと、美味《おい》しいところだけを掠《かす》めとろうとする戦い方は、自身の器を見せるには不適格だ。元からの仲間は理解してくれても、新たな仲間たちは必ず不満を抱くだろう。探索者《シーカー》は合理的であるべきだが、人を従える者は合理性を超えた真価を問われることになる。所謂《いわゆる》、カリスマ性ってやつだ」

俺がレオンを引き抜いた時とは話が違う。個人ではなく組織の力そのものを得るためには、傘下にいる他メンバーの心も摑《つか》まなくてはならない。離反者が多数現れるようでは、合併の意味そのものが無くなってしまう。

戦いは長くならないだろう。自身の器の大きさを見せるため、出し惜しみすることなく、全身全霊の力で以《も》って戦うはずだ。それを裏付けるかのように、三人の間に張り詰めている空気には、決死の覚悟が漂っていた。

「求められるのは、腕力で全てを捻《ね》じ伏せる戦い。俺にはできない戦い方だ」

「ノエルは腕力の戦いになる前に、知力で有利な戦いにするじゃん」

まあな、と俺は苦笑する。アルマの言うように、俺には俺の戦い方がある。だが、そう理解している一方で、正面から戦いを挑む高潔さへの憧れもあった。

「むぅ～、まだ動かないね。ちなみに、ノエルは誰が勝つと思う？」

「そうだなぁ……」

三人は身構えたまま、機を見計らっている。俺の分析では、三人に大きな実力差は無いように見られた。互いの実力は拮抗《きっこう》している。だからこその膠着状態だ。

また、ルールを説明してもらった際に確認したところ、現在の三人は共にBランクにランクアップ済みのようだ。

【剣士】系Bランク職能《ジョブ》、【剣闘士《グラディエーター》】のウォルフ・レーマン。

【格闘士】系Bランク職能《ジョブ》、【闘拳士《モンク》】のローガン・ハウレット。

【魔法使い】系Bランク職能《ジョブ》、【魔導士《ウィザード》】のヴェロニカ・レッドボーン。

全員が同じランクである以上、ランク差によって勝敗の行方が決まることはない。だが、三人の中では、ヴェロニカだけが後衛職だ。

【魔法使い】は精霊の力を借りることで、あらゆる属性攻撃が可能であり、また広範囲の殲滅《せんめつ》力にも長《た》けている。一方で、肉弾戦は不得手であるため、間合いに入られると脆《もろ》い。一対一ならともかく、近接職能《ジョブ》持ちの二人を同時に相手にするとなると、非常に分が悪い戦いを強いられるだろう。だが――

「俺はヴェロニカが勝つと思う」

「ヴェロニカ？　ボクには一番勝ち目が無さそうに見えるけど」

分が悪い戦いなのは間違いない。だが、そもそも合併案を持ち出したのは、当のヴェロニカだとリーシャから聞いている。つまり、職能《ジョブ》のハンデを覆せる策があるのだろう。

「ヴェロニカは強かな女だよ。ただでさえ、探索者《シーカー》には女が少ないのに、一大勢力を率いるほどの猛者に成長できたのは、あの女が俺と似たタイプだからだ」

「性格が悪いってこと？」

「違う！　自分に有利な戦況を作るのが上手《うま》いってことだ！」

俺がアルマを怒鳴った時だった。ついに、膠着状態が解けた。

「最初に動いたのはヴェロニカだ！」

拳王会の陣営から声が上がった瞬間、ヴェロニカは既にスキルを発動していた。灼熱《しやくねつ》の炎で無数の鳥を形作り、ウォルフとローガンに射出する。直撃すれば火傷《やけど》では済まない。ウォルフとローガンは既《すんで》のところで躱《かわ》すが、火の鳥は二人を自動で追尾し続ける。

その間、ヴェロニカは新たなスキルの発動準備に入っていた。ヴェロニカを中心に燃え盛る炎が頭上で収束され、太陽の如《ごと》き火球と化す。

「凄《すご》い熱……」

「レオンの《日輪極光《セラフィムブレード》》に匹敵する熱量だな。破壊力は凄《すさ》まじいが、外せば次の手は無い。ヴェロニカはここで勝負を決めるつもりだ」

火の鳥に追われていたウォルフとローガンも、ヴェロニカの新たな攻撃に気が付いたようだ。刹那、ローガンの姿が掻《か》き消えた。そして、ヴェロニカの背後に現れる。闘拳スキル《縮地絶空《しゆくちぜつくう》》。対象との距離を零にする移動スキルだ。

ヴェロニカの背後を取ったローガンは、その延髄に強烈な手刀を叩き込む。反応できず直撃を受けたヴェロニカの身体《からだ》が、砂の上に沈んだ。戦いを知る者なら、絶対に起きることがないと確信できる倒れ方だった。ヴェロニカの炎が音も無く消える。

「ヴェロニカ様ぁあぁぁッ!!」

崩れ落ちたリーダーの姿に、紅蓮猛華《ぐれんもうか》の陣営から悲鳴が巻き起こった。

「うへぇ、強烈ぅ。あれは絶対に起きられないね。やっぱ、後衛は不利」

アルマは俺を横目で見て、口元を歪《ゆが》めた。

「ノエルの予想が外れることもあるんだね」

「俺だって万能ではないさ」

俺は肩を竦《すく》めて苦笑し、倒れ伏しているヴェロニカを見た。完全に昏倒《こんとう》している。それは間違いない。なのに、言い知れぬ違和感があった。

「おおおおぉぉぉぉぉッ!! すげえええええぇぇッ!!」

施設内を震わせるギャラリーたちの歓声。俺がヴェロニカに気を取られていた間にも、戦いは目まぐるしい速度で進んでいる。一対一の戦いとなったウォルフとローガンが、熱い火花を散らしていた。《縮地絶空《しゆくちぜつくう》》を連続使用し猛襲を仕掛けるローガン。二刀流で迎え撃つウォルフ。着弾予測が難しいローガンの拳撃と蹴撃を、ウォルフは二本の剣を巧みに使いこなし、完璧に捌《さば》き切っている。大歓声が起こるのも頷《うなず》ける攻防だ。

「ウォルフ、やるぅっ！」

白熱する戦いに、アルマも興奮して前のめりになっている。

「ローガンも見事だな。《縮地絶空《しゆくちぜつくう》》は扱いが難しいスキルだ。回避する側以上に、相手の動きを見極めることができなければ、無防備な状態で手痛いカウンターを受けることになる。あれだけ正確に出現位置を調整できているのは、相当な訓練を積んだ結果だ」

互いに凄まじい攻防を交わす、ウォルフとローガン。ギャラリーが見守る中、極限まで両者の速度が高まった時、二人は同時に膝を突いた。

「くぅっ……」「ぬぅっ……」

激しい攻防は、両者に受け流し切れないダメージを与えていた。ウォルフの剣がローガンの右腕を切り裂き、ローガンの拳撃がウォルフの左わき腹を捉えたのだ。左わき腹を押さえるウォルフ。右腕から鮮血を流すローガン。両者の顔には、大量の汗と共に、拭い切れない苦悶《くもん》の表情が浮かんでいる。

「ウォルフ、あばら骨だけじゃなくて、内臓もやられたね」

「ローガンも出血量が深刻だ。長くは戦えないな」

互いに勝負を長引かせることはできない。痛みに耐えて立ち上がった二人は、闘志を新たにして睨《にら》み合う。

「ウォルフ、負けるなぁぁッ!!」「ローガン、漢《おとこ》を見せろぉぉッ!!」

両陣営からの熱い声援が、二人の魂を燃え上がらせた。ウォルフの身体から紫電が迸《ほとばし》り、ローガンは黄金色のチャクラを身に纏《まと》う。剣闘スキル《迅雷狼牙《ボーパルソード》》。闘拳スキル《金色夜叉《こんじきやしゃ》》。共に【剣闘士《グラディエーター》】と【闘拳士《モンク》】の最強攻撃スキルだ。

勝負は一瞬で決まる。そう、誰もが予感していただろう時だった。

「おいッ！　こっちを見ろォッ!!」

落雷のような怒声が響いた。ありえないはずの声が、二人に待ったをかける。慇懃《いんぎん》さをかなぐり捨てた、荒々しい声。その声の持ち主は——ヴェロニカだった。

「「なっ!?」」

ウォルフとローガンの口から驚愕《きょうがく》の声が漏れる。ヴェロニカは確実に戦闘不能状態だったはずだ。なのに立っている。全身から真っ赤な炎を漲《みなぎ》らせ、長い栗毛《くりげ》も炎の一部だと見紛《みまが》うほど赤く染め、ウォルフとローガンを睨みつけている。

「行きますわよ」

ふと笑みを漏らした刹那、ヴェロニカの姿が掻き消え、ローガンの懐に入っていた。魔導スキル《空間転移《ワープドライブ》》。瞬間移動が可能となるスキルだ。ヴェロニカの奇襲に、ローガンは左拳によるカウンターを放とうとする。だが——

「遅いッ!!」

ローガンのカウンターよりも速く、そして鋭い拳撃が、ヴェロニカから放たれた。鳩尾《みぞおち》を深く抉《えぐ》られたローガンは、声を出すこともできず崩れ落ちる。完璧に意識を刈り取られた。戦いの流れも結末も、ヴェロニカからローガンへの、強烈な意趣返しだった。

「信じられないッ!」

驚き叫んだアルマが、弾《はじ》かれたように立ち上がった。

「あのパンチは前衛の威力! ヴェロニカは【魔法使い】じゃなかったの!?」

「ああ、普通なら無理だ。だが、今のヴェロニカは普通じゃない。あいつ、《人身供犠《サクリファイス》》を使いやがったな……」

魔導スキル《人身供犠《サクリファイス》》。自らにとって価値ある身体の一部を、契約している精霊に捧《ささ》げることで、より深い繋《つな》がりを得られるスキルだ。精霊の力を行使できる【魔法使い】にとって、精霊との結びつきは極めて重要である。つまり、【魔導士《ウィザード》】になった時から覚えられる《人身供犠《サクリファイス》》は、術者の戦闘能力を飛躍的に向上させるスキルでもあるのだ。

だが、必ず成功するわけではなく、身体を捧げたとしても精霊に拒絶される可能性があった。その場合、術者は反動で命を落とすことになる。だから《人身供犠《サクリファイス》》を使用する者は少ない。使用する者がいるとしたら、自らの命で博打《ばくち》を打てる愚か者だけだ。

「ヴェロニカは全ての精霊と契約しているが、火の精霊——紅炎魔人《イフリート》との相性が最も良い。あの力は、紅炎魔人《イフリート》と同化しているからこそ発揮できる力だ」

「精霊と同化……それなら納得」

世界を構成する全ての自然元素に宿る意思、それが精霊だ。【魔法使い】は精霊と対話し、その力を借りることで、世界の法則を変えることができる。《人身供犠《サクリファイス》》によって精霊と同化できるまでの繋がりを得られたヴェロニカは、もはや精霊そのものだと言っても過言ではないだろう。——即《すなわ》ち、荒れ狂う火の化身だ。

ローガンを一撃で打ち倒したヴェロニカは、残るウォルフに牙を剝《む》く。炎を伴う凄まじい猛打が、ウォルフを滅多打ちにした。辛うじて剣で防いでいるが、防戦一方の有様だ。

「つ、強い……。でも、なんで最初から本気を出さなかったの？」

「精霊と同化するには、深い精神高揚状態《トランス》になる必要があるそうだ。戦意だけではなく、命の危険に晒《さら》されるような状態になったからこそ、発動できたんだろう」

「つまり、ローガンの手刀が無ければ、同化できなかったってこと？」

「おそらく。同化が成功し自動治癒も発動したようだが、もし失敗していたら昏倒したままだった。ヴェロニカにとっても大博打だったはずだ」

結果、ヴェロニカは博打に勝った。紅炎魔人《イフリート》と同化したヴェロニカとウォルフでは、戦力差は歴然である。

「ノエルの予想通り、これはヴェロニカの勝ちだね」

笑って見上げてくるアルマに、俺は頷いた。

「三人の実力は拮抗していたが、覚悟で上回っていたのはヴェロニカだ。戦闘の動きから判断して、精霊に捧げたのは右眼《みぎめ》だろう。右側を庇《かば》うようにして戦っている。義眼がまだ馴染《なじ》んでいないんだろうな」

魔工文明が発達した帝国では、悪魔《ビースト》を素材にした義手や義足、そして義眼の技術も進んでいる。精霊に捧げた右眼は戻らないが、義眼があれば視力に不自由することはない。

「終わり、か……」

勝敗は明らかだ。ヴェロニカの勝利は揺るがないだろう。拳王会はもちろん、紫電狼団《ライトニングバイト》も敗北を受け入れている様子が見られる。だが、ウォルフの眼だけは死んでいなかった。

その輝きに、俺は思わず拳を強く握る。

「……勝て。勝ってみせろ」

「いい加減、倒れなさいッ!!」

いつまで経《た》っても倒れないヴォルフに、業を煮やしたヴェロニカは、乱打を止《や》めて距離を取った。そして、先ほどに倍する熱火球を出現させる。

「これを食らえば、一瞬で消し炭になりますわよ！　降参するなら今が最後です！」

「……うるせえ。やるなら、さっさとやれよ」

満身創痍《まんしんそうい》であるにも拘《かかわ》らず、挑発的な笑みを浮かべるヴォルフ。ヴェロニカも覚悟が決まったようだ。操る炎に明確な殺意を込めた。

「なら、消えなさい！　《劫火滅焼《インフェルノ》》ッ!!」

魔導スキル《劫火滅焼《インフェルノ》》。【魔導士《ウイザード》】が扱う火属性スキルの中で、最大の殲滅力を誇る攻撃だ。ヴォルフに迫る地獄の太陽。だが、ヴォルフは逃げることなく、その身から紫電を迸らせながら剣を構えた。剣闘スキル《迅雷狼牙《ボーパルソード》》で対抗するつもりだ。

「無理でしょ！　さっさと逃げなよ！」

アルマが悲鳴染みた声で叫ぶ。ギャラリーからも次々に悲鳴が巻き起こった。そんな中で、俺は声を張り上げた。

「行けッ！　止まるな、ウォルフッ!!」

俺の声が届いたかは、わからない。ウォルフは剣を構えたまま、《劫火滅焼《インフェルノ》》が生み出した熱火球に向かって突進した。電光石火の速度は、《迅雷狼牙《ボーパルソード》》のスキル効果だ。電流で筋肉を強制的に動かし、更に前方に形成した磁界レールが、驚異的な加速効果を与えてくれる。速度、破壊力共に、Bランク帯では最強クラスの攻撃スキルである。

もちろん、どれほどの速度と破壊力を誇ろうと、超高熱の火球に直撃しては、瞬時に消し炭となる運命だ。だが、俺は知っていた。電気は炎を押し退《の》けることができる、と。

「嘘《うそ》!? 火球を切り裂いた!?」

アルマの表現は、ほぼ正しい。戦術の幅を増やすために読んだ、最新の物理学論文によると、電界――電気の力が働く空間では、炎もまた影響を受けると書かれていた。この効果は電気の力が強いほど大きくなる。《迅雷狼牙《ボーパルソード》》によって発生した電流は、ヴェロニカの熱火球に影響を及ぼすのに、充分なエネルギー量だったのだ。

ウォルフが最新の科学論文を知っていたとは思えない。だが、天性の勘が、窮地に活路を見出《みいだ》したのである。

熱火球を貫通したウォルフが、ヴェロニカに肉薄する。全身に酷《ひど》い火傷を負ったものの、その闘志は消えていなかった。正面から迎え撃つヴェロニカ。炎を宿した右手刀が、ウォルフの剣を熔《と》かし斬る。そして、返す刀でウォルフをも両断しようとした時だった。――ヴェロニカの右側頭部に、ウォルフのハイキックが直撃する。

戦いの中で、ウォルフはヴェロニカの右視力に問題があることを看破していたのだ。全くの意識外から側頭部に強烈な蹴りを受けたヴェロニカは、糸が切れた操り人形のように倒れ伏す。――二度目の覚醒は無かった。

「勝負あり! 勝者、ウォルフ・レーマンッ!!」

最後に立っていたのは、ウォルフだ。俺はウォルフの名前を声高らかに宣言する。ギャラリーたちは、ウォルフの勝利を大歓声で讃《たた》えた。紫電狼団《ライトニングバイト》も、拳王会も、紅蓮猛華《ぐれんもうか》も関係無い。今やウォルフは、誰もが認める勝者だった。それほどの戦いだった。

「すっご～い。ウォルフ、勝っちゃった……」

呆然《ぼうぜん》としているアルマに、俺は微笑《ほほえ》む。

「言ったろ？　俺は万能じゃない」

立会人の役目も終わった。踵《きびす》を返して出口へと向かう。

「ウォルフを祝ってあげないの？」

アルマの問いに、俺は首を振った。

「勝者がいれば敗者もいる。部外者が我が物顔で水を差すべきじゃない」

「そっか。そうだよね……」

「行くぞ。俺たちには、俺たちの戦いが待っている」

俺にウォルフのような戦いはできない。だが、俺には俺の戦い方がある――。

†

討論会《シンポジウム》当日。会場であるホテルの大宴会場には、既に多くの招待客が集っていた。

今回の討論会《シンポジウム》に賛同した大手クランは、俺たちを含めて計九つ。いずれも世間から大きな注目を得ているクランだが、その内の二つは別格だ。一つは、名義上の主催者となっている、ジーク所属の覇龍隊。そしてもう一つは、同じく七星《レガリア》である、人魚の鎮魂歌《ローレライ》だ。ジークの名前を借りることで大手クランを集められると目論《もくろ》んではいたが、まさか人魚の鎮魂歌《ローレライ》までが賛同するとは思わなかった。どんな目的があるにしろ、俺にとっては都合が良い展開だ。たっぷり利用させてもらうとしよう。

招待客は探索者《シーカー》だけではない。スポンサー候補となる、各界の著名人や大富豪、それに貴族たちも招いた。煌《きら》びやかな礼服を着こなす彼らは、豪奢《ごうしゃ》なクリスタルシャンデリアが照らす広々としたホールで談笑を楽しんでいる。

テーブルに並ぶ、贅《ぜい》を凝らした料理と酒の数々にも満足げな様子だ。流石《さすが》は、王侯貴族御用達《ごようたし》の一流ホテル。会場の手配を引き受けたモダン・オピニオンも、奮発したものである。もっとも、この面子《メンツ》を呼んでおきながら安ホテルを選んだ日には、会社の明日は無かっただろうが。

燕尾服《えんびふく》を着た俺の隣には、白いドレス姿のアルマがパートナーとして立っている。口さえ閉じていれば、アルマは妖艶な美女だ。ハイヒールを履いているため、背の低さも目立っていない。隣に従わせていると、それだけで周囲からの注目を集めることができた。

コウガとレオンは参加していない。警備上の問題があるため、参加を許可したのは代表者とパートナーだけだからだ。あの二人はこういう場が苦手らしく、参加せず済んだことに安堵《あんど》しているようだった。

「おお、あなたが蛇のクランマスターですか。たった四人で、あの幽狼犬《ガルム》を討伐した話も聞いております。お若いのに大したものだ」

挨拶を交わした商人の男が、俺の自己紹介を聞いて感嘆の声を上げた。

「お褒め頂き恐縮ですね。全ては優秀な仲間たちのおかげです」

「謙遜されることはありません。どれだけ優れた仲間に囲まれていようとも、組織の長が無能では勝利を得ることなどできない。あなたが極めて非凡な才を持つ探索者《シーカー》であることは、私もよく存じております」

「だとすれば、それは祖父のおかげでしょう。英雄、不滅の悪鬼《オーバーデス》の教えを受けたからこそ、今の私があるのです」

不滅の悪鬼《オーバーデス》の名を出すと、男は興奮で頰を上気させた。

「そうでした、あなたのご祖父は、あの英雄の中の英雄と名高い、不滅の悪鬼《オーバーデス》でしたね。やはり、優れた血筋こそが結果に繋がるものですなぁ」

上流階級ほど血に拘《こだわ》る。結果を得るためなら、親の七光りも利用するべきだ。

「祖父の名に恥じない探索者《シーカー》になるつもりです。そのためにも、活動を支援して頂ける方を探していましてね。もし興味を持って頂けたのなら、後日改めてお話をしたい。いかがでしょうか？」

「わかりました、後日またお会いしましょう」

快諾した男と握手を交わし、互いの名刺を交換する。さて、この男からはどれだけ絞り取れるだろうか？　この男も、帝国で名うての豪商である。スポンサーになってもらえれば、多くの活動資金を調達できるだろう。

討論会《シンポジウム》の本番が始まるまで、まだ時間はある。俺は他の招待客とも積極的に会話を交わし、同様の約束を取り付けていった。

「さっきから同じ会話ばっかり。愛想笑いのし過ぎで顔が痛い……」

渋い顔をして愚痴るアルマに、俺は苦笑した。

「文句を言うな。金を集めるためだ」

「まったく、強欲な弟を持つと困る……」

「何度も言っているが、おまえの弟になった覚えはない。それより、例の件は大丈夫だろうな？　チャンスは一度きりだ。見逃せば、それで終わる」

俺が尋ねると、アルマは親指を立てた。

「問題無い。お姉ちゃんを信じて」

「誰がお姉ちゃんだ、誰が」

アルマにはパートナーとしての役割以外にも、仕事を頼んでいた。失敗することはないだろうが、この飄々《ひょうひょう》とした態度には不安を覚えざるを得ない。思わず溜《た》め息《いき》を吐《つ》いた時、後ろから声を掛けられた。

「やあ、ノエル君。お金持ちとの交流を楽しんでいるかい？」

後ろにいたのは、ジークだ。シャツからタイまで、黒一色で統一した背広《スーツ》姿のジークが、微笑みながら立っている。だが、俺とアルマの視線は、ジークにではなく、隣に立つパートナーの女に釘付《くぎづ》けとなった。

　グラマラスで派手な金髪美女は、どう控えめに見ても、堅気の人間には見えない。なにより、服装が常軌を逸していた。アルマが御執心だった、局部にのみ布を貼り付ける服装姿で、堂々とジークの隣に立っていたのである。

「ほらほら！　ボクが選んだのと同じ服を着ているよ！　ほらほら！」

興奮するアルマの横で、俺は頭を抱えるしかなかった。

「ハハハ、ノエル少年には刺激が強過ぎたかな？」

「……黙れ。おまえはやっぱり嫌いだ」

ジークの口振りから察するに、派手な商売女をパートナーとして連れてきたのは、俺への嫌がらせだろう。同じ男として心底軽蔑する。

「ところで、そちらの美しいお嬢さんが、蛇のエースアタッカーである、アルマさんかな？　初めまして、僕はジーク・ファンスタイン。覇龍隊のサブマスターです」

恭しく礼をするジークに、アルマは軽く会釈を返した。

「どうも」

「聞いたところによると、君は伝説の殺し屋、あのアルコルの孫だそうだね？」

「そうだよ」

「ふむ、伝説の殺し屋の孫と、伝説の英雄の孫、か。その二人が並んでいるのは、実に胸躍る光景だ。叶《かな》うなら、セットでうちに引き抜きたいね」

「戯言《たわごと》は止めろ。不愉快だ」

俺が釘を刺すと、ジークは肩を竦《すく》めた。

「まあ、その話は別の機会にしよう。君には伝えたいことがあるんだ」

「伝えたいこと？」

首を傾《かし》げる俺に、ジークは頷《うなず》いた。そして声を低くする。

「人魚の鎮魂歌《ローレライ》には気を付けた方がいい。良からぬ噂《うわさ》が多いクランだ。公の場で仕掛けてくることはないだろうが、目を付けられると厄介だよ」

「そんなこと、最初から知っている」

俺が即答すると、ジークは目を丸くした。

「知っていて、この場に呼んだのかい？」

「ああ、利用できる知名度さえあれば、どのクランでも構わなかったからな。厄介？七星《レガリア》に参加してもらえて万々歳さ」

「なるほど……」

ジークは小さく一度だけ頷き、視線を鋭くした。

「ノエル君、君は七星《レガリア》のことを舐《な》めているな？」

刺々《とげとげ》しい口調で、ジークは続ける。

「君が思っているほど、七星《レガリア》は甘くない。少しばかり頭が切れるからといって、調子に乗っていると墓穴を掘ることになるよ。君たちは、まだまだ弱い」

厳しい非難だ。俺はジークを真《ま》っ直《す》ぐ見据える。

「ご忠告どうも。――だがな、あんた間違っているぜ」

「なに？」

「相手が七星《レガリア》でも関係ない。立ちはだかる奴《やつ》は全力で叩《たた》き潰す。七星《レガリア》を甘く見るな？

はっ、自分より弱い奴としか戦えない雑魚と、この俺を一緒にするんじゃねぇよ」

七星《レガリア》を目指す者が、七星《レガリア》に萎縮してどうする。一筋縄ではいかない頂だからこそ、我が物とする価値があるのだ。視線をぶつけ合っていると、やがてジークは口元を緩めた。

「君の肌を焦がすような闘争心、たまらないねぇ」

ジークは満足げに笑い、周囲に視線を巡らせた。視線の先には他のクランマスターたちがいる。その全員が討論会《シンポジウム》を控えているというのに、酒に酔っていた。泥酔こそしていないが、普段通りの判断力があるかは怪しい状態だ。

「見なよ、探索者《シーカー》協会が冥獄十王《ヴァリアント》の危機を発表したというのに、連中からは野心どころか危機感すら感じない。大手クランのマスターといっても、所詮は無難に成果を積み上げてきただけの凡夫ばかりさ」

「雑魚共と比べて評価されても、ちっとも嬉《うれ》しくないね」

「だろうね。君は、そういう男だ。だからこそ、期待ができる」

ジークは一歩下がって、俺を舐め回すように見た。

「この茶番、君がどう盛り上げてくれるのか実に楽しみだ」

「ご期待に応えられるよう、頑張らせてもらいますよ」

「当然さ。君にはその義務がある。くれぐれも僕を失望させないでくれ。こう見えて、僕はすごく短気なんだ。怒ると何をするかわからない」

凶暴な笑みを残して、ジークは商売女と共に俺たちから離れていく。

「ああ、ノエルさん、ここにいましたか！　探しましたよ！」

ジークが去ってすぐ、モダン・オピニオン社のトーマスが、息を切らせて走ってきた。

「そろそろ時間です。壇上にお上がりください」

「わかった、すぐに行く」

祝宴《パーティ》の時間は終わり。——ここからが本番だ。

壇上には、俺を含めて九人の探索者《シーカー》が並んでいる。用意された席は、上手《かみて》側から覇龍隊のジーク、人魚の鎮魂歌《ローレライ》のヨハン・アイスフェルトと続き、一番下手《しもて》が俺だ。俺の近くに立つ司会者のトーマスは、招待客たちに向かって声を張り上げた。

「皆様、お待たせ致しました。これより、討論会《シンポジウム》を開始致します！」

トーマスは席に座る俺たちを手で示す。

「この場にお集まり頂いたのは、どなたも帝都で名高い探索者《シーカー》たちばかり。彼らの活躍は、皆様もよく知るところだと思います。そんな彼らを招き、この場で聞かせて頂く内容は、先日公表された冥獄十王《ヴァリアント》についてです。名立たる探索者《シーカー》たちが、いかにして目前に迫った危機に対応するつもりなのか、皆様も気になるはず。不安を抱える帝国に住む全ての人たちに、この討論会《シンポジウム》を通して、少しでも希望を与えることができれば幸いです」

　司会の挨拶が終わった。次は俺たちの番だ。

「それでは、各探索者《シーカー》の皆様に、自己紹介をして頂きましょう。まずは、本日の討論会《シンポジウム》の企画発案者である、覇龍隊のサブマスター、ジーク・ファンスタイン様に語って頂こうと思います。ジーク様、よろしくお願いします」

　トーマスに促されて、ジークは立ち上がる。

「覇龍隊のサブマスター、ジーク・ファンスタインです。お集まりの皆様、本日は僕の思いつきに付き合って頂き、ありがとうございます。いやぁ、皆様、暇人ですね。お仕事は大丈夫ですか？　ああ、ここにいるのは、偉そうにふんぞり返るのが仕事の人ばかりでしたね。かく言う僕も、そういう立場でして、すっかり運動不足で太ってしまいました」

　ジークの軽口に、会場がどっと沸く。

「僕は他の皆と違って、クランマスターではありません。サブマスターです。ただ、それでもこの中で一番偉いのは僕です。なにしろ、積み上げてきた実績が違うし、唯一のＥＸランクだ。だから、立場相応に振る舞わせてもらうつもりなので、何卒《なにとぞ》ご理解ください」

　ジークが冗談めかして言うと、会場はまた笑いに包まれた。だが、それが本心であることを、俺は理解している。自己紹介が済み、ジークは席に座った。一瞬、ジークの視線が俺に向けられた。その好奇心に満ちた眼《め》は、「お手並み拝見」と語っている。

「ジーク様、ありがとうございました。続きまして、人魚の鎮魂歌《ローレライ》のマスター、ヨハン・アイスフェルト様、自己紹介をお願いします」

トーマスの指示に従って、今度はヨハンが立ち上がった。

「人魚の鎮魂歌《ローレライ》のマスターを務めている、ヨハン・アイスフェルトです。皆様、本日はよろしくお願いします」

ヨハンは背の高い銀髪の男だ。歳《とし》は二十代後半。眉目秀麗で、アイスブルーのタキシードを着ている。ジーク同様に女のファンが多い探索者《シーカー》だ。

「私には、ジークさんのようなジョークセンスも実績もありませんので、七星《レガリア》だからといって驕《おご》らず、誠意を以《も》って討論したいと思っています」

殊勝なことを言っているようで、ジークへの痛烈な皮肉だ。プライドの高いジークは、不快そうに眉を顰《ひそ》めていた。

ヨハンの自己紹介も終わった。自己紹介は順番に続き、最後は俺の番だ。

「嵐翼の蛇《ワイルドテンペスト》のクランマスター、ノエル・シュトーレンです。このような名誉ある場にお招き頂き、感謝の言葉しかありません。若輩者ですが、何卒よしなに」

俺が軽く会釈をすると、トーマスが改めて声を張り上げる。

「探索者《シーカー》の皆様、ありがとうございました。それでは早速、本題に入りましょう。皆様が、冥獄十王《ヴァリアント》の危機をどのように考えているのか、ジーク様から順にお答えください」

ジークが頷いた時、横からヨハンが手を挙げた。

「すいません、ちょっといいですか？」

「ヨハン様、どうぞ」

「その質問は、少し意地悪だと思うんですよ」

「と、言いますと？」

　ヨハンは困ったように笑う。

「実際に冥獄十王《ヴァリアント》と戦うのは、我々七星《レガリア》です。もちろん、他の皆様にも大事な仕事がある。冥獄十王《ヴァリアント》が発生させる深淵《アビス》の範囲は、通常よりも遥《はる》かに広く、浸食のスピードも驚異的だ。しかも、配下である眷属《けんぞく》ですら魔王《ロード》レベルだと、過去のデータにはある。つまり、非常に広範囲が危険領域となるため、冥獄十王《ヴァリアント》と戦う以外にも、各都市を守るための戦力が必要となる。なにしろ、前回は討伐までに、三つの国が滅びたのですから」

　ヨハンの言葉に、会場にいる者たちは息を呑《の》んだ。冥獄十王《ヴァリアント》の脅威は、過去の記録で誰もが知っているが、それでも三つの国が滅んだという事実はあまりにも重い。改めて言葉にされると、酒の酔いも一瞬にして醒《さ》めるというものだ。

「ここにいる皆様は、誰もが優秀な探索者《シーカー》だ。クランの実績も申し分ない。ですが、あえて誤解を恐れずに言わせてもらえれば、七星《レガリア》と、そうでないクランには、大きな壁がある。それは皆様も承知しているはずです。なのに、同じ立場で同じ質問に答えさせるのは、荷が重過ぎるんじゃないかな？」

「それは、たしかに……。では、どのような質問なら良いでしょうか?」

トーマスの質問に、ヨハンは朗らかに微笑《ほほえ》みながら答えた。

「質問自体を変える必要はありません。ただ、無理に答えてもらう必要は無いと思うんです。だから、質問への拒否権を許してあげるのはどうでしょうか?」

そう言って、ヨハンは俺たちに視線を向ける。

「皆様も、無理に答えるのは嫌でしょ? 気が重くなる受け答えは、私とジークさんが担当するので、どうぞ気楽に座っていてください」

他のクランマスターたちは、一斉にざわつき始める。ヨハンは言外に、雑魚共は引っ込んでいろ、と言っているのだ。反論すること自体は簡単だが、そうなると今度は、反論した者の責任が増すことになる。

相手は七星《レガリア》だ。七星《レガリア》の意向を無視して答える以上、実力にそぐわない生半可な答えでは、クランの印象を大きく下げることにしかならない。それならいっそのこと、ヨハンに従って沈黙している方が、いらぬ恥をかかなくて済むわけだ。

これで、人魚の鎮魂歌《ローレライ》――ヨハンが参加した理由が確定した。ヨハンは邪魔者を排除して、自分とジークに質問を集中させるつもりだ。場の流れを支配下に置き、ジークの口から覇龍隊の情報を引き出すことを企《たくら》んでいるのだろう。

「司会の方、いかがですか?」

ヨハンに尋ねられたトーマスは、横目で俺を見る。名目上、討論会《シンポジウム》の企画発案者はジークだが、実際は俺だ。トーマスは俺の判断を求めている。俺は軽く笑って手を挙げた。

「私からも、少しいいでしょうか？」

「ノエル様、どうぞ」

トーマスからの承諾を得て、言葉を続ける。

「たしかに、ヨハンさんのご指摘はもっともです。ですが、その物言いだと、我々には語る資格が無いから黙っていろ、と聞こえるのですが？」

「それは勘ぐり過ぎだよ。悪意すら感じるね。ええと……ノエル君だったかな？　私は良かれと思って提案しただけで、実際にどうするかは君たち次第だ」

ヨハンは大袈裟《おおげさ》に肩を竦めて言った。既に釘を刺したのだから、俺が何を言おうと、自分の優位な方向に転ぶと確信しているのだろう。だが、甘いな。この討論会《シンポジウム》を考えたのは、ジークではなく俺だ。俺の意思一つで、おまえの優位性なんていくらでも崩せるんだよ。

「じゃあ、こういうのはどうですか？　ヨハンさんとジークさん、二人をリーダーにして、チーム分けをするんです。そして、チーム毎《ごと》に、冥獄十王《ヴァリアント》という主題について、忌憚《きたん》の無い意見を交わし合う。それなら、それぞれの発言負担も減るでしょう？　せっかく錚々《そうそう》たる面子《メンツ》が集まったのに、拒否権で話を小さくするなんてもったいないですよ」

「要するに、競技討論《ディベート》形式ってことかい？　だが、今から形式を変えるのは問題じゃないかな？　答えたい者は答え、答えたくない者は答えない。それでいいじゃないか」

「見え透いた、おためごかしだな」

俺は口調を変えて、ヨハンを見据える。

「あんたの目的は、自分がこの場をコントロールすることだろ？　それを止めようとするのは、同じ参加者として、至って当然のことだと思うがな」

ヨハンが反論のために口を開きかけた時、今度はジークが手を挙げた。

「僕は形式を変えることに賛成だな。特に問題があるわけじゃないし」

ジークが賛同したことで、ヨハンは驚き目を見開く。ほぼ同じタイミングで、聴衆の中から同意する声が上がった。

「あのジークとヨハンが、チーム戦で争うってことか！　そっちの方が面白そうだな！」

「お行儀良く受け答えするだけなんて、つまらないと思っていたんだ」

「そうだそうだ！　もっと面白くしろ！」

その声によって、俺とヨハンの言い争いに困惑していた他の聴衆たちは、これが面白い見世物だと気がついた。興奮は一瞬にして広がり、形式の変更を求める声ばかりとなる。

予期しなかった出来事に、すっかり面食らうヨハン。聴衆の中に俺が雇った偽客《サクラ》がいるだなんて思いもしないだろう。黒い噂《うわさ》が絶えないヨハンが参加するとわかった時点で、あらゆる事態を想定し、すぐに俺の望む方向に軌道修正できる手筈《てはず》は整えてある。偽客《サクラ》を雇い、俺の言葉を盛り上げるよう指示しておくことなんて、当然の準備だ。聴衆たちの声に感化され、他のクランマスターたちも賛同し始めた。

「俺も競技討論《ディベート》形式に賛成だ」

うね……こうも盛り上がってしまっては、私も変えるべきだと思うわ」

どっちでもいいから、さっさと始めようぜ」

口では物わかりの良い賢人を気取っているが、その内心は安堵《あんど》で満ちていることだろう。競技討論《ディベート》形式に変われば、仮に発言しなくても参加したという体裁は保てる。つまり、大手クランマスターとしての面子もまた保てるのだ。異を唱えるよりも、賛同した方が得なのは、どんな馬鹿にだってわかる。

「では、賛成多数ということで、競技討論《ディベート》形式に変更しようと思います。とはいえ、イエスかノーかだけでは語り切れない議題なので、あくまでチーム戦という形式のみを採用致します。まず、ジーク様とヨハン様に、議題に対して語って頂きます。そして、他の皆様は、御二人《おふたり》から賛同するリーダーを選んでください。チーム毎に席分けを終えた後、討論のスタートとさせて頂きます」

話術スキル《思考共有《リンク》》で伝えた内容を、トーマスは淀《よど》みなく話した。これで、この場をヨハンに支配されずに済む。

「ヨハン様、こういうことになりましたが、ご了承ください」

「……いいでしょう」

ヨハンは苦い顔で頷《うなず》く。面子を考えれば、今更退《ひ》くことなんてできないのだから、認める以外に道は無い。その敵意に満ちた目が、俺へと向けられる。敵対するのは、望むところだ。この場の真相に気がつく前に、利用し尽くしてやる。

まず、ジークの基調演説が始まった。

「たしかに、冥獄十王《ヴァリアント》は脅威だ。数多《あまた》の血が流れるかもしれない。一方、決して勝てない敵じゃないことは、既に証明されている」

なにより、とジークは不敵に笑って続ける。

「探索者《シーカー》は年々進化している。知識、技術、先人たちから受け継いできた全てを礎にして、次に繋《つな》げるシステムが整備されているからだ。探索者《シーカー》養成学校、鑑定士協会、こういった公的組織のおかげでね。前回現界した銀鱗《ぎんりん》のコキュートスの戦闘データを元にして、シミュレーションを重ねてみたけど、今の帝国の戦力なら勝率は80パーセントってところかな。まず負けることはない。だから、皆には安心して生活を送ってほしい」

ジークの演説に、聴衆は拍手を送った。勝率80パーセントというのは初耳だ。俺の予想だと30パーセントというところである。覇龍隊には何か秘策があるのだろうか？　あるいは、ただの方便か……。いずれにしても、聴衆を安心させる効果はあったようだ。

ジークの基調演説が終わった。次はヨハンの番だ。

「私はジークさんとは違い、より強い危機意識を持つべきだと思います。もちろん、弱気になっているわけではありません。必ず勝つつもりです。ですが、より被害を抑えられる戦い方を考えるべきでしょう。文明がいくら発展しようとも、失った命は取り戻せないのですから。そして、それを考えるのが、七星《レガリア》たる我々の役目だと自負しています」

ヨハンの主張は正論だ。だが、本心だとは思えないな。いったい、何を狙っている？

「そこで次の提案をします。決戦の日に備えて、一時的に全クランの管理権限を、私に譲ってもらいたい。そうすれば、確実な勝利と被害の軽減を約束できます」

その言葉に、会場中がどよめいた。

「全クランをバラバラの組織ではなく、一つの大きな組織として編成し直し、指揮系統をスムーズにすることで連携を高める。それが最も確実な方法です」

なるほど、そうきたか。ここでの発言がそのまま実現することはないが、各界の大物が揃《そろ》っている場だ。正当性があると認められたら、実行に移す後押しとなる。

ヨハン・アイスフェルト、想像していたよりも頭が回り、また豪胆な男だ。

「全てのクランを統合し従えるだって？　馬鹿げている。正気かい？」

ジークは吐き捨てるように言い、嫌悪も露《あら》わにヨハンを睨《にら》み付けた。だが、当のヨハンは、涼しい顔のままだ。

「国の存亡が掛かっているのに、個々に独立した組織のまま戦うなんて、それこそ馬鹿げている。全員が一丸となって立ち向かうべきでしょう」

「だから、君の案に従えって？　たかだか三等星が吠《ほ》えるじゃないか」

「では、一等星になればいいんですね？」

「なれると思っているのかい？」

「そのつもりですが、なにか？」

「ははは、君、僕よりもジョークのセンスがあるよ」

ジークとヨハンは笑顔のままだが、その眼《め》は恐ろしく冷たい。ここで殺し合いにでも発展しかねない雰囲気だ。俺は硬直した状況から進めるため、トーマスに視線で指示を送った。トーマスは二人の気迫に怯《おび》えながらも頷く。

「ヨ、ヨハン様、基調演説は以上でよろしいでしょうか？」

「ええ、以上で終わりです」

「わかりました。それでは、チーム分けと席分けを行います。他の皆様には、賛同するリーダーを選んでもらい、ジーク様とヨハン様、どちらかの陣営に座ってください」

トーマスの指示に従って、俺はジーク側に座った。チームは、ジーク側が四人、ヨハン側が五人だ。たった一名の差だが、ヨハンの演説の方が魅力的に聞こえたらしい。

「もう少し話術を学んだ方がいいんじゃないかな？」

「余計なお世話だ」

席分けの際に俺が囁《ささや》くと、ジークは心底不快そうな顔をした。

斯《か》くして、討論が始まった。討論内容は、冥獄十王《ヴァリアント》との戦いに備えた全クランの統合は、是か非かに絞られていく。それだけインパクトがある内容だったからだ。ヨハン側は賛成だと主張し、ジーク側は反対だと主張した。

「賛成ね。冥獄十王《ヴァリアント》の脅威を考えれば、正しい対策だわ」

「反対だな。何故《なぜ》、自分たちのクランを解体しなければいけないんだ」

「いや待て。それは一時的なことだろ？」

「一時的でも関係ねぇ。一度認めちまえば、また同じことが繰り返される前例となる。そうなりゃ、解体されたも同然だ」

「そうならないように、事前に取り決めを交わせばいいのでは？　なにより、冥獄十王《ヴァリアント》に勝てなければ、クランの存続も無意味でしょう」

「その取り決めが公平だという保証がどこにある!?」

「自分の権利ばかり主張するな！　国家の危機だぞ!?」

賛成派はヨハンを、否定派はジークを旗頭として、討論を白熱させていく。激しい言葉の応酬に、当事者たちも聴いている側も大いに盛り上がった。

だが、あえて俺は討論に加わらず、静観していた。討論は白熱する一方で平行線のままだ。やがて、両陣営の意見が出尽くした時、ヨハンが俺に水を向けた。

「ノエル君、さっきからだんまりを決め込んでいるが、そろそろ君の意見を聞かせてもらいたいね。拒否権を反対したのは君なのに、全く参加しないのはどういうつもりかな？」

「おや、ヨハンさんは俺の話をご所望ですか？」

「ああ、是非とも聞きたいね。どんな素晴らしい意見が出るか楽しみだよ」

必然的に俺に注目が集まる。両陣営共、既に意見が出尽くしているため、俺が話すには一番良い状況だ。

「この陣営にいることからもわかるように、俺は全クランの統合には反対だ」

「ほう、理由を聞かせてもらおうか」

「それぞれのクランには、それぞれの戦い方がある。クランを統合したところで、必ずしも連携の取れた動きができるわけじゃない。むしろ、余計な混乱を招くだけに終わる可能性の方が高いな。だから、俺は反対だ」

「そう決めつけるのは乱暴じゃないかな」

ヨハンは長い足を組み、鷹揚《おうよう》に構えながら続ける。

「クラン毎に戦い方があるのは認めるが、きちんと方針《スタンス》を決めて演習を重ねれば、その問題は解決できるはずだ」

「はずだと？　ずいぶん消極的な反論だな。そんな曖昧な考えで、全クランを統括するなんて大それたことが叶《かな》うとでも？　なにより、望まない者の下では、一丸となって戦う意思が芽生えるとは思えないね。付け焼刃の連携に士気の低下、まるで良いところが無い」

「……国家存亡の危機だ。くだらないプライドに縛られて大義を忘れることは愚の骨頂だよ。私は皆が賢い選択ができると信じている」

「ふふふ、くだらないプライドに縛られているのは、あんたの方だと思うぜ」

「なに？」

眉間に皺《しわ》を寄せるヨハンを見て、俺は笑みを深くした。

「大義を主張するなら、何故あんたが大将になる前提で話を進めるんだよ。全探索者《シーカー》を管理する探索者《シーカー》協会に、その判断を委ねるのが筋じゃないか」

「……もちろん、探索者協会《シーカー》に是非を仰ぐことも必要だ。だが、どんな主張も、まず発言者が責任者となる意思を見せることも筋のはず。私は私の主張に責任を持つために、私自身が代表者となると言っているんだよ」

「立派な考えだが、だからといって正当性が生まれるわけじゃないな。統率者として相応《ふさわ》しい人材は、他にもたくさんいる。それに、利己的なものではないと主張するなら、提案者であるあんたが候補から外れた方が、他の探索者《シーカー》は納得できるだろう。そこのところをどう考えているのか、あんたの意見を聞きたいね」

俺が即座に切り返すと、ヨハンは返答に窮した。だが、すぐに嘘臭《うそくさ》い笑みを浮かべて、ぱちぱちと手を叩《たた》く。

「いやぁ、素晴らしい。たしかにノエル君の指摘も一理ある。君の意見は今後の参考にさせてもらうよ。本当にありがとう」

返答に困ったくせに、偉そうな態度だ。上の立場から語り、都合の悪い話題を流すのが、この男の話術らしい。

「ちなみに、ノエル君自身は、どうするのが一番だと考えているのかな？　良ければ、教えてもらえるだろうか」

話の主体を俺に変えることで、今度は批判する側に回るつもりのようだ。だが、甘いな。たしかに頭が回る男のようだが、俺の敵ではない。

「特別なことをする必要はない。いや、するべきじゃない。深淵《アビス》は核たる悪魔《ビースト》を滅ぼせば、自動的に浄化され、他の悪魔《ビースト》も行動不能となる。つまり、迅速に冥獄十王《ヴァリアント》を討伐すればいい。それが無駄な被害を防ぐ一番の方法だ。他の悪魔《ビースト》と何も変わらないよ。敵を過大評価して右往左往するようでは、倒せるものも倒せなくなる」

「ははは、何を言うかと思えば、とんだ詭弁《きべん》だな。大事なことを忘れていないかい？　冥獄十王《ヴァリアント》と直接戦うのは、私たち七星《レガリア》だ。自分ができないことを他人に押し付けて、それを最善策だと語るのは、流石《さすが》に面の皮が厚いと言わざるを得ないね。そこのところをどう考えているのか、君の意見を聞きたいよ」

　ヨハンは勝ち誇ったように口元を歪《ゆが》める。だから、俺も笑った。

「ははは、いつ俺が他人に押し付けると言った？　決戦の日には、俺のクランも冥獄十王《ヴァリアント》と戦う。もちろん、七星《レガリア》としてな」

「なっ!?」

「俺の祖父、不滅の悪鬼《オーバーデス》と呼ばれた大英雄、ブランドン・シュトーレンの名に誓って確約しよう。嵐翼の蛇《ワイルドテンペスト》は、冥獄十王《ヴァリアント》が現界するまでに、必ず七星《レガリア》となる。絶対にな」

　俺が断言すると、会場全体が沸きあがった。

「七星《レガリア》になるだって!?　彼のクランは創設したばかりだろ!?」

「戦力も実績も足りない！　どう考えたって不可能だ！」

「だが、彼は、あの不滅の悪鬼《オーバーデス》の孫だぞ!?」

「それに、創設してからの快進撃を考えれば、不可能とは言い切れない！」

聴衆たちは、偽客《サクラ》を使うまでもなく、興奮で大騒ぎとなっている。その注目は、今や俺の一挙一動にのみ注がれていた。

「痴《し》れ言《ごと》は止《や》めるんだッ!!」

ヨハンは激昂《げきこう》して立ち上がる。

「何の保証も無い未来を盾に、この場を逃れようなんて、探索者《シーカー》としての恥を知りたまえ！　君の言葉は、ただの妄言だ！」

「鼻息を荒くしているが、その言葉はあんたにも返ってくるぜ。一等星になる、だっけ？それもまた、何の保証も無い未来だよな」

「我々と君たちでは、格が違う！　自ら同列に語るなんて、傲慢も甚だしい！」

「傲慢なのは、あんただろ？　七星《レガリア》は、永続的な資格じゃない。入れ替わりもある。なのに何故、ずっと七星《レガリア》でいられると思っているんだ？　ふふふ、見えるなぁ、その席から転がり落ちるあんたの姿が」

俺が挑発すると、ヨハンは怒りで身体《からだ》を震わせた。

「……いいだろう。そこまで言うなら、証拠を見せてもらおうか。君たちが、七星《レガリア》に足るクランである証拠を」

ヨハンは、できるわけがないと思って言ったのだろう。だが、大きな誤りだ。俺は、その言葉を、待っていたのだから。

本来は、全クラン統合の是非を問う、話の流れだった。だが、ヨハンの発言によって、俺が七星《レガリア》に足る証拠を見せる話に切り替わった。

つまり、ここからは俺の独壇場だ。

「わかった。それが、あんたの望みだな？」

「あ、ああ、その通りだ……」

強気な俺にヨハンは怯《ひる》んだが、今更吐いた言葉を撤回することなんてできない。ただ頷《うなず》くことしかできなかった。

「七星《レガリア》の三等星、人魚の鎮魂歌《ローレライ》のクランマスター様のお願いとあっては、断ることなんてできませんね。皆様方も、平行線のままの討論には、お疲れのことでしょう。少しの間だけ、この私に時間を頂きたい」

俺は立ち上がって、軽い会釈をする。協力者であるジークは言うまでもなく、他のクランマスターたちからも異を唱える者は現れなかった。当然だ。俺がいなければ、こいつらはヨハンの言いなりになるしかなかった。圧倒的に弁舌が上の相手に対して、こんな公の場で歯向かう馬鹿はいない。

「沈黙は了承と判断します。司会者の方も、よろしいですか？」

「え、ええ、どうぞ、ノエル様」

トーマスが頷くと、俺は壇上の中央まで歩き、今度は聴衆たちに向き直る。

「皆様もご存じの通り、七星《レガリア》という称号は、皇帝陛下から賜るものです。したがって、その称号に相応しいクランは、ただ強いだけでなく、全てのクランの見本となる高潔さも備えていなければいけない」

人を動かすのは、悪意ではなく善意だ。即《すなわ》ち、謀略とは誠である——。

「私は、当クランが七星《レガリア》に相応しいことを証明するために、帝都に蔓延《はびこ》る悪の一つを、この場で根絶することを約束します。その悪の名は、欺瞞《ぎまん》。罪無き者が不当な裁きによって牢《ろう》に繋《つな》がれ、裁かれるべき悪が野放しとなっています。これを見過ごすことは、偉大なる皇帝陛下の臣民としてありえません」

どよめく聴衆たち。俺は笑みを浮かべて続ける。

「皆様は、ヒューゴ・コッペリウスという男のことを、覚えていらっしゃいますか？」

ヒューゴ・コッペリウスの名を出したことで、聴衆たちは騒然となる。

「ヒューゴ・コッペリウスだって!?」

「血まみれの剝製師《レザーマスク》のことか!?」

「あの死刑囚が一体どうしたというんだ!?」

ヒューゴの事件が起こったのは二年前。とっくに風化していてもおかしくない年月だが、事件の猟奇性の高さから、覚えている者は多い。

「今から二年前、とある富豪の家族が惨殺される事件が起こりました。そして、その犯人として捕まったのが、稀代《きたい》の人形作家であるヒューゴ・コッペリウスです。ヒューゴは一家を惨殺しただけでなく、その皮を剝いで人形に張り付けました。まるで、剝製を作るかのように。故に、血まみれの剝製師《レザーマスク》という異名が与えられたのは、皆様もよく覚えていることでしょう」

改めて事件の内容を思い出した聴衆たちは、その凄惨さに眉をひそめる。

「極めて残忍かつ悪質な事件です。殺された家族の中には、まだ幼い子どももいました。彼らの無念を思うと、私も心が痛みます。人の道を外れた犯人を、私は許すことができません。必ず、極刑に処されるべきです」

俺は胸に手を当て、痛みに耐えるように目を閉じる。聴衆たちに怒りと悲しみが伝播《でんぱ》していくのを感じ取ると、目を開けて声を張り上げた。

「だからこそ、私はここで宣言します。ヒューゴ・コッペリウスは冤罪《えんざい》です！　そして、真に裁かれるべき犯人が、今も野放しになっているのです！」

その言葉に、聴衆たちは驚愕《きょうがく》で絶句する。水を打ったような静けさの後、一瞬にして大騒ぎとなった。

「冤罪だと!?　どういうことだ!?」

「捜査に誤りがあったということか!?」

「これは司法省への侮辱だぞ!?」

「だが、もし本当なら、一大事だ！」

聴衆たちは慌てふためき、もはやパニックも同然である。ここまで動転するのは、俺が公の場で、司法省の判決に誤りがあったと批判しているためだ。即ち、延《ひ》いては国を批判している形になる。だから、自分たちに累が及ぶことを恐れ、必要以上に狼狽《うろた》えてしまっているのだ。

「皆様、ご静粛にッ!!」

話術スキル《精神解法《ピアサポート》》。対象の精神を安定させるスキルを発動し叫ぶと、聴衆たちは徐々に平静さを取り戻していく。我ながら便利なスキルだ。汎用性が高く、戦場以外でも役に立つ。

「驚かれるのも無理はありません。ですが、私は出鱈目《でたらめ》を言って、皆様を惑わそうとしているわけではありません。ヒューゴが冤罪であることは、間違いないと断言できます」

大人しくなった聴衆たちに、俺は胸を張って朗々と続ける。

「そもそも、ヒューゴが犯人として捕まったのは、事件現場で唯一の生存者だったからです。状況を考えると、たしかに最も犯人に近い男だ。ですが、ヒューゴが捕まった時、彼は意識を失っている状態でした。つまり、何者かに眠らされていたのです」

取り調べによると、ヒューゴが富豪宅を訪れたのは、注文を受けた人形を届けるためだった。だが、邸宅内に招かれ足を踏み入れた途端、その意識を失った。そして、目を覚ますと、富豪一家は既に死体となっており、呆然《ぼうぜん》としている間に通報を受けた憲兵団が現れ、ヒューゴは逮捕されたのだ。

「裁判記録によりますと、ヒューゴが犯人として確定したのは、事件現場にヒューゴ以外の犯人を示す証拠が無かったからです。つまり、ヒューゴも何者かに眠らされたにも拘《かかわ》らず、状況証拠だけで犯人にされたわけです。これっておかしいですよね？」

俺が首を傾《かし》げると、聴衆の一人が厳しい声で叫んだ。

「ヒューゴは精神を病んでいた！　眠らされたというのは嘘《うそ》に違いない！」

そう指摘した男は、俺が仕込んだ偽客《サクラ》だ。他の聴衆たちよりも先に反対意見を出させることで、場の雰囲気が俺の意図した流れから外れることを防ぐのが目的である。実際、他の聴衆たちは偽客《サクラ》の指摘に頷くだけで、余計な発言をして場を乱す者は現れなかった。

「ヒューゴは精神を病んでなどいません。精神鑑定の結果は、正常そのものでした。なのに、精神異常者だと決めつけられ、全ての不服申し立てが却下されたのです」

「だったら、明確な意思で嘘を吐《つ》いたんだろ！」

「たしかに、その可能性はあります。ですが、それを踏まえても、他の犯人の可能性を考えて捜査を行うべきでした。なのに、検察官が最初からヒューゴを犯人だと決めつけ、捜査を怠っていたのは、当時の裁判記録を見れば一目瞭然です」

この国では、司法省が裁判官と検察官を管理している。つまり、裁く者と犯罪を糾弾する者が同じ組織に属しているため、司法省の思惑次第で裁判の公平さはいとも簡単に失われる。そうなれば、被告はただ判決に従うしかない。

「実は、ヒューゴ以外にも、犯人だと思われる人物がいました。それは他でもない、事件の通報者です」

その事実に、聴衆たちは目を見開く。この情報は、裁判記録に記されていたものではない。当時の捜査記録にのみ残されていた。それを手に入れたのは、情報屋のロキだ。

「というのも、通報者は邸宅内からの悲鳴を聞いて憲兵団に通報したのですが、事件当日、邸宅の扉と窓は全て閉ざされていました。邸宅は新築で最新の防音設備が施されており、また大きな庭が邸宅と公道を隔てています。中からどれだけ悲鳴を上げても、その声が外に漏れることはありえません。なのに何故《なぜ》、通報者は邸宅内の状況を知ることができたのでしょうか？」

俺の問いかけに、聴衆たちは察した顔となる。

「皆様、おわかりのようですね。そう、答えは一つ。通報者が真犯人、またはその一味だからです。検察官も後から気がついたようですが、既に通報者の行方はわかりませんでした。普通なら、その捜索に尽力するべきでしょう。なのに、事件の早期解決を目論《もくろ》んだ司法省は、ヒューゴを犯人だと断定し、すぐに捜査を打ち切りました」

容疑者を捜索するのは憲兵団の役割だが、これを指揮するのは検察官の役割だ。つまり、司法省に捜査の采配が委ねられている。

「司法省がヒューゴを犯人だと断定したのは、事件の早期解決が目的でした。では何故、司法省は真犯人と思《おぼ》しき人物の捜査を打ち切ってまで、すぐに事件を終わらせることを望んだのでしょうか？　その理由は、当時の国内情勢にあります」

首を傾げる聴衆たちに、俺は微笑《ほほえ》む。

「失業率の増加、増税、物価の上昇、今でこそ景気は上向きとなっていますが、当時は不況の真《ま》っ只中《ただなか》でした。必然的に、国民の不満は行政へと向く。そんな中で、世間の注目を浴びている、極めて猟奇性の高い事件の最重要参考人を逃したことが知れれば、司法省が批判の矢面に立つ可能性は高かった。いや、間違いなくバッシングの的となっていたでしょう」

ひとたび世論で非難の対象となれば、国民の関心が他に移るまで徹底的に叩《たた》かれる。最悪、司法省が原因で、大規模な暴動《デモ》に発展する可能性すらあった。それを避けるために、司法省が躍起になったことは、想像に難くない。

「ですが、もし早期に事件を解決することができたのなら、司法省の威信を保てるだけでなく、一躍正義のヒーローになることができる。だからこそ、司法省は逃した最重要参考人を捜索することを諦め、ヒューゴを犯人に仕立て上げることを決めました。——これが、あの事件の真相です」

聴衆たちはざわつき始める。一様に、聞いてはいけないことを聞いてしまった、という顔をしていた。だが、流れを支配する手綱は、俺が握っている。

「全ては憶測だろ！　証拠はあるのか!?」

叫んだのは、偽客《サクラ》だ。俺は笑って頷いた。

「もちろんです。私は名探偵を気取って、推理を発表したいわけではありません。この場で皆様に知って頂きたいのは、確たる事実のみです」

そして、会場の入り口に向かって手を伸ばした。

「それでは、ヒューゴの冤罪を証明する人物を、この場で紹介いたしましょう。——司法省の前・司法次官、レスター・グラハム伯爵です！」

扉が開き、アルマに連れられて現れたのは、法服を着た初老の男だった。

「レスター卿《きょう》だと!?」

「本物だ！　お会いしたことがあるから間違いない！」

「レスター卿が証人とは、どういうことだ!?」

聴衆たちが驚くのも無理はない。俺が招致したのは、一介の貴族ではなく、司法省のナンバー2を務めていた男だ。その顔は社交界でも広く知れ渡っているし、この場のほとんどが知人だろう。

「レスター卿、どうぞ壇上に」

「あ、ああ……」

俺が促すと、レスターは怯《おび》えながらも壇上に上がった。どうにも覇気が足りない。だから、その耳元で俺は囁《ささや》く。

「あのことをバラされたくなかったら、ちゃんと頼みますよ？」

レスターは冷や汗を垂らしながら生唾を飲み込み、小さく頷いた。

この男が司法省で司法次官を務めていたのは、半年ほど前までのことだ。解任された理由は、現・司法卿との関係の不和である。以降は領地に引き籠り、自分を追いやった司法卿を呪う日々を送っていた。

典型的な小物だ。取るに足らない男である。だが、だからこそ、利用するにはもってこいだ。そして、この男には、誰にもバラされたくない秘密があった。それは、重度の少年愛である。公になれば、権威も名誉も全て失い、領地が没収されることにもなりかねない。だから、秘密を握る俺に従うしかなかった。

「こ、この少年が言っていることは……全て真実だ」

レスターは絞り出すように告げた。

「司法省は組織の面子《メンツ》を守るために、ヒューゴ・コッペリウスを犯人にすると決めたのだ……。全ては司法省の罪である……」

「では、皇帝陛下は何も知らないのですね？」

「もちろんだ！　陛下は何も御存じない。司法省が独断で暴走した結果だ！」

「なるほど。レスター卿は、どうするべきだと考えていますか？」

「……真実を明らかにするべきだろう。そして、不当に捕らえられた青年をすぐに解放し、野放しになっている真犯人を探し出さなくてはいけない。それが、司法次官でありながら、司法の暴走を止められなかった私の責務でもある」

暴走を止められなかった、と言っているが、この男が罪悪感を抱いていないことは知っている。いや、そもそも、端《はな》から止める気などなかっただろう。よくもまあ、本意ではなかったかのように振る舞えるものだ。

だが、俺にとっては非常に都合が良い。レスターが俺に従ったのは、少年愛をバラされることを恐れているだけではない。その根底には、現・司法卿への醜い復讐《ふくしゅう》心がある。

今回の件を利用して、現・司法卿を引きずり下ろし、司法省に返り咲く気でいることは明白。その目的が果たせるのなら、臆病者の小物なりに、必死になって働くことだろう。

ヒューゴの判決を撤回させる旗頭とするには、もってこいの男だ。解任された理由も、ヒューゴの件で一人反対したからだと捏造《ねつぞう》すればいい。そうすれば、ますます大義はこちらに傾く。実際、既に聴衆たちの心が揺れ始めているのは、手に取るようにわかった。

「皆様、真実はここに明らかになりました。司法省は皇帝陛下の臣民でありながら、私利私欲のために司法を蔑《ないがし》ろにし、この帝都に大きな欺瞞《ぎまん》をもたらしたのです。これは、決して許すことのできない、背任行為に他なりません」

皇帝の名前を重ねて出したのは、糾弾する相手はあくまで司法省であり、国家そのものに歯向かうつもりはないことを明確にするためだ。また、そもそも司法省こそが、皇帝の——延いては国家の信頼に背いていることを明確にし、見逃してはいけない悪であることを認識させる意図もある。

そのロジックが、聴衆たちの意思決定を縛るのだ。

「ヒューゴ・コッペリウスは、貧しい靴屋の三男坊として生まれました。劣悪な環境で、明日をも知れぬ生活。ですが、幸運なことにも、【傀儡師《くぐつし》】としての才能に恵まれ、そこから這《は》い出るチャンスを手に入れました」

俺が話すヒューゴの過去に、聴衆たちは耳を傾ける。

「探索者《シーカー》として大成した後、彼はそれまでに貯《た》めた資金を使って、人形作家になることを選びました。心優しい彼は、争いごとから身を引き、自分の作った人形で人々を笑顔にしたいと考えたからです。その評判は、皆様も御存じのことでしょう」

ヒューゴの人形は、国内外問わず、多くの者に愛された。ここにいる聴衆たちの中にも、ファンだった者はたくさんいるはずだ。

「そんな素晴らしい彼が、無実の罪によって投獄され、二年もの月日を奪われたのです！その心中を思えば、あまりにも悲しく辛《つら》い！　胸が張り裂けそうです！　叶《かな》う事なら、すぐにでも助け出したい！　いや、助け出さなくてはならない！」

聴衆たちは静かに頷《うなず》く。中には、目に涙を浮かべている者もいた。

「そのためにも、是非、皆様のお力を貸して頂きたい！　まずは、死刑の撤回を求めて、嘆願書を作りましょう！　この帝国のために、共に正義を為《な》すのです！」

俺が言い終えると、拍手が起こった。最初は偽客《サクラ》だった。だが、すぐに他の者たちにも広がり、その同調圧力で全員が賛同者となる。今や会場中で、万雷の拍手と歓声が沸き起こっていた。

この勢いのまま嘆願書に名前を書かせれば、もう翻意することはできない。トーマスが勤めている新聞社、モダン・オピニオンを通じて、今日あったことは帝都中に広まる。ここにいる者たちだけでも、その錚々《そうそう》たる名前があれば、司法省も死刑を撤回するしかない。そこに、帝都中から更なる賛同者が集まれば、ヒューゴの釈放は確実なものとなるだろう。

そして、俺の知名度も上がり、より多くのスポンサーを得る足掛かりとなる。

『ノエル』

俺が達成感で満たされていた時、アルマから念話が届いた。

『見つけた。間違いない。ノエルが言ってた通り、事件の黒幕はこの中にいた』

『そうか。よくやった』

ヒューゴを陥れた犯人は、ロキを使ってもわからなかった。なにしろ、二年も前の事件だ。とっくに全ての証拠は失われている。だが、辛抱強く調べ続けた結果、黒幕と思われる人物を、数名に絞ることができた。その者たちは、ここに招待客として出席している。

俺がヒューゴの冤罪《えんざい》を訴え始めた時は、さぞかし驚いたことだろう。まさしく、寝耳に水だったはずだ。心臓が止まりそうになったに違いない。

だからこそ、他の者とは異なる反応が現れる。

アルマには、その反応を感知するよう、前もって指示しておいた。たくさんの人だかりの中から、特定人物の反応だけを感知することは、感知能力に長《た》けた【斥候《スカウト》】や【弓使い】であっても難しい。だが、アルマは見事成し遂げてくれた。

これから事件の黒幕がどう動くかは、既に予想がついている。俺がするべきことは、その計略を逆に利用することだ。

ふと視線を感じて後ろを振り返ると、ジークが満足そうな笑みを浮かべていた。隣のヨハンは、やっと真相に気がついたらしく、敵意丸出しの顔をしている。他のクランマスターたちも、この討論会《シンポジウム》の黒幕が俺であると察したようだ。ある者は興味深そうな顔をし、ある者は警戒心を漲《みなぎ》らせている。

俺は奴《やつ》らに向かって、舞台俳優がそうするように、片足を引いて胸に手を当てながら、お辞儀をした。努めて、慇懃《いんぎん》無礼だと受け取ってもらえるように。

「諸先輩方、ご観覧いただき、ありがとうございました」

七星《レガリア》だろうが、貴族だろうが、皇帝だろうが、国家そのものだろうが、相手が誰であっても関係ない。全てを利用し、全てを丸呑《まるの》みにする。

これが、俺の——【話術士】の戦い方だ。

†

ヒューゴ・コッペリウス、彼の探索者《シーカー》としての才能は、紛れもなく一級品だ。だが、それほどの力を持ちながらも、ヒューゴは特定の集団に属そうとはしなかった。

そもそも、ヒューゴは暴力を好まない。それ故に、探索者《シーカー》の才能に恵まれながらも、暴力を生業《なりわい》とする探索者《シーカー》のことが嫌いだった。にも拘《かかわ》らず、探索者《シーカー》になることを選んだのは、それが彼にとって一番楽に儲《もう》けられる道だったからだ。

本気で探索者《シーカー》をやっている者からすれば、覚悟に欠けた無責任極まりない動機だ。だが、探索者《シーカー》の世界は、結果こそが全て。たとえ動機が不純だろうと、他を圧倒するほどの結果を出せれば、誰も文句は言えない。

厳しい実力世界だからこそ、誰に雇われても必ず勝利に導くヒューゴは、皮肉にも常勝の傭兵《ようへい》として更に名声を高めていくことになったのだ。

ヒューゴの力を独占したいと望む者は多かった。もちろん、ヒューゴは全てのオファーを断った。どれほど好待遇の条件を提示されようとも、自分が特定の組織に所属するなど考えられなかったし、なによりも探索者《シーカー》をずっと続けていく気が無いためだ。

だが、中には断るのが難しい相手もいる。

当時、ヒューゴは二十歳。探索者《シーカー》として全盛期を迎え、その名を帝国中に轟《とどろ》かせていた彼であっても、この日ディナーを共にすることになった女は、まさしく決して礼を欠くことができない相手だった。

ヒューゴが招かれたのは、帝都でも最高級のレストランだ。予約を入れるのに三週間もかかる人気店でもあり、ここで食事をしたことが一つのステータスとなるほどである。かつて浮浪児だったヒューゴだが、十年の年月を経て、この店に見劣りしないほど立派な青年へと成長していた。

レストランに入り名前を伝えると、男性給仕《ギャルソン》がテーブルに案内してくれた。ヒューゴは席に着き、先に待っていた目の前の女に向かって微笑《ほほえ》む。

「お会いできて光栄です。ミス・ヴァレンタイン」

「こちらこそ、お会いできて嬉《うれ》しいわ。今日は来てくれてありがとう」

穏やかに微笑み返す女の名前は、シャロン・ヴァレンタイン。長い白金髪《プラチナブロンド》を煌《きら》めかせた、たおやかな風貌のエルフだ。軍服に似た、ダブルボタンのワンピースジャケットを着ている。

この女もまた、ヒューゴのヘッドハントが目的だ。だが、他とは格が違う。なにしろ、七星《レガリア》の一等星、帝国最強のクラン、覇龍隊のサブマスターだからだ。

探索者《シーカー》に興味が無いヒューゴではあるが、シャロンのことは心から尊敬している。というのも、覇龍隊をサブマスターとして支える彼女は、優れた兵法家としても有名で、その戦術の数々はヒューゴに多大な影響を与えたからだ。

面識を持ったのは今日が初めてだが、ずっと心の師として崇《あが》めてきた。会えて嬉しくないわけがない。それだけに、この後のことを考えると、心苦しかった。

「堅苦しい話は後にして、まずは食事を楽しみましょうか」

シャロンは朗らかに笑い、男性給仕《ギャルソン》を呼んだ。互いに注文した酒と料理が運ばれてくると、舌鼓を打ちながら談笑を交わす。

そして、料理の皿が空になった時、シャロンは表情を改めた。

「食事も終えたことだし、本題に入るわね」

シャロンが話してくれたのは、覇龍隊の直近の成果、そしてヒューゴを覇龍隊に迎えた際の待遇とポストだ。流石《さすが》は帝国最強のクランだけあって、とても魅力的な条件である。

「いかがかしら、ヒューゴ君？　覇龍隊に入るのは、あなたにとっても悪い話じゃないはずよ。もし、提示した条件が気に入らなければ、更に上乗せすることも検討させてもらうわ。あなたには、それだけの価値がある」

「身に余るお言葉です。ですが——」

ヒューゴは顎を引き、先を続けた。

「申し訳ありません。そのお話は、断らせてください」

「不満な点があるなら——」

交渉しようとするシャロンを、ヒューゴは手で制す。

「ミス・ヴァレンタイン、待遇が気に入らないわけじゃないんです」

「……なら、何が理由なの？」

「たしかに、提示された条件は魅力的です。覇龍隊に所属できることも、探索者《シーカー》にとっては、この上なく名誉なことです。断る方がおかしい。ですが、そもそも私は、探索者《シーカー》を長く続けるつもりがないのです」

ヒューゴの説明に、シャロンは目を丸くした。

「続けるつもりがないって、じゃあ引退するの？」

「はい。そのつもりです。今年引退を予定しています」

「……引退して、何をするの？」

「人形作家になります。あと少し働けば、死ぬまで人形制作に没頭できる資金が貯まります。誤解を恐れずに言わせて頂くと、私が探索者《シーカー》になったのは、人形作家になる資金を貯めることだけが目的でした。その目的が達成されたのなら、もう探索者《シーカー》を続ける理由は無いのです」

シャロンは、なるほどと頷いた。

「そういう事情があるのなら、仕方ないわね。わかりました。諦めます」

「申し訳ありません」

「謝ることはないわ。無理を頼もうとしたのは、こっちだもの。でも、すごく残念。あなたが入ってくれたら、覇龍隊はより素晴らしいクランになれたのに」

心から残念そうに言うシャロンを見て、ヒューゴは罪悪感を抱いてしまう。だが、だからといって翻意することはできない。人形作家になることは、ヒューゴの長年の夢だからだ。それに、やはり探索者《シーカー》という仕事は好きになれない。

「近々ね――」

シャロンはワイングラスの縁を指で撫《な》でながら言う。

「サブマスターの座を、弟子の一人に譲るつもりなの。だから、私がサブマスターでいる間に、少しでも多くクランに貢献したかったんだけど、別の方法を考えないといけないみたいね」

「弟子、というと、ジーク・ファンスタインですか？」

ジークのことは、よく探索者《シーカー》の間で噂《うわさ》になっている。ヒューゴと歳《とし》の近い男で、極めて非凡な才を持つ【剣士】だ。その教育を担当したのがシャロンらしい。戦闘員としての実力は、既にサブマスターのシャロンを超えているとも聞いている。

「そう、あの馬鹿」

シャロンは楽しそうに笑った。

「性格は最悪で女癖も悪くて、どうしようもない馬鹿弟子だけど、その才能は本物よ。私が果たせなかった、EXランクの頂にも到達しようとしている」

「EXランクに……」

ヒューゴは瞠目《どうもく》せざるを得なかった。

職能《ジョブ》のランクはCからEXまであるが、EXランクに至れる者は滅多にいない。そのため、事実上Aランクが最高位だと扱われている。もし、ジークがEXランクにランクアップすることができたのなら、覇龍隊は二人のEXランクを抱えることになり、その王者としての地位は、ますます不動のものとなるだろう。

「覇龍隊は、もっと強くなるわ」

ヒューゴの心を見透かしたように、シャロンは力を込めて言った。

「そのためなら、私はなんだってできる」

「大切に思っていらっしゃるんですね」

「ええ、とっても。私にとって覇龍隊は、我が子も同然だから」

その言葉が決して誇張ではないことを、ヒューゴは知っている。何故《なぜ》なら、シャロンは覇龍隊の創設メンバーだからだ。始まりは、マスターであるヴィクトル・クラウザーと、たった二人だけのパーティだったと聞いている。

以来、数十年の間、メンバーを増やし、組織を拡大し、まさしく母のように育て上げてきた。彼女にとって覇龍隊が何よりも大切なのは真実に違いない。

「ヒューゴ君は、ずっと傭兵なのよね？　寂しいと思ったことはないの？」

出し抜けに聞かれて、ヒューゴは苦笑した。

「ないですね。一度たりとも」

探索者《シーカー》になる前、それこそ生まれた時から、ヒューゴは独りだったも同然だ。だが、独力でここまで成り上がることができた。それは、他人など必要無いという、何よりもの証明だろう。

「仲間なんていなくても、生きていけます」

「あら、それは極端じゃない？」

「いいえ、そうは思いません。仲間の大切さは認めますが、それは絶対じゃない。だったら、独りの方が楽です」

「ふぅ～ん」

シャロンは目を細め、ヒューゴをじっと観察するように見つめる。

「何か？」

「私、あなたのことは凄《すご》く評価しているわ。でも――」

その優しい美貌が、不意に冷たい笑みを浮かべる。

「そこまで強い人間には見えない」

かっと顔に血が集まるのがわかった。シャロンのことは尊敬しているが、会って間もない相手に、どうしてそんな風に言われないといけないのか。

だが、ヒューゴはすぐに冷静さを取り戻す。

たしかに、シャロンの言うことは一理ある。ヒューゴの価値観も、心に留めておくだけならともかく、誰かに話す内容としては不適格なものだった。賛同を得られにくい内容であるし、またヒューゴ自身も得たいとは思っていない。それがわかっていながらシャロンに話したのは、酒のせいで自制心が少しばかり緩んでいたからだろう。

らしくなかったな、とヒューゴの頭は更に冷えていく。

「あまり虐《いじ》めないでください。物を知らない若造の虚勢ですよ」

ヒューゴが肩を竦《すく》めて自虐的に笑うと、シャロンも面白そうに笑った。

「あははは、ごめんごめん。立場上、つい説教臭くなっちゃうの」

「いえ、私の方こそ、軽率な発言でした。酒は人を惑わせる」

「そうね。でも、別に間違った意見じゃないと思う。侮辱するような言い方をしてしまったけど、あなたは弱い人間というわけではないわ。とても強く、立派な人だと思う。ただ、あなたの掲げる理想とは、その実像が少し離れているだけ」

シャロンはそう言って、自分の左目に指を突っ込んだ。

「な、何をしてるんですか!?」

ヒューゴは驚くが、シャロンはそのまま左目を抉《えぐ》り出す。

「驚かないで、これは義眼よ」

手の平に置かれた目玉を見ると、たしかに作り物だ。

「とっても高価な悪魔《ビースト》素材のアイテムでね、こうやって使うの」

義眼は折り畳まれていた羽を展開し、僅かに飛翔《ひしょう》する。

「昔、戦いで両目を失ったの。以来、この義眼を使っているんだけど、なかなか便利よ。片方が私の命令で空を飛び回り、もう片方の目に映像を伝達する。これがあれば、どこでも盗み見ることができるわ」

「……私のことも、その眼《め》で調べたんですか？」

「もちろん良識の範囲内でね」

ヒューゴは溜《た》め息《いき》を吐《つ》く。

「……ミス・シャロンの良識を信じましょう」

「ふふふ、ありがとう。あなたの戦いぶりは、噂に違《たが》わず見事だった。【傀儡師《くぐつし》】が全職能《ジョブ》の中で最強だというのは本当ね。それだけに、満たされないだろうな、と思った」

「満たされない？」

「あなたは優秀過ぎる。何でもできるせいで、情熱を持つことができずにいる。どれだけ名声を得ても、決して心が揺り動かされることはなかったはずよ」

なるほど、そういうことか。

「仕事に私情は交えません。なにより、先ほども言ったように、私は探索者《シーカー》業を資金集めのためだと割り切っています。満たされる必要はありません」

「合理的なようだけど、そうあるべく自らを律しているようにも聞こえるわね」

「それは……」

ヒューゴは言い淀《よど》む。シャロンは義眼を元の状態に戻し、眼孔に収めた。

「あなたの過去も調べさせてもらったわ。ヒューゴ君、あなたは自身の生い立ちのせいで、割り切ることに……いえ諦めることに慣れ過ぎている」

沈黙するヒューゴに、シャロンは淡々と続けた。

「仲間というのは、ただ助け合うためだけの存在じゃないわ。お互いが共に高め合うライバルでもあり、それが成長を促進させる」

「だから、返事を考え直せと？」

「そこまでしつこい女じゃないわ。ただ、これは先達からのアドバイスだけど、あなたは探索者《シーカー》を続けた方が良い」

「それは、何故です？」

「探索者《シーカー》の世界は、人材の宝庫よ。この世界にいれば、あなたが心から仲間になりたいと思える誰かにも出会えるでしょう。諦めることに慣れた、その心の渇きも、きっと癒してくれる。いえ、燃え上がらせてくれる、と言った方がいいかしら」

ヒューゴは苦笑した。余計なお世話だ、と思った。笑みを浮かべたまま嘘《うそ》を吐く。

「心に留めておきます」

それからしばらくの後、ヒューゴは宣言通り、探索者《シーカー》を引退して人形作家となった。

だが、運命に翻弄された彼は、二年後、殺人の冤罪《えんざい》で死刑囚となったのだった。

†

ヒューゴが微睡《まどろ》みから覚醒すると、格子入りの窓から月明かりが射《さ》していた。

「夢、か……」

気がつけば高級レストランではなく、牢獄《ろうごく》の中だ。その落差はあまりにも大きく、暗澹《あんたん》とした気もちになってくる。

だが、以前と比べれば、状況はかなり改善された。まず、部屋が違う。現在、ヒューゴが収容されている部屋は、貴族用のものだ。ベッドがあり、トイレもある。以前のようにワラと桶《おけ》だけが置かれた部屋ではない。

身なりも整えることができた。髪を切り髭《ひげ》も剃《そ》り、服装も簡素ではあるが粗悪品ではない。スキルの発動を妨害する首輪も外されている。以前と比較すると、遥《はる》かに文明的な姿だ。食事もまともなものになり、栄養剤も与えられ、体力はかなり回復した。身体《からだ》は痩せ細っているが、立つのにも苦労するような倦怠感《けんたいかん》は消え去った。

また、看守に頼めば、小説や新聞も取り寄せてくれる。ここまで劇的に待遇が良くなったのは、ノエルの働きのおかげである。ヒューゴのベッドには、そのことが書かれた新聞が置かれていた。

『血まみれの剝製師《レザーマスク》は冤罪だった!? 嵐翼の蛇《ワイルドテンペスト》のクランマスター、ノエル・シュトーレンが、討論会《シンポジウム》の場にて証明する!』

一週間前の新聞だ。事件の真相は、ノエルの手によって明らかにされた。真犯人こそまだ捕まっていないが、少なくともヒューゴを犯人だと考える者は、ほとんどいなくなった。今や世論は、ヒューゴを哀れな被害者だと考え、釈放を求めている。

司法省は記者会見を開き、状況説明に応じたが、自己弁護に徹するばかりで、とうてい国民が納得できる内容ではなかった。悪化していく状況を考えると、現・司法卿《きょう》は弾劾されるに違いない。

ヒューゴの立場はまだ死刑囚だが、実質的には撤回されたも同然だ。まだ外に出ることができないのは、再審請求手続きの最中だからである。いくら無実が証明されたからといって、それは法廷の外での話。正式な再審を経ず無罪放免にしては、法治国家としての制度が形骸化してしまうことになる。

だが、再審さえ開かれたら、すぐ自由になれるはずだ。長い地獄がようやく終わろうとしていることに、ヒューゴは深々と溜め息を吐いた。

「もし、シャロンに従っていれば、こんなことにはならなかっただろうな……」

ヒューゴは人形作家になってからも、特定の誰かと親しくなることはなかった。つまり、孤立していたのだ。助けてくれる仲間がいなかった。だからこそ、罪を擦《なす》り付ける対象としては、もってこいだったのだろう。

あの時は、まさか自分が死刑囚になるなんて夢にも思わなかったし、全ては結果論ではあるが、こうなってしまうと自分の生き方に落ち度があったと反省せざるを得ない。

「仲間、か……」

だが、今更生き方を変えることなんて、できるのだろうか？

事ここに及んでも、やはりヒューゴには、誰かと共に生きる道が想像できなかった。シャロンが言った通りだ。ヒューゴは諦めることに慣れ過ぎた。

だが、わかっていることが、一つだけある。

「……ノエル・シュトーレン。認めよう、君は最強の探索者《シーカー》だ」

傭兵《ようへい》を続けてきた中で、多くの探索者《シーカー》を知ることになったが、こんな戦い方ができる者など、見たことも聞いたこともない。戦力こそ他の猛者たちと比べれば大きく劣るが、ヒューゴは既にノエルこそが最強の探索者《シーカー》だと考えるようになっていた。

恩を感じているのもある。贔屓目《ひいきめ》になっているのかもしれない。だが、それを差し引いても、ノエルの才能は異質過ぎる。国を手玉に取った探索者《シーカー》など前代未聞だ。

「蛇、か」

ノエルは既にクランを設立し、その名前を嵐翼の蛇《ワイルドテンペスト》と名付けた。シンボルは翼の生えた蛇だ。新聞では、そのシンボルから蛇と呼ばれることが多かった。

『……君は蛇のような人間だな。狡猾《こうかつ》で容赦が無く、人を誑《たぶら》かして丸呑《まるの》みにしようとする。まったく、恐ろしい少年だよ』

自分が言った言葉を思い出し、ヒューゴは思わず吹き出してしまった。

「ははは、名実共に、蛇になってしまったな」

大いに笑い、目尻から零《こぼ》れた涙を拭う。

「だが、悪くない。ああ、悪くないよ……」

呟《つぶや》いたヒューゴの胸には、小さな――だが高温の熱を持った火が宿っていた。

†

あの討論会《シンポジウム》から一週間が経《た》った。

俺の目論見《もくろみ》通り、世論はヒューゴに傾き、行政府はその対応に追われている。市民団体も結成され、そのリーダーになったのは、レスター・グラハム伯爵だ。もちろん、俺の指示である。レスターとは細かく連絡を取り合い、俺の書いた脚本に従うこと、そしてレスター側で入手した情報を即座に知らせるよう徹底させている。

今の状況はレスターにとっても好都合であるため、裏切る可能性は低いが、なにしろ相手は馬鹿だ。一ミリたりとも信用できない。裏切るつもりはなくても、勝手な行動を取り俺に害を為《な》す可能性もある。そうなることを未然に防ぐため、少なくとも目的が達成されるまでは、常に動向を把握しておく必要があった。

元凶である司法省は記者会見を開いたが、国民の感情をますます逆撫《さかな》でするだけに終わった。司法の不正というのは、社会の基盤を崩しかねないものだ。法の番人が法を蔑《ないがし》ろにする危険性は、誰もが知るところである。

まだ公表されていないが、現・司法卿が解任されることは既に決まっており、次期・司法卿はレスターが復職すると同時に収まる予定である。

現状、ヒューゴが拘留されている名目は、再審待ちだ。司法省の罪は明らかになったが、真犯人は捕まっておらず、依然としてヒューゴの完全な無実は証明されていないためだ。

だが、ヒューゴを拘留したままでは、事態を収束することもできない。当然のことながら、行政府は早く問題を解決したいと考えている。だから、市民団体の代表であるレスターと交渉し、司法卿のポストを約束することで、事態のコントロールを図ったのだ。

市民団体の代表であるレスターが新たな司法卿となり、その権限でヒューゴの再審を開けば、新体制がクリーンであることをアピールできる。つまり、国民の不信感を取り除くことができる。――そう画策しているのだ。

行政府の内情を推測するに、レスターが新しい司法卿になるのは、今から一ヶ月後ぐらいだろう。現・司法卿は大貴族だ。どんな理由があるにしろ、更迭するには相応の準備が必要となるし、犯罪者として裁くつもりなら、なおのことだ。その準備が整わない内は、行政府が行動に移すことはない。

つまり、ヒューゴが釈放されるのも、一ヶ月後ということになる。

「――もちろん、このまま俺が何もしなければ、の話だ。ただ待っているだけでは、時間がもったいない。迅速に望む展開を手に入れる」

この日、俺たちは改装が完了したクランハウスに集まっていた。その執務室で、俺は椅子に座りながら言った。執務室には全員集まっている。俺の話に、コウガは首を傾《かし》げた。

「事件の黒幕はわかったんじゃろ？　じゃったら、はよう捕まえて憲兵に突き出せばええじゃろうが。真犯人が捕まれば、拘留する理由も無くなるじゃろ」

コウガの言うように、ヒューゴが拘留されている名目は再審待ちであるため、真犯人が捕まれば釈放するしかなくなる。だが――

「コウガは本当に馬鹿」

アルマが壁にもたれながら、嘲るように言った。

「真犯人を秘匿したままだから、ノエルの息が掛かったレスターを、新しい司法卿にねじ込むことができた。もし真犯人を突き出して、さっさと事件を完全解決していたら、今の状況は作れていない。つまり、ボクたちの旨味《うまみ》が少なくなる」

「ま、まあ、そりゃそうじゃが……」

「この無能。精子からやり直して」

「そ、そがいに、罵倒することないじゃろうが！」

相変わらずの二人に、俺は溜《た》め息《いき》を吐《つ》く。

「たしかに、一番の目的はヒューゴの汚名を雪《すす》ぎ、俺たちの仲間にすることだ。だが、後のことを考えると、利用できるものは利用し尽くしたい」

「早く解放しないと、行政府が翻意してヒューゴを暗殺しないだろうか？」

心配そうに問うレオンに、俺は首を振る。

「行政府の暗殺は無いな。獄中死でもされたら、それこそ国民感情が爆発して手に負えなくなる。それに、ヒューゴが拘留されている監獄の職員は、全員が俺の影響下だ。その話によると、ご機嫌取りのために、至れり尽くせりの待遇らしい。くくく、冤罪で非人道的な扱いを受けていたことが公になれば、たまったものじゃないからな。今更ながら、信用を回復したいんだろうさ」

「なら、いいんだが……」

レオンは納得したが、その表情は曇ったままだ。

「となると、やはり、あの作戦を決行するんだね？」

「ああ。もう準備は終わっている」

俺が頷《うなず》くと、レオンは顔をしかめる。

「……どうしても、やるのかい？」

「やる。これは決定事項だ。安心しろ、必ず上手《うま》く行く」

「い、いや、成功するか否かを心配しているんじゃなくて、そもそも、その作戦があまりにも……あいたたたっ、胃がっ！」

レオンは腹痛に苦しみ出し、慌てて医療ポーチから取り出した薬を飲んだ。

「気の小さい奴《やつ》め」

「……ノエルの肝っ玉がでか過ぎるだけじゃ。流石《さすが》に、あの作戦はのう……」

コウガが呆《あき》れたように呟いた時、外から馬の嘶《いなな》き声が聞こえた。

「ノエル、お客様」

窓の外を見たアルマが、にやりと笑う。

「ノエルの予想通り、フィノッキオ・バルジーニが来た」

馬車に乗ってやってきたフィノッキオを三人に応対させ、執務室に通した。三人は俺の指示に従い、部屋の前で待機している。部屋の中にいるのは、俺とフィノッキオだけだ。

「……久しぶりね、ノエルちゃん。元気そうでなによりだわ」

派手な紫の服を着たフィノッキオは微笑《ほほえ》むが、その眼《め》は冷たく暗い。

「アタシが来た理由は、わかっているわね？」

「さて？　親睦を深めるためじゃないのか？」

俺がとぼけると、フィノッキオは不快そうに鼻を鳴らした。

「かまととぶってんじゃないわよ。蛇、だっけ？　アンタにぴったりだわ。ホント、嫌らしい性格。……アンタ、とっくに知っているんでしょ？　ヒューゴの事件の黒幕……そして彼がウチの組《ファミリー》と蜜月関係にあることを」

俺は口を大きく歪《ゆが》めた。

「フーガー商会《グループ》の代表、アンドレアス・フーガー」

それが、あの討論会《シンポジウム》で判明した黒幕の正体だ。フーガー商会《グループ》は帝国内でも指折りの大財閥だが、その歴史は比較的新しい。それが現当主になってからは急成長し、帝国の裏の支配者であるルキアーノ組《ファミリー》と、蜜月関係を結べるまでになった。

アンドレアスが黒幕だと判明した後、俺はロキに頼んで、その周辺を洗い直してもらった。その結果わかったのが、他国への悪魔《ビースト》素材の密輸である。しかも、他国に流したのは素材だけでなく、その発明品と研究情報も含まれる。

魔工文明によって栄える国々にとって、悪魔《ビースト》素材によってもたらされる恩恵は、何物にも代え難いほど価値がある。それだけに、密輸や情報漏洩《ろうえい》に科せられる罪は重い。だが、その罪が重いからこそ、多額の利益を得ることができるのも事実だ。

そもそも、ヒューゴの冤罪《えんざい》事件で殺された大富豪は、アンドレアスの競合相手だった。勢力を拡大すればライバルが増えるのは自明の理だ。大富豪には、アンドレアス以外にも多くの商売敵がいた。

だが、どうにも件《くだん》の大富豪は、アンドレアスの悪事を摑《つか》み、脅迫していたらしい。それは、アンドレアスが黒幕だと判明してからの再調査で、新たに判明した事実だ。

「アンドレアスは邪魔なライバルを殺し、その罪をヒューゴに擦り付けた。そして、その闇に葬られたはずの真相が、俺の手の中にある。アンドレアスと蜜月関係にあるルキアーノ組《ファミリー》としては、是が非でも処理したい問題だろう」

俺はフィノッキオを真《ま》っ直《す》ぐ見据えたまま続ける。

「だから、あんたが来ることは、最初からわかっていた。なにしろ、あんたには、あの時に俺を見逃した負い目があるからな」

フィノッキオは困ったように笑う。

「ホント、顔以外はちっとも可愛《かわい》くない子。全て手の平の上ってわけ？……でも、その通りよ。アタシは、アンタがいずれ組《ファミリー》に災いをもたらすとわかっていながら、見逃してしまった。その責任は果たさなければいけないわ」

フィノッキオはやれやれという風に首を振り、表情を改めた。

「アンドレアスは、ウチの大事なお客様《クライアント》。彼が困っている以上、見過ごすことはできない。だから、選びなさい、ノエルちゃん。この件から手を引くか、それともアタシに殺されるか。答えは、二つに一つよ」

ふと、身体《からだ》に違和感を覚えた。俺のものではない魔力が体内に流し込まれている。脳裏をよぎるのは、フィノッキオに心臓を抉《えぐ》り出された時の情景だ。

断罪スキル《神罰覿面《ジャッジメント》》。【斥候《スカウト》】系Aランク職能《ジョブ》、【断罪者《パニッシャー》】であるフィノッキオが有する、対人特化の即死スキルだ。フィノッキオの言葉を連続で二回断ると、強制的に心臓が抉り出されることになる。以前は、異変を感知することすらできなかったが、ランクアップした今は別だ。もっとも、抵抗《レジスト》するまでには至らないが。

「剣呑《けんのん》だな。怖くて小便を漏らしてしまいそうだ」

「くだらない冗談は止《や》めなさい。そういう気分じゃないの」

俺は肩を竦《すく》め、フィノッキオの氷のように冷たい顔を見る。

「気狂い道化師《マッドピエロ》のキャラクターはどうした？　まるで病院の受付みたいな顔じゃないか。ちっとも楽しそうに見えないね」

「傍若無人に、身勝手に生きていても、果たすべき役割は果たす。……それが、漢《おとこ》ってもんだろうが」

フィノッキオは唸《うな》るような低い声で言い、俺を睨《にら》んだ。

「なるほど、道理だな。流石は、フィノッキオ・バルジーニだ。アルバートのような小物とは違う。あんたは本物の漢だよ」

やはり、このオカマのことは嫌いになれない。いや、好ましくすら思える。

「フィノッキオ、俺はあの時とは違う。本気で俺を殺そうと考えるなら、おまえも死ぬぞ。俺が一声かければ、外で待機している三人が一斉に踏み込んでくる」

「でしょうね。素晴らしい仲間を揃《そろ》えたものだわ。いくらアタシがAランクだからって、アンタたち四人と戦えば、ただでは済まない。でも、それがどうしたの？……このオレが、てめぇの命を惜しむとでも思ってんのか？　ああっ!?」

「まさか！　あんたは本物の漢だ。必要なら自分の命を捨てることも厭《いと》わないのは知っている。だが、こんなことで互いに命を落とすなんて、つまらないと思わないか？　アンドレアスは、おまえが命を懸けるのに相応《ふさわ》しい相手なのか？」

　俺が問いかけると、フィノッキオは首を振った。

「アタシが命を懸けるのは、アンドレアスのためじゃないわ。組《ファミリー》のためよ。残念ね、ノエルちゃん。そんな安い言葉はアタシには届かない。さあ、そろそろ答えを聞かせてちょうだい。イエスか、ノーか」

「組《ファミリー》のため、か。大した忠誠心だ。だが、間違っているぞ、フィノッキオ。本当に組《ファミリー》のためを思うなら、アンドレアスは切り捨てるべきだ」

「お得意の話術？　だから、そんなものは――」

　身構えるフィノッキオを手で制し、俺は机の引き出しから一冊の資料を取り出す。そして、それをフィノッキオに手渡した。

「なにこれ？……………はぁっ!?　全探索者《シーカー》を対象とした、闘技大会ですって!?　ちょっ、本当に何よこれ!?」

　資料の表紙を見たフィノッキオは、驚きのあまり叫んだ。

「読んだ通りの計画だ。俺はこの帝都で闘技大会を開く。二流以下の参加者しか集まらない、アンダーグラウンドの大会じゃない。帝国初の、公式な探索者《シーカー》による闘技大会だ。その価値は、わかっているだろ？」

「わ、わかっているわよ。探索者《シーカー》は悪魔《ビースト》を狩ることが本業。闘技大会の計画自体は以前にもあったけど、身体を壊すことを恐れて参加者が集まらなかった。だから、もし開けるなら、初の試みとしてとんでもない経済効果が生まれるわ。で、でも、不可能よ！　誰も参加するはずがない！」

「ルールを上手く調整すればいい。詳細は資料にまとめてあるから、後でじっくり読んでおけ。それに、とびっきりの大物が、既に参加者として名乗りを上げている。覇龍隊のサブマスター、帝都でも数少ないEXランク、あのジーク・ファンスタインだ」

俺はジークのサインが入った同意書を見せた。

「ジーク・ファンスタインですって⁉　マ、マジ？……マジじゃないのぉ。ちょっ、ええ……。ど、どうやって、あの最強を説き伏せたの？　し、信じられないわ……」

呆然《ぼうぜん》とするフィノッキオに、俺は微笑む。

「どうだ？　現実味を帯びてきただろ？」

「いや、でも……こんな……」

「もし、おまえが望むなら、この計画に一枚噛《か》ませてやってもいい。いや、運営の全てを任せよう。そして、定期的なイベントにすればいい。そうなった時に入る金は、どれだけのものになるだろうなぁ？　少なくとも、アンドレアスとの関係から生まれる金ごときでは、まったく届かない額だろう。過去から未来、全てを足してもな」

「そ、それは……」

揺れるフィノッキオに、俺は畳み掛ける。

「フィノッキオ、おまえはその金で、ルキアーノ組《ファミリー》の新しい会長になれ。おまえが、ルキアーノ組《ファミリー》を支配するんだ」

「はぁっ!? な、なんですって!?」

「おいおい、何を驚く必要がある？ おまえはルキアーノ組《ファミリー》の直参だ。本家の若頭にこそ及ばないが、跡目候補の一人。おまえがルキアーノ組《ファミリー》の新会長になっても、何の問題もないじゃないか」

「そ、それはそうだけど……。アタシたちにも都合ってものが……」

「煮え切らないな」

俺は立ち上がって、フィノッキオに歩み寄り、その顔を見上げる。互いの立ち位置は、ちょうど、あの時と同じだ。

「俺の王は俺だけだ。俺は、誰にも縛られない」

「ア、アンタ……」

「フィノッキオ、おまえはルキアーノ組《ファミリー》の会長となり、帝国の裏社会を支配する。そして俺は、七星《レガリア》の一等星となり、表社会で最も名誉と権力を持った男になる。つまり俺たちが手を組めば、事実上この帝国は俺たちのものだ」

フィノッキオは顔を青褪《あおざ》めさせ、後ろに一歩下がった。

「……アンタ、簒奪《さんだつ》を企《たくら》んでいるの？」

「勘違いするな。皇帝の椅子に興味は無い。俺が求めているのは、誰もが認める最強という地位だけだ。あんたも言ったじゃないか。――このオレを胆《きも》で負かした男が、頂点を取らずに終わるなんて絶対に許さねぇからな、ってな。まさしく、これが頂点への道だ」

一字一句違《たが》えず言われた台詞《せりふ》を返すと、フィノッキオは更に一歩下がる。

「だからって、アンタの言っていることは無茶苦茶よ……。正気じゃない……」

「フィノッキオ、二歩だ」

「は、はぁ？」

「あの時は、一歩下がった。それが今は二歩だ。このまま、おまえはどこまで下がるつもりだ？　おまえほどの漢が、そうやって怖気《おじけ》づいたまま終わるつもりか？」

「こ、こここ、こんの糞《くそ》ガキ！　言わせておけばッ!!」

激昂《げきこう》し殺意を漲《みなぎ》らせるフィノッキオ。今この一瞬で、首を落とされてもおかしくない。

だが、俺は逃げずに、決して視線を逸《そ》らさないまま続ける。

「選べ、フィノッキオ・バルジーニ。いや、気狂い道化師《マッドピエロ》。アンドレアスごときのために死ぬか、それとも、この俺と頂点を取るか。答えは、二つに一つだ。――さあ、選べッ！

おまえの漢としての答えを言ってみろッ!!」

「ぐっ、ぐぅぅっ……」

フィノッキオは悔しそうに顔を歪める。

だが、俺は確信した。――堕《お》ちたな、と。

帰りの馬車の中、フィノッキオは怒りの絶頂にあった。

「ムカツクムカツク、ムカツクゥゥ〜〜っ!!」

馬車の中で地団駄を踏むフィノッキオに、子分は溜《た》め息《いき》を吐《つ》く。

「組長《お姉さま》、馬車の中で暴れるのは止めてください。はしたない」

「うっさいわね！　わかってるわよ！　でも、ムカツクんだから仕方ないでしょ!?　このアタシが、あんなチンコあるんだか無いんだかわからない糞ガキに、ボロクソ言われたのよ!?　な〜にが、おまえの漢としての答えを言ってみろ、よ！　死ね死ねっ!!」

「それで見栄《みえ》を張って、承諾してしまったんですよね？　自業自得です」

「うっさい馬鹿!!　バ〜カッ!!　あんなこと言われて引き下がれるわけがないでしょうが！　そうよ！　言ってやったわよ！　協力するって言ってやったわよ!!　悪い!?　悪いのはわかっているわよ!!　アタシが全部悪いわよッ!!　あ〜〜もうっ!!」

フィノッキオは頭を掻《か》き毟《むし》り、ハンカチを噛み締めた。

「ぐやぢぃ〜〜っ!!　何で、このアタシが、フィノッキオ・バルジーニが、都合の良い女みたいな扱いを受けないといけないのよぉ〜〜っ!!」

「組長《お姉さま》、だからそれは——」

「アンタ！　その先を言ったら、マジでぶっ殺すわよッ!!」

本気の殺意を込めて子分を睨み付けたフィノッキオは、魂が抜け出すような大きな溜め息を漏らした。

「……会長《パパ》に、なんて説明すればいいのかしら……」

「黙っていれば良いんじゃないですか？　今日のことだって独断ですし」

「そ、そういうわけにはいかないわよ。アタシとノエルちゃんが知り合いなのは会長《パパ》も知っているし、黙っていてもアタシに声が掛かるわよ。なんとかしろって」

ノエルが計画している闘技大会はたしかに魅力的ではあるが、今の段階では単なる絵図でしかない。本家の会長を説得する材料にはならないだろう。

「でしたら、しばらくの間、ご自宅に引き籠られてはいかがです？　体調が優れないから、ノエルの件には関われないと嘘《うそ》を吐くんです」

「そんな見え透いた嘘を吐いてどうすんのよ……」

「時間稼ぎです。あの蛇のことですから、既にアンドレアスを潰す算段は整えているはず。そうなれば、組長《お姉さま》が会長を説得せずとも、この件は万事解決です。闘技大会のことも報《しら》せずに済み、独占できるじゃありませんか」

「で、でもでもでも、アタシたちが動かなくても、他の組《ファミリー》がノエルちゃんを襲うわよ？」

首を傾《かし》げるフィノッキオに、子分は残酷な笑みを見せる。

「他の組《ファミリー》の刺客は、蛇に返り討ちに遭ったという体で、私たちが秘密裏に始末しちゃいましょう」

「あら」

フィノッキオは頬に手を当てて、眉をひそめた。

「あらあら、まあまあ、なんだか物騒な話ね？　身内を殺すなんて。野蛮だわ。怖いわ。どうしましょう。そんなこと許されないわ」

口では否定的だが、フィノッキオの言葉には感情がこもっておらず、まるで他人事《ひとごと》のようだ。ただ、その眼《め》だけが愉快そうに細められている。

「組長《お姉さま》、バレなければいいんですよ。バレなければ」

「もう！　悪い子ね！　アンタの親の顔を見てみたいわ！　アタシは何にも知らないわよ！　もし他の組《ファミリー》の刺客が死んじゃっても、きっとそれは事故よ！　事故！　アタシはな～んにも悪くないんだからね！」

フィノッキオは笑いを噛み殺して、窓の外に目を向けた。通り過ぎる景色は、いつもと変わらない日常のはずなのに、何故《なぜ》だか今日は輝いて見える。

「俺たちが手を組めば、か……。言うようになったじゃない」

男子三日会わざれば、とは言うが、まさしくノエルは急成長していた。フィノッキオの予想していたスピードを遥《はる》かに超えて、新たな王者が産声を上げようとしている。

「……望むところだわ。踊ってやろうじゃない、アンタの手の平の上で」

だが、フィノッキオが認める一方で、ノエルの戦いはまだ終わっていない。アンドレアスの背後にいるのは、ルキアーノ組《ファミリー》だけではないのだ。

フィノッキオは、別れ際に伝えた忠告の言葉を思い出す。

『ノエルちゃん、蠅《はえ》の王に気を付けなさい』

闇の世界には、暴力団《ヤクザ》よりもおぞましく、得体の知れない悪が潜んでいる。

「覇道を歩むアナタは、どう戦うのかしら。あの蝿の王と……」

†

そこは豪奢《ごうしゃ》な執務室。部屋は広く、古今東西あらゆる国から取り寄せられた、貴重な美術品が飾られている。そのため、執務室というよりも展覧室のような趣さえあった。部屋の主《あるじ》である中年の男もまた、見るからに高価な背広《スーツ》を着ている。身に着けている時計や指輪も、それ一つで一般市民の年収を軽く超えるほどの一級品だ。

誰もが羨む富、そして名声を手にした男の名を、アンドレアス・フーガーと言う。フーガー商会《グループ》の筆頭にして、この帝都でも指折りの大富豪だ。だが、我が世の春を謳歌《おうか》しているはずのアンドレアスは、今にも卒倒しそうなほど顔を真っ青にして、部屋の中をぐるぐると歩き回っている。まるで、檻《おり》に閉じ込められた熊のような様相だ。

真実、アンドレアスは、暗く狭い檻に閉じ込められたような心境でいた。

「くそぉ……。どうしてこんなことに……」

この台詞は何度繰り返したことだろう。

「おのれ……蛇め……。ノエル・シュトーレンめ……」

彼の蛇への呪詛《じゅそ》も、もはや何度口にしたことかわからない。

そもそもの発端は、アンドレアスが招かれたパーティだ。ただの社交場だと思い参加したのだが、とんでもない結末が待っていた。

二年前、アンドレアスは商売敵の一人を謀殺した。あの男は、アンドレアスが他国に悪魔《ビースト》の素材を密輸していることを嗅ぎ付け、それをネタにフーガー商会《グループ》を乗っ取ろうと画策していた。だから、殺すしかなかった。

そして、その罪を擦《なす》り付けた相手が、ヒューゴ・コッペリウスだ。司法省はヒューゴが犯人だと断定し、アンドレアスに疑いの目が向けられることはなかった。

全てはそれで解決したはずだったのだ。

「クソォォォオォッ!!」

激昂したアンドレアスは、その怒りのままに机を殴りつける。拳が裂けるまで何度も殴りつけた後、机に突っ伏し肩を揺らして泣き出した。

「お終《しま》いだ……。私はもう、お終いだ……」

あのパーティの最後で、嵐翼の蛇《ワイルドテンペスト》のマスターであるノエル・シュトーレンは、あろうことかヒューゴ・コッペリウスの冤罪《えんざい》を主張した。それだけでなく、司法省の不正も明らかにし、前・司法次官であるレスター・グラハム伯爵まで呼び寄せた。

各界の重鎮たちが集った場で公表された真実は、新聞を通じて帝国中に拡散された。世論は哀れなヒューゴに同情し、また不正を行った司法省を厳しく非難している。

真犯人の名前こそ挙がっていないが、世論の後押しで再捜査が行われれば、アンドレアスに辿《たど》り着く可能性は高い。いや、再捜査が行われるまでもなく、アンドレアスの罪は既に暴かれている。

ヒューゴの冤罪を主張したノエルは、最後にアンドレアスを見た。勘違いではない。確かに目が合った。そして、あの狡猾《こうかつ》な少年は、笑ったのだ。獲物を見定める蛇のような冷たい眼で、アンドレアスに微笑《ほほえ》みかけた。

「奴《やつ》は間違いなく、私が黒幕だと気がついている……」

あの場でアンドレアスの罪を暴露しなかったのは、そのネタを利用するつもりだと推測できる。まだ接触は無いが、今やアンドレアスを生かすも殺すも、ノエル次第だ。

もし気が変わって、アンドレアスの罪を公表したら？　そもそも、既に誰かに伝えていたら？　そう考えると、とても生きた心地がしなかった。

「おやおや、男が簡単に泣くものじゃありませんよ？」

不意に声がした。男のようでもあり女のようでもある、不思議な声だ。

アンドレアスが驚き振り返ると、そこには漆黒のローブを纏《まと》った何者かが立っていた。

部屋の扉は鍵が掛かったままだ。普通なら入れるはずがない。しかも、その顔は不自然なほど暗いフードの影に隠れており、面相を確かめることはできなかった。

得体の知れない侵入者に、アンドレアスは息を呑《の》む。だが、しばらくして、思い当たる人物が脳裏に浮かんだ。

「き、貴様、蝿の王か？」

アンドレアスが問いかけると、顔の無い侵入者は恭しくお辞儀をする。

「左様でございます、アンドレアス様。蠅の王でございます」

「やはり、貴様か……」

正体はわかったが、アンドレアスの緊張は解けない。むしろ、更に警戒心が強まる。アンドレアスは蠅の王のことを知っているが、それ故に、この怪人が絶対に信用してはならない存在であることもわかっていた。

蠅の王を知ったのは、商売敵の謀殺を決心した時だ。本来なら、蜜月関係にあるルキアーノ組《ファミリー》に任せるはずだったが、多大な影響力を持つ商売敵を殺すのは、あまりにリスクが大き過ぎると断られてしまった。

また、同様の理由で、暗殺者《アサシン》教団にも断られるだろうと教えられた。かつての暗殺者《アサシン》教団ならともかく、現・教団長は危険な仕事を絶対に受けないそうだ。

だが、商売敵を殺さなければ、アンドレアスに未来は無い。進退窮まり諦めかけた時、ルキアーノ組《ファミリー》の会長は、問題を解決できるかもしれない人物を知っていると言った。

それが、蠅の王だ。蠅の王は裏社会の何でも屋で、金さえ積めばどんな問題も解決してくれるのだという。何でも屋の業界では、まともな者なら誰も受けたがらない危険な案件の専門家を、屍肉喰らい《スカベンジャー》と呼ぶ。そして、屍肉喰らい《スカベンジャー》の中でも、最も有名なのが蠅の王だ。

つまり、蠅――屍肉喰らい《スカベンジャー》の王である。

ルキアーノ組《ファミリー》の会長は、蠅の王を紹介する一方で、絶対に信用するなとも言った。その時は、言葉の意味がわからなかった。なにより、当時のアンドレアスは、藁《わら》をも摑《つか》むほど追い詰められていたので、考える余裕すらなかった。

言葉の意味がわかったのは、ルキアーノ組《ファミリー》経由で蝿の王を雇って数日後、商売敵がいかにして殺されたかを知った時だ。たしかに、アンドレアスは商売敵の死を望んだ。だが、あんな惨《むご》い殺し方など望んでいなかった。それだけならまだしも、幼い子どもまで殺されたのだ。アンドレアスは蝿の王を雇ったことを心の底から後悔した。

全てが済んだ後、アンドレアスは一度だけ蝿の王と会ったことがある。正確には意図せず出会った。家族と美術館を訪れていた時、擦れ違った何者かが耳元で囁《ささや》いたのだ。

『またのご依頼を、お待ちしております』

あの時も、顔を見ることはできなかったが、今と同じく、男のようでもあり女のようでもある、不思議な声をしていた。

「……蝿の王、貴様、何をしにきた？」

「何を？　冷たいじゃないですか、アンドレアス様。お困りのようなのに、何故この私を呼んでくれないんです？」

「ふざけるな！　貴様の助けなど求めていない！」

アンドレアスは大声で叫んだ。

「元はと言えば、この状況は貴様のせいだろう！　貴様がヒューゴ・コッペリウスに罪を擦り付けたから、事件がほじくり返されたんだ！」

責めるアンドレアスに、だが蝿の王は首を振る。

「それは結果論ですね。誰かに擦り付けなければ、司法省はあなたが黒幕だと突き止めたでしょう。いや、突き止めなくても、あなたが悪魔《ビースト》の素材を、他国に密輸していることが、身辺調査で明らかになったはずです」

「ど、どうして、密輸のことを？」

密輸のことを知っているのは、ルキアーノ組《ファミリー》だけだ。動転するアンドレアスに構わず、蝿の王は淡々と続ける。

「当時、司法省がヒューゴをろくに調査もせず犯人だと断定したのは、事件を早期解決することで、司法省のイメージアップをすることが目的でした。そのためには、よりセンセーショナルな事件の方が、あちらにも都合が良かったのです」

「だから、あんな殺し方をしたのか？」

「その通りです。私は猟奇殺人を演出し、そして罪を擦り付ける相手には、巷《ちまた》で話題だった新進気鋭の人形作家、ヒューゴ・コッペリウスを選びました。その計画が上手《うま》くいったことは、アンドレアス様もよくご存じでしょう」

たしかに、蛇さえ現れなければ、全ては上手くいっていた。ここで蝿の王を責めるのは、結果ありきの非難でしかない。

「……わかった。それはもういい。だが、貴様に今更何ができる？」

「簡単です。ヒューゴ・コッペリウスを獄中で殺せばいい」

「ヒューゴを殺すだと？　それで何の解決になる？」

「ヒューゴが獄中死すれば、その批難は司法省に――延《ひ》いては行政府に向かいます。国民感情は爆発し、政府にも止めようがない大規模な暴動《デモ》へと発展するでしょう。いや、暴動《デモ》が起こるよう工作すればいい。そうなれば、あなたの罪を問う余裕など無くなる」

「たしかに、暴動《デモ》中は罪を問われないかもしれないが、終わったらどうする？」

「終わるまでに対策を講じればいいじゃないですか。一度暴徒と化した民衆の怒りは、そう簡単に鎮火することはありません。帝国に残ることが難しいのなら、あなたのコネクションを使って他国に渡るのも策です。どちらにしても、蛇の眼から逃れる必要がある」

そもそも、と蠅の王は含み笑いで言った。

「蛇はあなたが黒幕だと勘付いているようですが、具体的な物的証拠は持っていないはずです。つまり、渦中の人物であるヒューゴがいなくなれば、これ以上あの事件を追及することは難しい。蛇も自《おの》ずと諦めることでしょう。私たちの敵ではありません」

「な、なるほど……。だが、そんなに上手くいくのか？」

「もちろん」

蠅の王は自信に満ちた声で肯定する。そして、こう付け加えた。

「手段を選ばなければ、何だって可能でございます」

アンドレアスは目を伏せて悩んだ。この怪人を頼れば、また問題を解決できるかもしれない。だが、この怪人を頼り続ける限り、いつしか大きな災いが訪れる予感がしていた。

ふと、アンドレアスが視線を上げると、蝿《はえ》の王がすぐ目の前に立っていた。極近い距離に立たれても、その顔の形は判然としない。

いや、違う。アンドレアスはようやく気がついた。蝿の王には、最初から顔など無かった。顔だと思っていた部分には、無数の蝿が蠢《うごめ》いていた。この怪人は、大量の蝿が群れを成し、人型を形成しているのだ。

背筋を冷たくするアンドレアスに、蝿の王はゆっくりと告げる。

「は、蝿の王、貴様は一体……」

「さあ、ご決断を」

アンドレアスは恐怖で身動きができなかった。もし断れば、この場で殺されると本能的に察していたからだ。選べる道は、最初から一つしかなかった。

「……わ、わかった。金は言い値で構わん。全て、貴様に任せる……」

†

その日、ヒューゴの元に差し入れが届いた。送り主はノエルだ。届けられたのは革張りのトランクで、中には服が入っていた。一見するとただの背広《スーツ》だが、それが悪魔《ビースト》素材を使った戦闘服であると、ヒューゴはすぐにわかった。何故《なぜ》なら、探索者《シーカー》時代に着ていたものと、全く同じ背広《スーツ》だからだ。深度十に属する悪魔《ビースト》、常闇《アトラナート》を貪る蜘蛛の糸で編まれたこの背広《スーツ》は、各種攻撃耐性はもちろんのこと、魔力の回復促進効果まで備えている。魔力消費が激しい【傀儡師《くぐつし》】にとって、非常に相性の良い装備だ。服の他には眼鏡も入っていた。

中身を確認したヒューゴは苦笑し、これを持ってきた看守を見る。

「囚人に渡していいものじゃないと思うが？」

看守は困った顔をしたが、首を振った。

「あなたは囚人であって、囚人ではない」

「なら、私が持っていても構わないと？」

頷《うなず》く看守に、ヒューゴはまた苦笑した。看守が言ったように、今のヒューゴは囚人であって囚人ではない。名目上、再審待ちで捕らえられているが、今となっては誰もヒューゴが犯人だと思っていないためだ。近い内にヒューゴが釈放されるのは確実で、だから逃亡を図る理由など無いと、看守たちも理解しているのである。

看守が去った後、ヒューゴは背広《スーツ》に袖を通してみた。身体《からだ》が痩せているせいでだぶつくが、元の体型に戻れば、ぴったり合うことだろう。

「……ふむ」

引退してかなり経《た》つのに、この背広《スーツ》を身に纏うと、自然と気が引き締まり、闘志が湧いてくる気がする。

「ブランクはあっても、身体は覚えているものだな……」

ノエルはヒューゴが仲間になることを望んでいる。ヒューゴもまた、ノエルが率いるクラン——嵐翼の蛇《ワイルドテンペスト》に興味を抱き始めていた。だが、答えはまだ決まらない。安易に決めて、後悔することだけは避けたかった。

「うん？」

戦闘服の確認をしていたヒューゴは、背広《スーツ》の胸ポケットに、一枚の紙切れを見つけた。どうやら、ノエルが忍ばせたものらしい。紙にはこう書かれていた。

『派手にやるぞ』

「……ううん？」

ヒューゴは意味がわからず首を傾《かし》げる。——その時だった。

「なっ!?」

不意に身体がよろめく。意識が朦朧《もうろう》とし始める。不思議な甘い香りが、鼻腔《びこう》をくすぐる。この異変は、二年前にも経験した。

「……まさか、奴が来ているのか？」

ヒューゴを眠らせ、犯人に仕立て上げた憎むべき真犯人。あの時と全く同じ状況に、ヒューゴの全身から汗が吹き出す。

「くっ、くそっ……」

ヒューゴは意識を覚醒させるために舌を噛《か》もうとしたが、その力さえ満足に働かなかった。指一本動かすことすらできず、床に倒れ伏す。

気がつくと、ヒューゴの傍らに、黒いローブを着た何者かが立っていた。ヒューゴは最後の力を振り絞って、スキルを発動しようとするが、やはりそれも不可能だった。意識が朦朧として、魔力をコントロールすることができない。

もはやこれまでか。――そう死を覚悟した時、信じられないことが起こった。

耳をつんざく爆音が、監獄全体を揺り動かしたのだ。

何かが爆発したのは明白だった。そして、突如として発生した凄《すさ》まじい爆風は、ヒューゴの部屋の扉を吹き飛ばし、無防備だった襲撃者を壁に叩《たた》きつけた。

一方、地面に伏せ、常闇を貪る蜘蛛の背広《アトラナートスーツ》を着ていたヒューゴは、奇跡的に爆風のダメージを受けずに済んだ。しかも、奈落に吸い込まれそうだった意識が明瞭になる。どうやら、爆風で催眠効果のある空気が拡散したらしい。

濛々《もうもう》と煙が立ち込める中、ヒューゴは即座に立ち上がった。鼻を突く火薬の臭いに、何が起こったかを察する。察したからこそ、驚愕《きょうがく》するしかなかった。

「ば、爆弾だと？……」

つまり、この監獄に爆弾が仕掛けられていたのだ。そして、それが絶好のタイミングで爆発したことにより、ヒューゴは九死に一生を得た。

壁に叩きつけられた襲撃者は、そのダメージが大きかったようで、倒れてこそいないが足がふらついている。剣を抜き構えている姿も弱々しかった。

状況を考えるに、爆弾を仕掛けたのは襲撃者ではない。自分が不利になる仕掛けなど、無意味なだけだ。となると、犯人は一人――。

「ノエル・シュトーレン……。ここまで読むのか……。ここまでするのか……」

ヒューゴはノエルの異質さを理解していたつもりだった。だが、それは過小評価だった。

ヒューゴを救うためとはいえ、監獄を爆破するなど、常識外にもほどがある。

災厄が人を顧みないように、あの蛇は——まさしく嵐の化身だ。

「……ククク、アハハハハハハハハッ!!」

ヒューゴは笑った。誰に憚《はばか》ることもなく、大声で笑った。

「……理解したよ、ノエル。君は間違いなく、最強にして最凶だ」

心から愉快に呟《つぶや》き、そして【傀儡師《くぐつし》】のスキルを発動する。

傀儡《くぐつ》スキル《槍兵創出《サーヴァント・ランサー》》。周囲の物質を分解再構築し現れたのは、槍《やり》を持った甲冑《かっちゅう》姿の人形兵だ。人形兵を傍らに従えたヒューゴは、顎を上げて襲撃者を睨《にら》む。

「私は暴力が嫌いだ。美しくないからな。だが——」

ヒューゴの指から魔力の糸が伸び、人形兵と繋《つな》がる。傀儡スキル《魔糸操傀《エーテルリンク》》。魔力の糸で人形兵と繋がることにより、その性能を10倍にするスキルだ。

「生涯に一度くらい、復讐《ふくしゅう》心に身を委ねるのも悪くない」

アンドレアスがヒューゴを暗殺しようとすることは、最初から読めていた。ヒューゴが獄中死すれば、国民感情は爆発し、誰にもコントロールできないほど大規模な暴動《デモ》に発展しかねない。そうなれば、アンドレアスの罪を問うどころではなくなるためだ。

そもそも、アンドレアスが黒幕だと証明する物的証拠は無いため、暴動《デモ》が起こって状況が有耶無耶《うやむや》になってしまうと、改めて蒸し返すことが非常に難しい。その間に、アンドレアスも対策を講じるだろうし、俺の息が掛かったレスターが司法卿《きょう》になったところで、やはり困難であることには変わりないだろう。

話術スキル《真実喝破《コンフェス》》を使えば自白させられるが、社会的地位がある相手に精神干渉系スキルで自白を迫ることは、かなりのリスクが伴うので実質的に不可能である。下手をすれば、こっちが犯罪者として吊《つる》し上げられるためだ。

自分にとって都合の悪い盤面をひっくり返すというのは、乱暴だが一番効果的な策だ。逆の立場なら、俺もそれを狙っただろう。

だが、だからこそ、そうなることを予測していた俺は、逆に利用してやろうと考えた。わざとアンドレアスを泳がせておいたのは、そのためだ。

相手側の筋書きは、ヒューゴを暗殺し、それが行政府による仕業だと仕立て上げ、更に世論を誘導することで暴動《デモ》を起こす、という内容に違いない。

逆を言えば、ヒューゴの暗殺が成功しない限り、その目論見《もくろみ》は頓挫するわけだ。そして、その実行犯を捕らえることができれば、明確な証拠となる。未然に防いでは意味が無い。現場を押さえなければ、真犯人の証拠とならないためだ。

ここ数日の間、俺たちは、いつ監獄に襲撃者が現れても対応できるよう、監獄の近くの家を借り、そこで寝泊まりをしていた。満月が輝く夜、家の屋上からは、水堀に囲まれた監獄がよく見える。

「ノエル、来たよ」

見張り番だったアルマが、襲撃者を捕捉した。仮眠を取っていた俺とコウガとレオンは、その報告に立ち上がる。

「何人だ？」

「う～ん、だいたい五人ぐらい？　かなり強い奴《やつ》もいる」

「なるほど。やはり、これを用意しておいて正解だったな」

俺は懐から小さな箱を取り出した。箱には赤いボタンがついており、これを強く押し込むと、監獄に仕掛けておいた爆弾が爆発する。つまり、遠隔起爆装置だ。

「Aランクのヒューゴを殺そうとする敵に、今の俺たちが正面から挑んでも勝ち目は薄い。だから、仕掛けた爆弾で攪乱《かくらん》し、その隙をついて一掃する」

それが、俺の迎撃計画だった。監獄に爆弾を仕掛けたのはロキだ。どんな姿にも変化できるロキにしてみれば、欠伸《あくび》が出るほど簡単な作業だったらしい。

もちろん、爆破を起こした責任は、襲撃者たちに擦《なす》り付ける。そして、ヒューゴを暗殺しようとしたばかりか、国営施設を爆破した極悪人を、偶然現場の近くにいた、俺たち嵐翼の蛇《ワイルドテンペスト》が見事打ち倒す、という筋書きである。

成功すれば、俺たちは一躍英雄《ヒーロー》だ。自作自演《マッチポンプ》を疑う者が現れても、実際に襲撃者はいるのだから、いくらでも言い逃れできる。まったく、俺たちの引き立て役となってくれるアンドレアスには、感謝してもし切れないな。

ヒューゴの部屋には、盗聴器を仕掛けてある。盗聴器は左耳のイヤリング型子機と繋がっており、伝わってくる音声が内部の様子をつまびらかにしていた。

「さて、頃合いだ。——いくぞ」

「ま、待ってくれ！」

起爆ボタンを押そうとした時、レオンが待ったを掛けた。

「ほ、本当に、あの監獄を爆破するのかい？」

「ああ、爆破するよ」

「今からでも遅くないから、止《や》めないか？　やっぱり、爆破はやり過ぎだ」

すっかり怖気《おじけ》づいているレオンに、俺は溜《た》め息《いき》を吐《つ》いた。

「何度も説明しただろ？　たしかに爆破するが、威力はそこまで高くない。近接戦闘系職能《ジョブ》なら、Cランクでも耐えられるレベルだ。あの監獄の職員は、囚人を取り押さえるために、全員が近接戦闘系職能《ジョブ》だから問題無い。運悪く重傷を負っても、すぐに治療すれば助かる。そして、当のヒューゴには、防御性能に優れた戦闘服を渡してある」

俺は改めて計画を説明するが、レオンは納得できない様子だ。

「だ、だけど、他の囚人たちは死ぬんだろ？」

「死ぬ。だが、それがどうした？　あの中にいる囚人たちは、ヒューゴ以外悪党ばかりだ。死んで何の不都合がある？　それとも、まだ天翼騎士団だった頃の考えに縛られているのか？　がっかりさせるなよ、レオン・フレデリク」

「そういうわけじゃない……」

　レオンは癪《しゃく》に障ったのか、眉間に皺《しわ》を寄せた。

「君をマスターとして選んだ以上、クランのためになる限り、指示には従うさ。主義に反していても、ね。でも、やり過ぎなのも事実だ。違うかい？」

「違わないな」

　レオンが反対する心情も理解できる。いくら襲撃者を確実に一掃するためとはいえ、爆弾を利用するのは危険が大きい。俺としても、使わずに済むならそれが一番だった。

「……わかったよ、レオン。爆破計画は止めだ」

「えっ、本当か!?」

「ああ、本当だ。ただ、俺が持っていると、うっかり押してしまいそうだから、おまえが預かっておいてくれ。――ほら、起爆装置だ！」

「ちょっ、急に!?」

　返事を待たずに起爆装置を投げ渡すと、レオンは慌てて受け取ろうとした。なんとかキャッチすることはできたが、勢い余って起爆ボタンごと強く握ってしまう。

「あ」

　レオンが間抜けな声を上げた瞬間だった。監獄から地を揺らすような轟音《ごうおん》が鳴り響き、爆炎が吹き上がる。ちょうど、襲撃者がヒューゴを殺そうとしていたタイミングだ。

「あああぁぁぁぁぁあああああぁぁぁぁっ‼」

レオンは絶叫するが、もう手遅れだ。全て計算通り。

「え、えげつなぁ……」「ノエルには人の心が無い……」

コウガとアルマは呆然《ぼうぜん》としているが、それに構わず俺は叫んだ。

「これより、戦闘行動を開始する！」

戦術スキル《士気高揚《バトルボイス》》、発動。俺の号令に従って、コウガとアルマが闘志を漲《みなぎ》らせる。

膝を突いて涙を流していたレオンも、腹を括《くく》った顔となり立ち上がった。

「指示《オーダー》だ！　立ちはだかる者は悉《ことごと》く一掃せよ！」

戦術スキル《戦術展開《タクティシャン》》、発動。

「悪を討つ以上、これは正義である！　存分に刃を振るえッ‼」


監獄内は混乱の最中にあった。

予想通り、監獄の職員たちはダメージを負ってこそいるものの、死んではいない。気絶している者は多く見られるが、ちゃんと息はある。囚人たちの半数は即死しており、生き延びた者はこの機に乗じて、暴動《デモ》を起こし逃げ出そうとしていた。そして、それを防ごうとしている職員たちと、激しい戦いを繰り広げている。

囚人たちにはスキルの発動を妨害する首輪が嵌《は》められているが、職能《ジョブ》がもたらす身体能力補正はそのままだ。しかも職員たちより数が多い。戦闘状況は完全に膠着《こうちゃく》していた。

「コウガ、アルマ、雑魚共を一掃しろ」

「応」「了解」

俺の支援《バフ》を乗せた指示に従って、二人が攻撃スキルを発動する。

侍スキル《桜花狂咲《おうかくるいざき》》。暗殺スキル《投擲必中《パーフェクトスロー》》。無数の剣閃が囚人たちを切り刻み、無数の鉄針が囚人たちを射殺す。膠着状態にあった戦闘は、一瞬にして終結した。

「へ、蛇!? 何故《なぜ》、ここに!?」

驚愕する職員たちに、俺は声を張り上げる。

「この監獄が爆破されたのを確認した！　当クランは、囚人たちの暴動《デモ》の鎮圧及び、爆破実行犯の確保に協力するつもりでいる！」

ざわつく職員たち。その中から、現場を指揮している監獄長が現れた。

「蛇……いや嵐翼の蛇《ワイルドテンペスト》、まずは助けてくれたことに感謝する。協力も願ってても無いことだ。……だが、信じていいのか？」

監獄長にしてみれば、俺たちの登場はあまりにもタイミングが良過ぎる。疑うのも無理は無いだろう。

「無論だ。憲兵団が応援に来るまで時間が掛かる。その間に、囚人と襲撃者を逃がしてしまうことだけは、防がなくてはならない。我々も愛すべき帝都を守るため尽力しよう」

監獄長は神妙な顔で頷《うなず》く。

「わかった。ならば、私の指揮下に――」

「いや、我々は独自に行動し、襲撃者の確保に専念する。おまえたちは、他の負傷者を救助し、逃亡者を出さないよう周囲を包囲しろ」

「な、なんだと!?」

驚く監獄長に、俺は首を傾《かし》げた。

「何か問題でも?」

「ふざけるな! ここの責任者は私だ! 私の指示に従え!」

俺は怒りを露《あら》わにする監獄長に近づき、努めて柔らかく微笑《ほほえ》みかける。

「何か、問題でも?」

「ぐっ、くぅぅっ……」

監獄長は悔しそうに顔を歪《ゆが》める。その気勢は微笑み一つで削《そ》がれ、何も言えなくなってしまった。それも当然だ。俺はこの男の弱みを握っている。情報屋のロキを使って、俺はずっとヒューゴを釈放するための情報を集めてきた。監獄長を筆頭に、職員全員の弱みは俺の手の中にある。どれだけ不満を抱こうとも、誰も逆らうことはできない。

「もう一度聞く。何か問題でも?」

俺が繰り返すと、監獄長は項垂《うなだ》れながら首を振った。

「……問題無い。好きにしろ」

抵抗を諦めた監獄長。俺は笑顔のまま近づき囁《ささや》く。

「ゴミが、てめぇは黙って俺に従っていればいいんだよ。もしまた逆らおうとしたら、その時は覚悟しておけ。生まれてきたことを後悔させてやる」

「ひっ、ひぃっ！」

監獄長は悲鳴を上げて小さく飛び上がった。その顔には、ありありと恐怖が刻まれている。愚鈍な獣を躾《しつ》けるには、恐怖が一番。この男も、二度と口答えしなくなるはずだ。

俺は振り返り、レオンに指示を出す。

「レオン、この場の職員たちを回復し、防壁《バリア》を張ってやれ」

「わかった、任せてくれ」

騎士《ナイト》スキル《癒しの光《ライトヴエール》》。騎士《ナイト》スキル《聖盾防壁《ホーリーシールド》》。レオンの発動したスキルが、オーロラのような光となって職員たちを包んだ。その効果によって職員たちは全快する。また、不可視の防壁《バリア》が、攻撃を防いでくれることだろう。

襲撃犯を捕らえるのは俺たちの役目だが、そのためには周囲を包囲する者たちが必要だ。遁走《とんそう》に徹されたら、捕まえるのは困難だからである。この監獄からは、蟻《あり》一匹たりとも逃がさない。ここが奴らの終着点《デッドエンド》だ。

「いくぞ」

前に進むと、三人も付き従う。道中、コウガが俺の顔を横から覗《のぞ》き込んできた。

「愛すべき帝都を守るため、じゃと？　毎度んことながら、ようもまあ平然と嘘《うそ》を吐けるもんじゃのう。感心するわ」

「嘘じゃないさ。俺たちの行動は正義だ。正義の味方は好きだろ？」

「はっ、とんだハリボテの正義の味方じゃがのう。騙《だま》されるもんが気の毒じゃ」

コウガは笑って言って、頭の後ろで手を組んだ。

「まあ、どうせワシらは悪党なんじゃ。じゃったら、悪党を楽しむかのう」

「ふっ、抜かせ。――アルマ、監獄内の様子はどうだ？」

俺が立ち止まって尋ねると、アルマは目を閉じて意識を集中させる。

「監獄内には、まだ交戦中の職員と囚人たちが多い。それと、たくさんの負傷者。明らかに他と気配が違うのが五人。その内の四人が襲撃者で、残りの一人がヒューゴだと思う」

襲撃者は五人のはずだったから、一人はヒューゴが返り討ちにしたのだろう。

「襲撃者たちは固まっているか？」

「ううん。囚人たちの暴動《デモ》のせいで分断されている。身体《からだ》に爆破のダメージも受けているみたい。各個撃破するなら今」

「そうか。好機だな」

爆破作戦は上手《うま》くいった。俺が笑みを零《こぼ》した時、アルマが首を傾げる。

「でも、何かおかしい」

「おかしいって？」

「襲撃者たちの気配が妙。同じ個体から複数の気配を感じる。凄《すご》く微弱だけど」

「なんだと？」

同じ個体から複数の気配を感じるとは、どういうことだ？　他の生物を使役しているのか？　その正体を考えるが、はっきりとした答えは出そうになかった。

「未知の敵は危険だな。だが、退《ひ》くわけにはいかない。作戦を少し変更する。本当なら、最低でも一人は生け捕るつもりだったが、殲滅《せんめつ》するぞ。全力で確殺を心掛けろ」

俺が新たに指示を出すと、レオンが難しい顔をする。

「いいのかい？　実行犯を捕らえて、《真実喝破《コンフェス》》を使うつもりだったんだろ？　殲滅してしまうと、アンドレアスに繋《つな》がらないよ？」

レオンが言うように、当初の予定では、捕らえた襲撃者に《真実喝破《コンフェス》》を使うことで、全てを吐かせるつもりだった。アンドレアスと襲撃者が直接繋がっている可能性は低いが、その関係性を辿《たど》ることができれば、明確な物的証拠となる。

だが、襲撃者たちを全員殺してしまうと、それはもう叶《かな》わない。とはいえ、危険を冒してまで生け捕りに拘《こだわ》れば、こちらに犠牲者が出る可能性もある。それでは本末転倒だ。

「作戦は臨機応変に、だ。まずは、この場を制し、ヒューゴを救助する。襲撃者たちとアンドレアスの関係性を明らかにできなくても、真犯人が襲撃を命じたこと自体は事実だ。ヒューゴはすぐに釈放される。その後、レスターを使って再捜査を始めるよう促せば、アンドレアスの破滅は決まったも同然だ」

「でも、再捜査で尻尾を摑《つか》めるだろうか？」

「二年前の事件は難しいかもな。だが、忘れたか？　奴《やつ》には他にも罪がある」

「ああ！　そうか、そうだったね！」

レオンは得心して、ぽんと手を打った。アンドレアスが筆頭を務めるフーガー商会《グループ》は、他国に悪魔《ビースト》の素材を密輸している。それは隠蔽し切れるものではなく、本格的に捜査すれば、容易《たやす》く露見することだろう。そうなれば、アンドレアスに退路は無い。

そう、二年前の事件に拘《こだわ》る必要なんて無いのだ。司法省の不正を明らかにしたことで、既にヒューゴの汚名は雪《すす》がれている。また、今日の襲撃が、他に真犯人がいることの証明となった。俺が仕組んだ爆破によって襲撃者たちの暗殺が失敗し、とてつもない大事件と化した今、その背後関係を明らかにできずとも、世間は真犯人の存在を認めるしかない。

つまり、ヒューゴは一ヶ月後を待つまでもなく釈放される。そして、アンドレアスを生かすも殺すも、俺次第というわけだ。

「もちろん、アンドレアスを司法の手に委ねるつもりはない。搾り取れるだけ搾り取ってやるつもりだ」

「ひどい」「人でなしじゃ」「無慈悲」

顔をしかめる三人を、俺は鼻先で笑う。

「何が酷《ひど》いもんか。こういうのを極東の言葉で何て言ったかな？　ああ、因果応報だ。奴には相応の報いを受けさせる。正義の名に於《お》いてな」

「その理屈からいくと、いつかノエルも酷い目に遭う。だから、今からでも徳を積むべき。具体的に言うと、女装してボクとエッ――あいたたたたたたっ!!」

卑猥《ひわい》な発言をしようとしたアルマの頬を、俺は千切り取る勢いで抓《つね》った。

「待って待って、いったん待って！　状況が変わったみたい！」

「ああ？」

俺が指を放すと、アルマは頬を摩《さす》りながら続ける。

「……襲撃者の一人とヒューゴが交戦を始めた。戦いながら移動していて、このままだと屋上に出る。助けるなら急いだ方がいいかも」

アルマの報告に、俺は思わず舌打ちをした。

「チッ、面倒だな」

暗殺に失敗したのに、襲撃者はヒューゴを諦めていなかったのか。

「仕方ない。俺はヒューゴの援護に向かう。おまえたちは残りの襲撃者を殺せ」

襲撃者がヒューゴを諦めていないのなら、残りの奴らも屋上に向かう可能性が高い。合流されると厄介だ。ヒューゴの援護と、残りの襲撃者の殲滅を同時進行する必要がある。

「レオン、指揮は任せるぞ。襲撃者を撃破したら、この建物の外に出ろ」

「うん？　あ、ああ、わかった。でも、そっちは二人で大丈夫なのかい？」

心配するレオンに、俺は口元を歪めた。

「もちろんだとも。ちゃんと策はある」

ヒューゴは屋上で、新たな襲撃者と死闘を繰り広げていた。

最初の襲撃者は難無く殺すことができた。奴は爆破のダメージをもろに受けており、また直接的な戦闘能力はそれほどでもなかったからだ。ヒューゴが眠らされかけた状況から考えて、状態異常に特化した後衛職能《ジョブ》だったのだろう。

だから、勝つことができた。だが、今の相手は違う。

「つ、強いッ!!」

敵は大剣使いだった。人の背丈ほどもある両刃の大剣を軽々と振り回し、ヒューゴを両断しようと猛攻を仕掛けてくる。その人外染みた膂力《りょりょく》は、間違いなく近接戦闘系職能《ジョブ》のものだ。なんとか人形兵が持つ槍《やり》で攻撃を捌《さば》き続けているが、形勢はこちらが不利。一瞬でも気を抜けば、死が待っている。

Aランクのヒューゴを殺しにきたのだから、弱いわけがない。それはわかっている。だが、それにしても、強過ぎる。――まるで勝ち目が見えてこない。

苦戦しているのは、ヒューゴの能力低下も理由だ。身体が重い。魔力のコントロールが上手くいかず、無駄《ロス》が大きい。人形兵を上手く操ることができない。同時に創出できる人形兵も一体が限界だ。しかも、一番慣れている《槍兵創出《サーヴァント・ランサー》》しか使えない。以前なら、戦いの最中であっても、複数の人形兵を戦況に応じて創出できたというのに……。

全盛期のように戦えないことがもどかしい。望んで戦いの日々に背を向けたのに、それが酷く愚かなことだったと思えてくる。探索者《シーカー》を辞めても、修練だけは続けるべきだった。力を持たない者は、ただ蹂躙《じゅうりん》されるしかない。ヒューゴには戦う力があったのに、それを自ら蔑《ないがし》ろにしてしまった。

軽率だった。傲慢だった。思慮が足りなかった。そんな当たり前のことが、今更になって重く伸《の》し掛かってくる。

「ここを出たら、死ぬ気で鍛え直さなければなッ!!」

千軍スキル《魔導破砕《リンクバースト》》、発動。《魔糸操傀《エーテルリンク》》を発動時のみ使用可能なスキルであり、魔糸で繋がっている人形兵の全リミットを解除する効果を持つ。引き上げられる能力は、実に100倍。非常に強力なスキルだが、対象となった人形兵は僅か数秒で崩壊する。

つまり、最も効果的な使用方法は――特攻だ。

「穿《うが》ち殺せッ!!」

人形兵は音速を上回る速度で突進し、その余波が暴風を巻き起こす。回避が遅れた黒衣の襲撃者は、剣を盾にすることで、人形兵の槍を防いだ。鼓膜が破れそうになるほど激しい衝突音が、大気を震わせる。

「防ぐか！　だがッ!!」

《魔導破砕《リンクバースト》》の効果は、人形兵の力を極限まで引き上げる。その突進は防がれても止まることなく、襲撃者を押し切らんとする。襲撃者は足に力を込めて踏み止《とど》まろうとするが、轍《わだち》のように屋根が削られていくだけだ。この攻撃でも、襲撃者を仕留めるには至らないだろう。だが、このまま押し切れば、屋上から突き落とすことができる。

「落ちろぉッ!!」

ヒューゴは叫ぶ。あと一歩で、襲撃者を突き落とすことができる。だが――

「なっ!?」

ヒューゴは信じられないものを目にし、目を見開いた。襲撃者は屋上から落ちる寸前、背中から幾本もの触手を出現させ、屋根に突き刺すことで自身の身体を固定したのだ。

「人、じゃ……ないのか?」

予感はあった。襲撃者が戦闘中に見せた動きは、たしかに凄《すさ》まじかったが、どこか違和感が付きまとっていた。技術——そう技術が無い。

超人的な能力を誇っているのに、それを支える技が無く、ただ力任せに大剣を振り回しているだけだった。もちろん、それだけでも十分過ぎるほどに脅威なのだが、まるで野生の獣と相対しているかのような感覚だったのだ。

人ではない。背中から触手を出せる人などいない。それはわかった。なら、目の前の怪人は、一体なんだ? 思い返せば、最初に戦った襲撃者も、ヒューゴが抵抗《レジスト》できないほど強力な催眠能力を有していたにも拘《かかわ》らず、他の戦闘能力は皆無に等しかった。

能力を特化させた、というよりも、その能力しか備わっていないと考える方がしっくりくる。しかも、本人たちが望んだものではなく、別の意思を感じた。

だとすると、この襲撃者たちは、何者かに改造された存在なのだろうか? ヒューゴが呆然《ぼうぜん》とした瞬間、使用限界を超えた人形兵が崩れ去った。

「まずいッ!」

すぐに新たな人形兵を創出しようとするが、この衰え疲労した身体では時間が掛かる。

その隙を襲撃者が逃すわけもなく、一気に間合いを詰められる。そして、襲撃者の大剣が、無慈悲に振り下ろされんとした時だった。

突然、真っ赤な炎が発生し、襲撃者の全身を包んだ。

「GUOOOOOOOOO!!」

全身を覆う炎に悶《もだ》え苦しむ襲撃者。ヒューゴが驚きのあまり言葉を失っていると、後ろから気配を感じた。振り返ると、そこには——

「今夜は月が綺麗《きれい》だな」

魔銃《シルバーフレイム》を携えた蛇が立っていた。

今日は満月だ。美しく青褪《あおざ》めた月光が、屋上を照らしている。俺は呆気《あっけ》に取られているヒューゴに歩み寄り、コートのポケットから銀のペンダントを取り出した。それは、翼が生えた蛇の形をしている。

「選べ」

何を、とはもう言わない。言わずとも、ヒューゴは理解している。

「ふっ、くくくっ……。なるほど、これが蛇か」

ヒューゴは吹き出し、納得したように頷《うなず》いた。

「まさしく、嵐だな。人のことなど全く意に介そうとしない。——だが、だからこそ気に入った。良いだろう、今日から君が私のマスターだ」

そして、俺の手から受け取ったペンダントを首に掛け、恭しく礼をする。

「忠誠を誓おう。マイ・マスター」

「忠誠を許そう。【傀儡師《くぐつし》】ヒューゴ・コッペリウス」

月下の誓いは、ここに為《な》された。蛇は新たな翼を手にする。

「GUOOOOOO!! NOERUUUUU!!」

炎を耐え切った襲撃者が立ち上がり、雄叫《おたけ》びを上げる。その背中には、幾本もの触手が蠢《うごめ》いていた。なるほど、たしかに普通じゃないな。それに、俺と因縁があるようだ。

「おまえ、どこかで会ったことがあるか？」

俺の質問に、襲撃者は答えない。――風が吹いた。強い風が、燃えてぼろぼろになっていた襲撃者のローブを吹き飛ばす。露《あら》わになった正体に、流石《さすが》の俺も驚くしかなかった。

「おまえは……」

男、だった。黒い甲冑《かっちゅう》を身に纏《まと》った大男だ。その顔は傷だらけで――鼻が無かった。

「戦鷲烈爪《ウォーイーグル》の、エドガーなのか？」

「NOeRUuuu………」

相変わらず返事は無いが、間違いない、あのエドガーだ。見たところ、完全に正気を失っているらしい。目の焦点が合っておらず、口からは涎《よだれ》を垂れ流している。

「ノエル、知り合いなのか？」

横から尋ねてくるヒューゴに、俺は頷いた。

「ああ、ちょっとばかりな」

「背中から触手を出す男と知り合いだなんて、顔が広いな」

「俺も自分の意外性に驚いているところだよ」

「NOERUUUUUU!!」

軽口を叩《たた》き合っていると、エドガーの触手が襲い掛かってきた。咄嗟《とっさ》に俺たちは避けることができたが、恐ろしく速い攻撃だった。何度も躱《かわ》すことは難しそうだ。

「随分と嫌われているみたいだな。何をしたんだ？」

「あいつの鼻、無いだろ？」

「ああ、無いな」

「あれをやったのは俺だ」

「……な、なるほど。納得した」

「GUOOOOOO!!」

再度、エドガーが触手による攻撃を仕掛けてくる。しかも、今度は剣撃のおまけつきだ。

俺たちは大きく飛び退《すさ》って、転がりながら回避する。

「ノエル、君のお友だちは強敵だ！　戦闘の指示を頼む！」

「わかっている」

実際、今のエドガーはかなり手強《てごわ》そうだ。予想していた通り、ヒューゴはブランクでかなり弱体化しているし、二人で挑んでも勝てるかどうか半々というところである。

だが、焦りは無かった。全ては俺の手の平の上だ。全く張り合いが無いほどに。

『ノエル！　こっちは終わったぞ！　皆、外に出ている！』

《思考共有《リンク》》を通して念話が届いた。最高のタイミングに、俺は指を鳴らす。

「よし！　ヒューゴ、指示を与える。――着地は頼んだぞ」

「な、なに!?　どういう――」

言いかけたヒューゴは、途中で察した顔となる。

「お、おい、まさか……」

俺は笑って頷き、懐から別の起爆装置を取り出した。

この監獄に仕掛けた爆弾は、二種類ある。一つは、最初に起爆した、屋内に爆炎と爆風をもたらすものだ。そして、もう一つは、監獄の地下、その支柱に仕掛けてある。これを爆破すればどうなるか？　答えは――建物自体の崩壊だ。

「NOERUUUUUU!!」

迫りくるエドガー。その大剣が届く寸前、起爆装置のボタンを押し込んだ。

「エドガー、おまえは俺の敵じゃない」

瞬間、監獄が大きく揺れる。そして、支柱を失った監獄は、内側に引きずり込まれるかのように崩壊を始めた。屋上も崩れ、足場を失った俺たちは落下していく。

「NOERUUUUUU!!」

為す術《すべ》も無く落下するエドガーは、それでも俺の名前を叫び続けていた。

「ノエルノエルって、うるせぇんだよ」

俺は空中で身動きの取れないエドガーに、魔銃《シルバーフレイム》の照準を合わせた。

「避けてみろ」

魔弾――霊髄弾《ガルムバレット》、着弾。魔弾の効果によって、エドガーは風船のように膨らみ、そして木っ端微塵《こっぱみじん》に弾《はじ》け飛ぶ。爆発の余波に煽《あお》られて落下速度が弱まった瞬間、横から大きな手が俺を摑《つか》んだ。

「ノエル、衝撃に備えろ！」

その手は、ヒューゴが創出した人形兵のものだ。ヒューゴは背中に摑まっている。落下し続ける俺たちは、人形兵を緩衝材とすることで、そのダメージを防いだ。

「ははは、完勝だったな」

俺が落下の痛みに耐えながら笑うと、ヒューゴは大きな溜《た》め息《いき》を吐《つ》いた。

「何が、完勝だ。まったく、酷《ひど》い男の下に付いてしまったよ」

呆《あき》れ果てたとばかりに言って、それから楽しそうに笑い始める。

「これから退屈せずに済みそうだ」

「だろ？」

「ああ、期待しているよ」

俺たちが笑い合っていると、遠くからレオンたちがやってくるのが見えた。

「さて、行こうか」

2
著／じゃき
イラスト／fame

最凶の支援職
【話術士】である俺は
世界最強クランを従える
The most notorious "TALKER", run the world's greatest clan.

エピローグ

監獄での一件の後、俺の目論見通《もくろみ》り、ヒューゴはすぐに無罪放免となった。

たくさんの新聞記者が訪れ、連日の如《ごと》くインタビューを求められている。ヒューゴは断りたがっていたが、俺は受けるよう命令した。たしかに、汚名を雪《すす》ぐことはできたが、これからのことを考えるなら徹底した方が良い。

ヒューゴだけでなく、俺もまた注目と喝采の的となっている。ヒューゴの釈放に尽力し、司法省の不正を暴き、そして監獄の襲撃犯を仕留めた俺は、今や帝都中の英雄《ヒーロー》だ。

嵐翼の蛇《ワイルドテンペスト》の知名度は天井知らずに高まり、多くのスポンサーが支援を申し出てくれている。八百億フィルには届かないが、新たな計画の資金としては十分な額だ。

「だからね、アンドレアスさん。俺たちは別に、金なんて求めていないんですよ。ただ、あなたの誠意が欲しいだけなんです」

俺は目の前のアンドレアスに微笑《ほほえ》みかける。深夜、俺とヒューゴは、アンドレアスの邸宅を訪れていた。正式なアポイントメントは取っていない。人知れずアンドレアスの執務室に忍び込み、軟禁状態で交渉をしている。

「安心してください。あなたと会うことは誰にも言っていません。だって、その方があなたにとっても都合が良いでしょう?」

「わ、私は……」

アンドレアスは滝のように汗を流し、口ごもる。机の上には、俺が用意した資料が置かれていた。中身は、アンドレアスの密輪記録だ。

「これが司法省の手に渡ったら、あなたはお終《しま》いですね？　でも、私も悪魔《あくま》じゃない。あなたのように有能な人材を破滅させることなんて、ちっとも望んでいないんですよ。なあ、ヒューゴ。おまえも、そう思うだろ？」

「ああ、私もそう思うよ」

ヒューゴは頷き、アンドレアスの後ろに立つと、その肩に手を置いた。

「過去は過去。これから仲良くしようじゃありませんか、アンドレアス様」

「うっ、うぅぅっ……」

アンドレアスは首を絞められているような声を漏らす。自分が罪を着せた相手に背後に立たれるなんて、恐怖しかないだろう。死ぬほど怖いに違いない。

「わ、わかった……。金は用意する……。いくら払えばいい？」

「そうですね。とりあえず、十億フィルほど用意してもらいましょうか」

「と、とりあえずだと？」

「ええ、とりあえず、です。あなたとは長ぁ〜く、親交を深めていきたい。だから、とりあえず、十億フィルで構いません」

「こ、この、悪魔《あくま》め……」

アンドレアスは俺を睨《にら》むが、その肩にはヒューゴの手が置かれている。軽く手が動くだけで、すぐに気勢は削《そ》がれ、がたがたと震え始めた。

「返答は、いかに？」

「……し、従おう」

心が折れ、がっくりと項垂《うなだ》れるアンドレアス。交渉が上手《うま》くいったことに、俺とヒューゴは顔を見合わせて笑った。だが、その時——

「ぐっ⁉　ぐががががっ⁉」

アンドレアスは急に立ち上がり、頭を掻《か》き毟《むし》り始めた。

「痛い⁉　痛い痛い痛い痛いぃぃぃぃぃっッ‼」

突如として苦しみ出したアンドレアスは、頭を抱えたまま部屋中を転げ回る。

「ノエル、これは一体⁉」

「離れろ、ヒューゴ！　何かがおかしい！」

俺たちが距離を取った瞬間——

「あっ、あああぁぁぁあああぁぁあああぁッ！！！」

悍《おぞ》ましい断末魔と共にアンドレアスの頭部が爆発し、中から大量の蝿《はえ》が飛び出した。呆気に取られる俺たちの前で、蝿は髑髏《どくろ》の形を作り、そして開いた窓から飛び去って行く。残ったのは、頭部を失ったアンドレアスの死体だけだ。

「……蝿の王、か」

俺はフィノッキオから忠告された名前を思い出す。詳しい正体は、ロキに調べさせている最中だ。だが、蠅の王こそが、真の黒幕なのは疑いようがなかった。

「まずいな。このままだと私たちが犯人になる」

ヒューゴは言って、扉を示した。

「行こう、ノエル。誰かに見つかると大変だ」

「ああ、すぐに行く」

俺は焦るヒューゴに頷《うなず》き、それから口角が裂けそうなほどの笑みを浮かべた。

「面白くなってきたじゃねぇか……」

蠅の王がアンドレアスを殺したのは、俺を妨害するためだ。そうでなければ、殺す理由など無い。実際、アンドレアスが死んだせいで、金づるにすることはできなくなった。

何故《なぜ》、蠅の王は俺を妨害したのか？　理由はいくつも考えられるが、今の段階で答えを出すことは無理だ。だが、だからこそ楽しい。完封試合《ラブゲーム》なんてつまらないだけだ。立ちはだかる者がいてこそ、俺が手にする頂点の価値も増すというもの。

俺は胸の奥で熱い炎が燃えているのを感じていた。

「蠅の王、おまえは俺が丸呑《まるの》みにしてやるよ」

†

貧民街の廃墟《はいきょ》に、三人の影があった。一人は黒いローブを纏《まと》った怪人――蝿の王。一人は髑髏の口面《マスク》を付けた狐《きつね》獣人の女。そして、もう一人は、白いコートを羽織った青年だ。

三人の傍らには、歪《いびつ》な形の鏡が浮かんでいる。鏡は周囲の光景を映さず、その代わり、全く異なる室内での出来事を映し出していた。頭部を失ったアンドレアスの死体、そして驚愕《きょうがく》するノエルとヒューゴの姿を鏡の中に確認できる。遠望スキルの一種である。

「これでよかったのかい？　マーレボルジェ」

蝿の王は狐獣人の女に尋ねる。マーレボルジェと呼ばれた狐獣人は、嬉《うれ》しそうに頷いた。

「ああ、助かったよ。蛇がアンドレアスまで支配下に置くことは、絶対に避けたかったからね。大切なのは、ワンサイドゲームにせず、拮抗《きっこう》状態を維持することだ。そうすれば、自然と共食いをしてくれる」

「……マーレボルジェ、君は蛇と誰を争わせたいんだい？」

「人魚の鎮魂歌《ローレライ》」

マーレボルジェは、薄い笑みを浮かべながら答えた。

「蛇には、クランマスターであるヨハン・アイスフェルトを殺してもらいたい。彼は危険だ。リオウやジーク、それにヴィクトルを含めた、他のどの探索者《シーカー》よりもね」

「ふ～ん、君が警戒するほどの男には思えないけどな……」

「上辺だけで判断しない方がいい。彼は絶対に排除するべき存在だ。何故なら――」

マーレボルジェの話を聞いた蝿の王は、納得し頷いた。

「なるほど。それは危険な存在だ……。でも、蛇がヨハンを殺せるだろうか？」

「さてね。だが、蛇は頭がキレる。殺すことはできずとも、戦力を削いでくれるかもしれない。そうなれば、私たちにとって有利な展開になる」

「ふむ、上手くいくことを祈るしかないね。ところで――」

蠅の王の視線が、白いコートの青年へと向けられる。

「そちらの彼は？」

「ああ、紹介がまだだったね。彼は私たちの新たな仲間だ」

「へえ、ついに空席が埋まったんだ」

「やっとね。さあ、自己紹介をしてくれるかい？」

マーレボルジェに促された青年は、ゆっくりと口を開く。

「士魂のエンピレオ」

OVERLAP

最凶の支援職【話術士】である俺は世界最強クランを従える 2

発　行　2020年10月25日　初版第一刷発行

著　者　じゃき
発行者　永田勝治
発行所　株式会社オーバーラップ
〒141-0031　東京都品川区西五反田 7-9-5
校正・DTP　株式会社鷗来堂
印刷・製本　大日本印刷株式会社

Printed in Japan ISBN 978-4-86554-759-7 C0193